EINE ROMANTISCHE CHANCE

KYLIE GILMORE

„Lasst uns doch die Tatsachen betrachten. Erstens, Sabrina ist nicht mehr nur die Beziehungsheilerin von Clover Park, jetzt ist sie eine für ganz Amerika."

„Das stimmt nicht", protestierte Sabrina. Ein Artikel im *Clover Park Record* hatte sie als Beziehungsheilerin bezeichnet, doch das war alles. Niemand sonst hatte sie je als Heilerin für irgendwen oder irgendetwas bezeichnet.

Lexi fuhr fort, als hätte Sabrina nichts gesagt. „Zweitens! Das ganze Land spricht über deinen Artikel! Das war übrigens eine geniale Überschrift. Da muss man draufklicken. Bist du dir sicher, dass du keine PR-Erfahrung hast?"

Schauder. Das letzte, was Sabrina tun würde, war, sich bewusst ins Rampenlicht zu stellen. Ihre Familie machte das. Ihre Mutter war eine bekannte Erotikmalerin, ihr Vater ein Paparazzo, der Fotos von Berühmtheiten an den Meistbietenden verkaufte, und ihr Halbbruder war ein Straßenkünstler, der halbnackt mit Körperbemalung, die an bekannte Sci-Fi-Charaktere erinnerte, posierte. Ihre Kindheit war ein Zirkus von Brillanz, Selbstdarstellung und Drama gewesen, und als sie alt genug war, hatte sie bei erster Gelegenheit die Flucht ergriffen. War es ein Wunder, dass sie es nicht leiden konnte, im Zentrum der Aufmerksamkeit zu stehen? Ihre Freunde hatten keine Ahnung davon und sie wollte auch nicht darüber reden.

Und das Tüpfelchen auf dem i? Ihre Familie glaubte nicht an feste Beziehungen. Ihre Eltern hatten nie geheiratet und über Generationen hinweg war kaum jemand aus ihrer Familie verheiratet gewesen, und wenn, dann hatten sie sich schnell wieder getrennt oder scheiden lassen. Überall in ihrem Stammbaum waren Kinder mit unterschiedlichen Eltern und alle marschierten zu ihrem eigenen Lied. Sie war sich sicher, dass jegliche Aufmerksamkeit der Medien auf sie auch ihre Familie aus dem Unterholz locken würde. Sie lebten dafür. Doch sie würde Patienten verlieren, wenn sie das Vertrauen in ihre sogenannte Expertise verloren. Keine Beziehung und eine Familie von schlechten Beispielen wirkten nicht gerade vertrauenseinflößend. Und die Tatsache, dass ihr einziger echter Partner sie am Altar hatte sitzen lassen, war die Krönung des Ganzen. *Heuchlerin.*

Hitze kroch ihren Hals empor, als ihre Freundinnen sie erwartungsvoll ansahen. „Ich habe definitiv keine PR-Erfahrung. Ich mag das Rampenlicht nicht."

„Und drittens", fuhr Lexi fort. „Wenn du in dieser Talkshow auftrittst, kannst du so vielen Menschen helfen. Sie *müssen* von dir hören."

Sabrina schluckte. Das war der Kern der Sache. Konnte sie ihre eigenen Bedenken für das Allgemeinwohl hintan stellen? Sie hatte in ihrer Praxis schon vielen Paaren geholfen.

Mad, eine toughe Frau ohne jeglichen Filter, beugte sich vor. Ihre feuerrot gefärbten Haare fielen ihr in die Augen und sie wischte sie aus dem Gesicht. „Wenn du das Rampenlicht nicht wolltest, warum hast du dann überhaupt den Artikel veröffentlicht?"

Sabrina rutschte auf ihrem Stuhl hin und her. Der wirkliche Grund war unglaublich peinlich. „Ich weiß nicht."

Mad zeigte mit dem Finger auf Sabrina. „Du bist eine verdammt schlechte Lügnerin. Du bist ganz rot im Gesicht!"

Hailey mischte sich ein. „Sabrina ist schon immer leicht rot geworden." Sie beugte sich über ihre pinkfarbene Hundetragetasche. Einen Moment später warf sie ihre Haare über ihre Schultern und ihr Hündchen Rose kam zum Vorschein, was alle mit einem „Oh, wie süß" quittierten. Rose' weißes, drahtiges Haar war auf ihrem Köpfchen mit einer winzigen roten Schleife zusammenge-klippt, die perfekt zu ihrem roten Hundepullover passte. Seit Hailey Rose vor zwei Tagen bekommen hatte, hatte sie ihr einen ganzen Haufen passender Schleifchen und Pullover gekauft.

„Warum hast du ihn dann veröffentlicht?", fragte Mad und warf Sabrina einen wissenden Blick zu. „In dem Artikel zerreißt du Beziehungsphobiker ja förmlich. Wer hat dich so angepisst?"

Alle sahen Sabrina neugierig an. Mad schmunzelte.

„Okay, ich gebe es ja zu!", seufzte Sabrina. „Es war ein Racheartikel. Ich habe eine Hochzeitseinladung von dem Idioten bekommen, der mich am Altar sitzen gelassen hat." Was für ein Schlag ins Gesicht. Als hätte es nicht schon gereicht, sie sitzenzulassen. Als wäre das Fehlen jeglicher festen Beziehungen in ihrem Leben seitdem nicht genug. Als ob sie zusehen wollte, wie dieser Drecksack das Glück fand, das rechtmäßigerweise ihr zugestanden hätte.

Alle starrten sie geschockt an. Normalerweise war Sabrina die Ruhe selbst.

Sie biss ihre Zähne aufeinander, irritiert, dass sie die Beherrschung verloren hatte. „Ich weiß, das war unprofessionell." Sie hatte, nachdem ihre eigene, scheinbar so stabile Beziehung zerbrochen war, ihren Karriereweg aus dem morbiden Bedürfnis heraus eingeschlagen, wissen zu wollen, wie Beziehungen funktionieren konnten.

Mad schüttelte lächelnd den Kopf. „Mädel! Ich wusste nicht, dass du so was drauf hast! Das ist der Hammer." Sie ging zu ihr und gab ihr ein High Five.

„Danke", sagte Sabrina, unsicher, ob Mads Lob gerechtfertigt war. Als Beziehungstherapeutin sollte sie nicht nachtragend sein. Es war etwas, das sie bei allen ihren Klienten betonte: denkt an das große Ganze. Trotz Sabrinas – im Großen und Ganzen betrachtet kleinem – Ausrutscher lebte sie das Leben, das sie sich als Kind erträumt hatte. Bis jetzt. *Siehst du, was passiert, wenn du die Beherrschung verlierst?*

Hailey kraulte Rose hinter dem Ohr und der kleine Hund seufzte und schloss die Augen. „Sabrina, dein Ex ist ein Idiot, der sich eine wunderbare Frau durch die Lappen hat gehen lassen."

Als die anderen zustimmend murmelten, fühlte Sabrina sich ein bisschen besser.

Hailey fuhr fort. „Aber jetzt, da dein Artikel raus ist, wirst du von Stunde zu Stunde populärer. Du solltest das ausnutzen, deine Karriere könnte explodieren!"

Sabrina standen die Nackenhaare zu Berge beim Gedanken an diese Art von Publicity. Ihr Ruf bedeutete ihr alles.

Lexi, die neben ihr saß, nahm ihre Hand und sagte ernst: „Wenn du nicht in dieser Talkshow auftrittst, wirst du es für den Rest deines Lebens bereuen. Du wirst dich immer fragen, wie viele Leute du erreicht haben könntest, die in genau diesem Moment von dir hätten hören sollen. Es gibt verdammt viele einsame Menschen auf dieser Welt."

Sabrina studierte Lexi einen Moment lang. War Lexi eine von ihnen?

„Es ist okay, nervös zu sein", sagte Lexi. „Lass dich davon nicht zurückhalten."

Sabrina nickte. Der Rat erschien ihr sinnvoll, auch wenn es leichter gesagt war als getan. Denn ihre Nervosität war bereits zu nackter Angst angewachsen.

Hailey mischte sich in beruhigendem Ton ein. Sie war selbst deutlich ruhiger geworden, seit sie ihr Hündchen hatte. „Süße, wenn alles, was du brauchst, ein kleiner Anschub für dein Selbstvertrauen ist, damit du dir nicht wie eine Heuchlerin vorkommst, warum bringst du dann nicht einen Typen zum Interview mit? Alles, was er tun muss, ist, im Hintergrund zu stehen. Wenn sie dich dann nach deiner Beziehung fragen, und das werden sie tun, kannst du sagen, dass du verlobt bist. Wenn sie weiter nachhaken, erklärst du, dass deine Beziehung Privatsache ist. Sie dürften erwarten, dass eine Therapeutin so etwas sagt. Dann, wenn sich alles wieder beruhigt hat, tust du so, als hättet ihr euch getrennt, und du wendest dich wieder deinem normalen Leben zu.

„Ich bin eine ganz schlechte Lügnerin", sagte Sabrina.

„Hab ich das nicht gerade gesagt?", brummte Mad.

Hailey warf Mad einen vernichtenden Blick zu, dann drehte sie sich wieder zu Sabrina um. „Es ist eine romantische Notlüge für das Wohl aller. So gehst du selbstbewusst als Beziehungsexpertin in dieses Interview."

Sabrina wurde noch roter und murmelte: „Ich bin keine Expertin", doch alle redeten ihr gut zu.

„Das ist eine einmalige Chance!"

„Pack die Gelegenheit beim Schopf!"

„Sei kein Feigling!" Die letzte Bemerkung kam von Mad.

Sabrina hielt eine Hand hoch. „Selbst, wenn ich in einer Beziehung wäre, diese Talkshow-Sache ist nichts für mich. Ich habe das Gefühl, dass ich es nur vortäuschen würde, wie eine Schauspielerin. Ich stehe nicht auf Auffallen. Ich bevorzuge es, den Leuten in aller Stille zu helfen."

„Oh!", sagte Hailey mit leuchtenden Augen. „Ruf Claire an, wenn du Tipps brauchst. Sie kann dich coachen." Claire Jordan war ihre Freundin und als Filmstar war sie das Rampenlicht gewohnt.

„Ich bin kein Zirkuspferd", beharrte Sabrina. „Ich will den Leuten nur helfen."

Lexi wickelte eine Strähne von Sabrinas Haaren um ihren Finger. „Mit dieser Luxusmähne? Definitiv Zirkuspferdpotential."

Alle lachten und selbst Sabrina musste schmunzeln.

„Du wirst sowieso während des Interviews lügen, wenn du so tust, als wärst du nicht nervös", sagte Hailey. „Da ist die nicht existente Beziehung keine große Sache mehr."

„Durch Schein zum Sein", sagte Lexi. „Mach das zu deinem Mantra."

Sabrina seufzte empört. „Und wen soll ich denn überhaupt bitten, meinen Verlobten zu spielen?"

Lexi grinste verschlagen. „Wie wäre es mit deinem *Freund* Logan?"

Sabrina spürte, dass sie wieder rot wurde, und ihr

Magen machte bei der Erwähnung seines Namens einen Sprung. Ihre geheime Lust auf Logan Campbell war so peinlich, weil sie vollkommen einseitig war. Seit er vor einem halben Jahr das Büro über ihrem gemietet hatte, träumte sie insgeheim von Sex mit ihm. Er lachte oft und viel mit ihr, flirtete jedoch nie. Sie kannte all die klassischen Flirtsignale – gesenkte Stimme, direkter Blickkontakt, Schultern straffen, um größer zu erscheinen – und er sendete nicht eines davon aus. Seine Stimme war immer tief und änderte sich nie. Sie war sich nicht sicher, wie lange er ihr in die Augen sehen würde, denn sie wandte immer den Blick ab, wenn sie spürte, dass sie rot wurde, doch wenn sie wieder aufblickte, schien er jedes Mal auf etwas hinter ihrem Ohr zu blicken. Seine Schultern waren immer gleich, breit und athletisch wie die aller Campbell-Männer, doch nie übermäßig gestrafft, sondern immer entspannt.

Selbst wenn Logan *so* über sie denken würde, was er nicht tat, war er trotzdem nichts für sie. Wenn es eines gab, das sie als Beziehungstherapeutin gelernt hatte, dann war es, Männer zu erkennen, die beziehungstechnisch nicht gut für sie waren. Logan war ein klassischer Beziehungsphobiker.

Sie strich sich durchs Haar. „Ich habe euch doch gesagt, wir sind nur Freunde."

Mad nickte. „Ja, frag Logan. Das dürfte ihm leicht fallen." Logan war ihr älterer Bruder. „Er ist immer noch von seiner Freundin von der Uni besessen."

Sabrina starrte Mad geschockt an. Logan hatte nicht einmal seine Freundin von der Uni erwähnt, dabei aßen sie mindestens einmal pro Woche zu Mittag. Dann war er seit Jahren derselben Frau treu? Hatte sie ihn so falsch eingeschätzt? Vielleicht hätte *sie* ihm ein Signal senden sollen. Nicht, dass das wichtig wäre. Er stand nicht auf sie, und jetzt, da sie wusste, dass er Ballast von einer Exfreundin mit sich herumschleppte, wollte sie erst recht nichts von ihm.

Hailey bat Sabrina Mads anderen Singlebruder als Alternative an. „Josh macht es, wenn du ihn dafür bezahlst." Sie verzog das Gesicht. „Du musst nur damit rechnen, dass es teuer wird." Hailey wusste das aus Erfahrung. Sie war Hochzeitsplanerin, und da sie dringend ein verlässliches Hochzeits-Date gebraucht hatte, hatte sie Josh dafür bezahlt, sie zu verschiedenen Hochzeiten zu begleiten, damit sie vor ihren Kunden nicht allein dastand. Leider war ihr Deal jedoch schnell in die Hose gegangen und sie waren seitdem zerstritten.

Sabrina schnaubte. Sie war kein hoffnungsloser Fall, verdammt noch mal! Sie musste ihren platonischen Freund nicht bitten, ihren falschen Verlobten zu spielen – oder noch schlimmer, jemanden dafür bezahlen. Sie war ein Profi. „Ich kann das Interview alleine durchziehen", erklärte sie, und sofort wurde ihr schwindelig. *Heuchlerin* hallte es durch ihren Kopf und machte langsam einem lauten Klingen in ihren Ohren Platz.

Im nächsten Moment drückte jemand ihren Kopf zwischen ihre Knie.

„Einatmen, Ausatmen", sagte Lexi.

„Ich schreibe, Logan", sagte Mad.

„Nein!", protestierte Sabrina.

„Vielleicht gehe ich als deine Verlobte", sagte Lexi und brachte Sabrina damit zum Lachen. Lexi war furchtbar desillusioniert, was Männer anging, doch sie wusste einen schönen Männerkörper zu schätzen, je größer und muskulöser, desto besser.

Sabrina richtete sich auf. „Ich bin okay. Lasst uns einen trinken gehen." Nach ihrem Buchclubtreffen gingen sie immer auf ein paar Drinks in die Garner's Sports Bar & Grill.

Die Frauen sahen sie mitfühlend an.

„Was?", fragte sie.

„Wir haben noch nicht einmal mit unserem Treffen angefangen", sagte Hailey und holte ihren E-Reader aus ihrer weißen Lederhandtasche. „Und ich weiß, was wir lesen sollten." Sie schmunzelte und ihre blassblauen Augen tanzten vor Vergnügen. *„Verheiratet mit meinem falschen Verlobten."*

Alle lachten, doch Sabrina stöhnte.

2

Am nächsten Morgen kehrte Sabrina zur Arbeit zurück und vereinbarte den Termin für die Talkshow am Montagmorgen. Ihre Stimme zitterte, doch sie tat es. Dann hinterließ sie ihrer Freundin Claire eine Nachricht mit der Bitte, sie zu coachen, wie sie sich bei einem Fernsehinterview verhalten sollte. Sie war ein Profi darin.

Sie verlegte die Termine, die sie ursprünglich für Montagmorgen vereinbart hatte, und ging den Rest ihres Kalenders durch. Sie hatte sich die letzte Woche des Monats freigehalten und jetzt war sie doppelt froh, dass sie das getan hatte. Ihr Januarurlaub war mehr als nötig nach dem Ansturm von Feiertagsterminen. Über Weihnachten bauten sich die Spannungen auf, und sie war zwischen Weihnachten und Neujahr ausgebucht gewesen, da zu dieser Zeit die Leute zu Hause waren und mehr Gelegenheit zum Streiten gehabt hatten. Sie wollte in ihrer freien Woche nichts tun, außer sich in ihrer Wohnung einzuigeln, neue Rezepte auszuprobieren und bis zum Abwinken ihre Lieblingsfernsehsendungen anzusehen. Was für eine himmlische Vorstellung!

Sie brachte ihre Morgentermine recht diszipliniert hinter sich, wenn man bedachte, dass sie in drei Tagen ein

Fernsehinterview vereinbart hatte und sie immer noch nichts von Claire gehört hatte. Natürlich war Claire in Kalifornien und zwischen ihnen lagen mehrere Stunden Zeitverschiebung, darum sollte sie sich vielleicht nicht zu sehr deswegen stressen. Ihr Telefon klingelte. Claire! Sie nahm ihr Handy vom Schreibtisch, bemerkte dann jedoch, dass es ihr Bürotelefon war. „Sabrina Clarke, guten Tag."

„Ich bin Tara Brinkman. Sind Sie die Autorin von *Bye-bye Beziehungsphobiker*?"

„Ja, die bin ich. Wie kann ich Ihnen helfen?"

Die Frau fuhr in scharfem Ton fort. „Sie können mir helfen, indem Sie sofort Ihren Artikel aus dem Netz nehmen. Mein Buch – ein New York Times Bestseller – hatte den Titel Bye-bye Beziehungsphobiker weit vor ihrem. Ich bin als *Die BeziehungsBeraterin* bekannt mit zwei großen B – das ist übrigens ein eingetragenes Warenzeichen – und es wäre besser für Sie, wenn Sie sich nicht auch noch so bezeichnen würden."

Sabrina klappte abrupt den Mund zu. „Die Bezeichnung benutze ich nicht. Und ich habe nie von Ihnen gehört."

„Ich glaube nicht, dass das ein Zufall war. Sie versuchen, sich für mich auszugeben und meinen herausragenden Ruf auszunutzen."

Sabrina fuhr sich mit der Hand durchs Haar, sprachlos angesichts der aggressiven Feindseligkeit der Frau. „Wie schon gesagt, hatte ich keine Ahnung, dass sie etwas mit einem ähnlichen Namen geschrieben haben."

„Nicht ähnlich. Es ist genau derselbe Name. Das nennt man Urheberrechtsverletzung. Nehmen Sie den Artikel aus dem Netz oder ich hetze Ihnen meinen Anwalt auf den Hals."

Kalter Schweiß trat auf ihre Stirn. Heilige Scheiße! „Ich bin mir sicher, das ist alles nur ein Missverständnis. Anwälte sind wirklich nicht nötig."

„Alles nur ein Missverständnis, na klar! Ich habe Sie durchschaut. Sie sind in meiner Gegend. Ich habe Büros in

Manhattan und Fieldridge, Connecticut. Sie versuchen, sich meine Kunden unter den Nagel zu reißen."

Sabrina schüttelte den Kopf. „Ich schwöre, ich habe noch nie von Ihnen gehört. Wann ist Ihr Buch erschienen?"

„Ich werde Sie im Auge behalten", sagte Tara in bedrohlichem Ton und legte auf.

Sabrina saß eine Weile geschockt da. Dann klappte sie den Laptop auf und googelte Tara Brinkman. Sie war echt. Alles war echt – ihre Praxis, ihr Buch, ihr Büro nur ein paar Orte weiter. Scheiße. Ihr Buch war vor fünf Jahren erschienen, als Sabrina noch an der Uni studiert hatte. *Bye-bye Beziehungsphobiker* wäre kein Buch gewesen, das sie gelesen hätte. Damals war sie in einer glücklichen Beziehung gewesen.

Mit zitternden Händen schloss sie den Laptop. Diese Frau könnte Sabrinas Ruf ernsthaft schädigen. Und einen Anwalt hatte Sabrina auch nicht. Sie hatte keine Ahnung, was sie tun sollte. Sie war sich nicht einmal sicher, ob sie den Artikel aus dem Netz nehmen konnte, nachdem er überall im Internet geteilt worden war.

Als ihr Bürotelefon erneut klingelte, zuckte sie zusammen und starrte es mit pochendem Herzen an, als wäre es eine Kobra, die im nächsten Moment zuschlagen könnte. *Beruhige dich. Das ist wahrscheinlich ein Klient.* Sie nahm den Hörer ab. „Hallo?"

„Sabrina Clarke?", fragte die autoritäre Stimme einer Frau, die ihr gleich den nächsten Schreck einjagte. Vielleicht war das schon die Anwältin, die ihr eine Klage um die Ohren hauen wollte.

Sie zögerte einen Moment, dann sagte sie: „Ja, wie kann ich Ihnen helfen?"

„Ich bin Joyce Earley. Ich bin Literaturagentin und würde mich gerne mit Ihnen über ein mögliches Buch unterhalten. Ich habe *Bye-Bye Beziehungsphobiker, hallo Glücklichsein* förmlich verschlungen. Ich liebe Ihren Artikel!"

Sie war so erleichtert, dass es keine Anwältin war, dass sie sich sofort der wildfremden Frau anvertraute. „Ich überlege, den Artikel aus dem Netz zu nehmen. Ich hatte gerade einen Anruf von der Autorin eines Bestsellers mit demselben Titel. Sie hat angedeutet, dass das eine Urheberrechtsverletzung ist."

„Einen Buchtitel kann man nicht urheberrechtlich schützen. Wie auch immer, Ihr Essay hat was. Stellen Sie sich ein weißes Cover mit einem leuchtendroten Herzen und einem Titel in Pink vor. *Romantische Rebellin* oder sowas in der Art–"

„Ich bin kein Rebell", sagte Sabrina mit Nachdruck, überrascht, wie klar sie denken konnte, nachdem ihr Morgen sie so aufgewühlt hatte. Doch was ihre Grenzen anging, darüber war sie sich immer klar gewesen. Den Stempel Rebell wollte sie nicht. Sie hatte viel zu hart gearbeitet, um viel traditioneller als das zu sein – ihre ganz persönliche Rebellion gegen ihre verrückte Familie. Die Agentin durchschaute sie wahrscheinlich bis hinunter zu den ungebundenen Wurzeln ihrer Familie.

Joyce fuhr munter fort. „So muss das Buch ja nicht heißen. Wie wäre es mit *Ein Leitfaden zur dauerhaften Liebe*? Nein, da brauchen wir was Prägnanteres. Daran können wir noch arbeiten. Sie haben mit Ihrem Artikel wirklich einen Nerv getroffen und ich glaube, Sie könnten zahllosen Frauen auf der ganzen Welt helfen."

Sabrina stützte ihren Kopf in ihre Hand und starrte auf ihren Tisch. „Ich würde wirklich gerne mehr Frauen ansprechen." Bisher hatte sie sich schwerpunktmäßig auf Paare konzentriert, doch sie könnte ihr Angebot auf Einzeltherapie ausweiten und Singlefrauen helfen, auf eine erfüllende Beziehung hinzuarbeiten, indem sie an sich selbst arbeiteten. Es wäre analog zum Sologamiekonzept – sich selbst zu heiraten als Bekenntnis zu sich selbst. Zumindest das hatte sie selbst in ihrem Leben praktiziert – die Sologamiezeremonie mit ihren Freundinnen als

Zeuginnen zu zelebrieren, war ein erhebendes Erlebnis gewesen.

„Ausgezeichnet!", rief Joyce. „Aber wir müssen das Eisen schmieden, solange es heiß ist! Warum entwickeln Sie nicht ein grobes Konzept, wir packen Ihren Essay als Einleitung davor und ich biete das Ganze an. Ich bin mir sicher, dass wir damit gutes Geld verdienen können. Natürlich machen wir eine Buchtour, Interviews, Werbespots, das volle Programm. Ich kann Sie jetzt schon in ein paar Talkshows bringen, das macht Ihr Buch nur noch interessanter für die Verleger, denen wir es anbieten werden."

Heuchlerin. Hochstaplerin. Scheinheilige.

Diesmal wurde ihr heiß und sie fühlte sich schwindelig. *Jetzt nicht umkippen.* „Einen Moment." Sie zog schnell ihre Strickjacke aus und fächelte sich frische Luft zu.

Sie hörte Joyce rufen: „Sind Sie noch da?"

Sie hob den Hörer wieder auf. „Ja, ich habe schon einen Auftritt in einer Talkshow. Am Montagmorgen gehe ich zu *Sunshine America.*"

„Fantastisch! Das kann ich benutzen, um mehr nationale Interviews zu bekommen. Die anderen Talkshows werden sich um Sie reißen!"

Sie umklammerte den Hörer. „Das klingt nach einer Menge Aufmerksamkeit."

„Eins nach dem anderen, Sabrina. Möchten Sie ein Buch schreiben, das zahllosen Frauen auf der ganzen Welt hilft?"

„Ja." Es gab nur eine Antwort auf diese Frage. Anderen zu helfen, war ihr Leben.

„Großartig. Dann maile ich Ihnen den Vertretungsvertrag. Ich freue mich auf unsere Zusammenarbeit."

Joyce legte auf.

Sabrina ließ langsam den Kopf auf ihren Schreibtisch sinken und stützte auf der Suche nach ihrer ruhigen, stabilen Mitte ihre Stirn auf die kühle Oberfläche. Wann hatte sie die Kontrolle verloren? Die Sache wurde zu einer

Lawine, ein verrückter Affenzirkus. Sie blieb eine ganze Weile so auf dem Tisch liegen, zu überwältigt, dass ihr Gehirn aufhörte, sie mit *Heuchlerin* oder *Hochstaplerin* zu bombardieren, und nur noch ein dumpfes, weißes Rauschen produzierte.

Als jemand an ihre Tür klopfte, richtete sie sich abrupt auf und strich sich die Haare aus dem Gesicht. Shit. Wie lange hatte sie still Panik geschoben? Hatte sie etwa die Mittagspause verpasst? War es schon Zeit für ihren Nachmittagstermin?

„Herein!", rief sie.

Die Tür ging auf und Logan steckte seinen Kopf herein. Seine kurzen braunen Haare und sein sorgfältig getrimmter Bart betonten sein perfekt symmetrisches Gesicht mit warmen braunen Augen, einer schlanken Nase mit einem winzigen Stups am Ende und einem Killerlächeln. Er war bei weitem der Bestaussehendste der Campbell-Männer und sie waren ein attraktiver Haufen. Sie hatte gehört, dass er seiner Mutter, einer ehemaligen Schönheitskönigin, ähnelte – die maskuline Version perfekter, feiner Züge. Er sollte derjenige sein, der im Fernsehen auftrat.

„Hast du Zeit für Lunch?"

Sie warf einen Blick auf ihr Handy. Sie hatte noch eine dreiviertel Stunde bis zu ihrem nächsten Termin. „Klar", brachte sie heraus und fing sich nach ihrer kurzen Panik wieder.

„Schön." Er trat ein, eine Tüte vom Chinesen um die Ecke in der Hand, und stellte sie auf den Sofatisch zwischen dem Sofa für ihre Klienten und ihrem Sessel.

Er war groß, etwa eins fünfundachtzig, drahtig mit Muskeln wie ein Athlet und wirklich intelligent. Er war der Technologieguru in seiner Firma. Checkin war ein Onlinedienstleister, der Backgroundchecks für Zeitarbeiter in der Pflegebranche und anderswo durchführte.

Sie blieb an ihrem Schreibtisch und wartete, bis sie sich wieder genug gefangen hatte, um zu ihm zu gehen. Es war bereits ein höllischer Tag gewesen und es war gerade einmal Mittagszeit. Er setzte sich aufs Sofa, lässig und entspannt wie immer in einem langärmeligen schwarzen Baumwollhemd, einer schmal geschnittenen, ausgeblichenen Jeans und Sneakers.

Er hob den Kopf. „Ich habe Hühnchen mit Brokkoli und Lo Mein mit Schweinegeschnetzeltem. Dachte, wir könnten es uns teilen." Er schenkte ihr ein Lächeln, das sein schönes Gesicht zum Strahlen brachte, und sie spürte, wie sie rot wurde. Selbst aus der Ferne war seine Wirkung auf sie spektakulär. „Und die frittierten Teigtaschen, die du so magst, habe ich auch mitgebracht." Er deckte den Tisch mit Papptellern, Servietten und Plastikgabeln, die er aus der Küche seines Büros mitgebracht hatte.

„Danke, Logan. Genau, was ich jetzt brauche." Sie ging zu ihm hinüber, froh, dass ihre Beine sie trugen, und setzte sich ihm gegenüber in den Sessel. Sie schlug die Beine übereinander und strich ihren dunkelgrauen Bleistiftrock glatt, bevor sie eine der Wasserflaschen nahm, die er mitgebracht hatte, und sie öffnete.

Sie achtete immer darauf, dass ein Tisch zwischen ihnen war. Es war nicht so, dass sie sich ihm an den Hals werfen würde. Alles war nur viel einfacher, wenn die Grenzen der Freundschaft klar sichtbar waren. Es erstaunte sie immer wieder, wie sehr sie nach ihm lechzte, auch wenn sie genau wusste, dass er nichts für sie war. Da war diese Bindungsphobiker-Sache, auch wenn sie nicht sicher war, ob er wirklich einer war, nachdem sie neulich gehört hatte, dass er immer noch seiner Ex hinterherschmachtete.

Doch was immer es war – Beziehungsphobie oder der Ballast einer Ex – Logan war keine gute Wahl für sie. Darüber hinaus war er jemand, der Risiken einging. Sabrina hatte hart für einen stabilen, risikofreien Lebensstil gearbeitet. Und was hatte er getan? Er hatte einen lukrativen Job in der Firma seines Bruders verlassen, um mit Checkin etwas Eigenes aufzubauen. Dafür hatte er ein

Jahr auf dem Sofa seines Freundes geschlafen und war gerade so über die Runden gekommen. Okay, ja, ihre Risikotoleranz war im Vergleich zu anderen extrem niedrig angesiedelt, das wusste sie. Sie wusste auch, dass sie Sicherheit und Stabilität wegen ihrer vorherigen Beziehung und ihrer unkonventionellen Kindheit mehr brauchte als andere, doch so war es nun einmal. Die risikobereite Ader in Logan, an der sich andere wahrscheinlich nicht gestört hätten, war einfach zu viel für *sie*.

Sie seufzte leise. Sie musste einen risikoaversen Mann finden, der bereit für eine Beziehung war, um ihre aufgestaute Lust auszuleben.

Sie starrte seine großen, maskulinen Hände an, als er die Schachteln mit dem Essen auf den Tisch stellte. Logan wusste genau, was sie in welchem Restaurant am liebsten aß. Er war ein sehr aufmerksamer Freund, was ihrer Erfahrung nach untypisch für einen Mann war. Dennoch war er nur ein Freund. Sie wechselten sich mit dem Bezahlen fürs Mittagessen ab, darum war es auch nicht wie ein Date. Sie riss den Blick von seinen Händen los, und da er sich aufs Auspacken konzentrierte, beobachtete sie stattdessen sein attraktives Gesicht. Nicht zum ersten Mal fragte sie sich, wie sich der Bart anfühlen würde. So weich, wie seine Haare aussahen, oder borstig rau?

Sie trank einen langen Schluck kühles Wasser und wünschte sich, sie könnte endlich über die peinliche Lust auf einen Freund hinwegkommen.

Seine braunen Augen funkelten amüsiert. „Mad hat mir erzählt, dass du möchtest, dass ich deinen Verlobten spiele?"

Mit brennenden Wagen verschluckte sie sich und spie hustend das Wasser aus. Als sie endlich wieder sprechen konnte, sagte sie: „Deine Schwester hat eine große Klappe."

Er lachte. „Ja. Ich hab ihr auch gesagt, dass das lächerlich ist."

Sie tupfte ihren Mund mit einer Serviette trocken.

Meinte er, dass die Vorstellung, dass sie ein Paar sein könnten, lächerlich war oder die Idee, einen Verlobten vorzutäuschen? „Warum findest du das lächerlich?"

Er zuckte mit den Schultern. „So viel Schauspielerei und kein Spaß dabei."

Ihr Magen hüpfte. Welche Art Spaß meinte er? War es doch nicht so einseitig, wie sie gedacht hatte? „Das war Haileys Idee und ich habe ihr schon gesagt, dass das eine kranke Idee ist."

Er neigte den Kopf und fing an, Hühnchen mit Brokkoli auf seinen Teller zu laden, bevor er den Behälter über den Tisch zu ihr schob.

„Mad meint, dass du eine Riesenchance hast, dich als Beziehungsexpertin zu etablieren. Sie hat mir den Link zu deinem Essay geschickt. Unverblümte Wahrheit da drin."

Sie war sich nicht sicher, ob das gut oder schlecht war, doch allein das Wort „Beziehungsexpertin" ließ ihren Adrenalinspiegel in die Höhe schnellen. Ihr Herz raste, ihr Atem wurde flach und Schweißperlen traten ihr auf die Oberlippe. *Heuchlerin. Hochstaplerin. Scheinheilige.*

Was, wenn diese durchgeknallte BeziehungsBeraterin anfing, Interviews zu geben und Sabrina des Diebstals geistigen Eigentums bezichtigte? Was, wenn sie sie vor Gericht schleppte. *Ahhhh!*

Logan wedelte mit der Hand vor ihrem Gesicht. „Bist du okay? Du bist noch blasser als sonst."

Sie blinzelte, denn die Beleidigung hinter seiner Bemerkung brachte sie zurück in die Realität. *Noch blasser als sonst?* Das war der Beweis. Vollkommener Mangel an Interesse. Jemand, der Interesse an ihr hätte, würde nicht sagen *noch blasser als sonst,* sondern es netter formulieren wie *du bist ein bisschen blass um die Nase.* Doch Logan machte sich nichts aus derartigen Nettigkeiten. Er sah einen Kumpel in ihr.

Was *vollkommen in Ordnung* war.

Sie hatte ihre Standards. Was machte es schon, dass sie noch niemanden gefunden hatte, mit dem sie etwas

Ernstes hätte aufbauen wollen, seit ihrem dämlichen Ausflug vor den Altar.

„Sabrina?"

„Was?"

„Gibt es einen Grund dafür, dass du heute so komisch bist? Ich meine, abgesehen von deinem Interview."

„Ich bin nicht komisch." Sie lud sich etwas von beiden Gerichten auf den Teller und starrte darauf. Ihr Appetit war vergangen. Sie blickte zu ihm auf. „Ich trete am Montagmorgen in *Sunshine America* auf. Live. Wenn ich da Scheiße baue–" Sie gestikulierte wild. „Dann war's das."

Er zog eine Braue in die Höhe. „Du wirst schon keine Scheiße bauen. Du bist eine Expertin. Sie werden dich nur Sachen fragen, die du sowieso weißt."

Sie warf ihre Hände in die Höhe. „Warum nennen mich alle Expertin? Ich bin keine Expertin."

Er schob sich ein Stück Brokkoli in den Mund und beobachtete sie. Schließlich sagte er. „Der *Clover Park Record* hat dich als Beziehungsheilerin bezeichnet."

Sie winkte ab. „Das ist nicht dasselbe. Davon abgesehen ist das nur ein Lokalblatt."

„Du hast viele glückliche Klienten."

„Die an ihrer Beziehung arbeiten *wollen*. Ich helfe ihnen nur dabei." Sie ließ die Schultern hängen und starrte ihr Mittagessen an. „Ich bin sicher keine Expertin."

„Okay, dann bist du eben keine."

Sie hob den Kopf. „Aber die denken das! Ich bin bestenfalls eine Hochstaplerin!"

Auf halbem Weg zum Mund hielt er in der Bewegung inne. „Inwieweit bist du eine Hochstaplerin?"

„Weil ich den Leuten rate, wie man eine gute Beziehung führt, dabei habe ich selbst keine."

Er starrte sie an. „Hast du je eine gehabt? Das zählt auf jeden Fall."

„Ja, aber das ist schone eine ganze Weile her." Wieder wedelte sie wild mit den Händen. „Und dann ist da diese Psycho BeziehungsBeraterin–"

„Du meinst, es gibt zwei davon?" Er schmunzelte. „Ich dachte, du hättest das Monopol?"

Als sie ihre Serviette nach ihm warf, lachte er und gab sie ihr zurück.

Sie beugte sich vor und senkte die Stimme. „Diese Frau hat angerufen und mir vorgeworfen, dass ich versuche, ihre Kunden zu stehlen, indem ich ihren berühmten Buchtitel gestohlen habe, von dem ich bis heute noch nie gehört hatte. Und mit einer Klage hat sie auch gedroht."

Er riss die Augen auf. „Im Ernst?"

Sie lehnte sich zurück. „Im Ernst. Sie war extrem feindselig. Doch dann hat eine Literaturagentin angerufen und mir erklärt, dass man Titel nicht urheberrechtlich schützen kann. Aber ich fürchte, ich muss trotzdem aufpassen, was diese Frau angeht. Und als ob das nicht schon reicht – diese Literaturagentin will, dass ich ein Buch schreibe."

Seine Augen strahlten herzlich. „Sabrina, das ist doch toll!"

Sie ertappte sich dabei, dass sie lächelte. „Danke, was das angeht, freue ich mich wirklich." Über all das mit Logan zu sprechen, half ihr, sich so weit zu entspannen, dass sie zu essen anfangen konnte. Sie spießte eine Teigtasche auf. „Sie will es *Romantische Rebellin* nennen."

Er lachte schallend. „Das klingt gar nicht nach dir."

Sie kaute und schluckte. „Ohne Witz. Und sie will das volle Programm durchziehen mit Buchtour, Interviews, Werbespots und ..." Sie holte tief Luft. „Gott, das bin ich nicht."

Er musterte sie. „Weil du schüchtern bist?"

Sie kniff die Augen zusammen. „Ich bin nicht schüchtern."

Er lächelte. „Doch, das bist du."

„Von Angesicht zu Angesicht habe ich kein Problem. Ich mag nur nicht im Rampenlicht stehen."

Er rollte seine Lo Mein mit der Gabel auf. „Weil du schüchtern bist."

„Ich bin nicht schüchtern! Ich werde nur viel zu schnell rot."

„Weil du schüchtern bist", feixte er. *Ich beobachte Sie, Glotzkowski",* fügte er seine Imitation von Rosa aus dem Film *Monster AG* hinzu.

Ein zögerliches Lächeln umspielte ihre Lippen. Seine Imitationen *waren* lustig. „Du hörst mir nicht zu."

„Und ob. Ich bin nur anderer Meinung." Er zwinkerte ihr zu und wandte sich wieder seinem Mittagessen zu.

Sie funkelte ihn böse an, irritiert, dass er einfach nicht begriff, dass es nicht Schüchternheit war, die sie zurückhielt, doch er war zu sehr mit seinem Essen beschäftigt, um es zu bemerken. „Ich will einfach diesen Medienzirkus nicht. Das passt in keiner Weise zu meinem Leben."

Er setzte die Flasche an seine Lippen und sagte: „Warum nicht?"

„Weil mein ganzes Leben ein einziges Chaos war und ich kann nicht fassen, dass ich dir das erzähle. Lass uns einfach sagen, dass ich mich aus dem Chaos freigekämpft und meine eigene Stabilität geschaffen habe."

Er neigte den Kopf. „Willst du damit sagen, dass deine Familie einen Knall hat?"

„Ja."

„Meine auch. Ich glaube, es gibt keine Familie, die keinen Knall hat."

„Nein, deine ist groß und laut und glücklich." Sie kannte und liebte seine Familie – seine Schwester Mad, seine älteren Brüder und seinen Dad, der unglaublich süß war. Natürlich waren sie nicht perfekt. Seine Mom hatte die Familie verlassen, als er gerade mal vier Jahre alt gewesen war, und hatte nie angerufen oder ihn besucht. Das könnte reichen, um den Glauben eines Menschen in dauerhafte Beziehungen ernsthaft zu erschüttern, was seine Beziehungsphobie erklärte. Doch jetzt, wo sie wusste, dass er sich nach einer verlorenen Liebe verzehrte, war sie sich ihrer Diagnose nicht mehr ganz so sicher. Durch ihre Freundschaft zu Mad wusste sie viel mehr über ihn, als ihm wahrscheinlich bewusst war.

Er spießte ein Stück Hühnchen auf. „Nicht immer glücklich."

„Meine ist peinlich. Sprunghaft–"

„Sprunghaft?"

„Niemand bleibt verheiratet, keine dauerhaften Verpflichtungen irgendwelcher Art. Kinder überall, als hätten sie nie etwas von Verhütung gehört. Drama, Drama, Drama. Und sie lieben es! Ich musste da weg, sonst wäre ich durchgedreht."

Er schüttelte den Kopf. „Ich kann mir dich in einer solchen Familie gar nicht vorstellen."

„Genau. Spaß ist was anderes."

Ein paar Minuten aßen sie in behaglichem Schweigen.

Dann legte sie ihre Gabel ab. „Ich will Leuten helfen. Ich will mich nur nicht in dem Chaos verlieren."

Logan blickte auf. „Wer kommt mit dir zu deinem Interview?"

Sie trank einen Schluck und dachte darüber nach. Ihre Freundinnen mussten wahrscheinlich alle arbeiten. „Ich weiß nicht. Morgen, wenn wir Mads Hochzeitskleid einkaufen gehen, will ich die Mädels fragen, aber große Hoffnungen mache ich mir nicht. Das Interview ist am Montagmorgen um acht Uhr in der Stadt. Ich muss um sechs da sein. Claire wäre perfekt, aber sie ist noch nicht wieder zurück."

Er begegnete ihrem Blick, seine Miene ungewöhnlich ernst. „Wenn ich mitkommen soll, musst du es nur sagen."

Sein Angebot berührte sie zutiefst. Sie wusste, dass er viel um die Ohren hatte mit den Investorenmeetings, auf die er sich vorbereiten musste. Ein winziges Fünkchen Hoffnung wärmte sie, auch wenn sie sicher war, dass er nicht mehr als eine Freundin in ihr sah.

„Warum würdest du das tun?", fragte sie leise.

„Weil wir Freunde sind und du verdammt schüchtern

bist." Er zog einen Mundwinkel hoch. „Du weißt, dass sie Publikum im Studio haben *und* durch die großen Fenster Leute von der Straße aus zusehen. Ich bin schon ein paarmal an ihrem Studio vorbeigelaufen. Ich würde es nur ungern sehen, wenn du roter anlaufen würdest als ihr Logo." Das *Sunshine America* Logo war leuchtendrot und orange. *Herzlichen Dank auch.*

Sie hob das Kinn. „Ich bin ein Profi. Ich komme schon klar."

Er trank einen Schluck und blickte sie über die Flasche hinweg an. „Bist du sicher?"

„Ja!"

„Okay, okay." Seine braunen Augen glitzerten amüsiert. „Ziemlich große Klappe für ein schüchternes Mädchen."

Grrr…

Er schmunzelte. „Aber dein Artikel war spitze."

Sie sah ihm in die Augen und lächelte. Er erwiderte ihr Lächeln so herzlich, dass ihr ganz warm wurde. Vielleicht war da doch etwas. Fragen schossen ihr durch den Kopf. *Stehst du etwa auf mich? Was hältst du von festen Beziehungen? Trauerst du immer noch deiner Freundin von der Uni hinterher? Wärst du bereit, ein stabiles, risikofreies Leben zu führen?*

Professionell, wie sie war, platzte sie darum heraus: „Nachdem so viele deiner Freunde heiraten, denkst du je selbst daran?"

Er runzelte die Stirn. „Das war jetzt aber ein abrupter Themenwechsel."

Ihre Augen und ihr Hals brannten, doch sie schaffte es, gelassen zu klingen. „Ich bin Beziehungstherapeutin. Da interessiert mich sowas natürlich."

Er schüttelte den Kopf. „Meiner Erfahrung nach halten die meisten Beziehungen nicht. Es fällt mir schwer, mir vorzustellen, mich für immer zu binden, wenn so ziemlich jede Statistik versucht, dir zu beweisen, dass das nicht funktioniert." Er verzog das Gesicht. „Darum braucht die

Welt Leute wie dich, um Beziehungen dauerhaft zu machen. Ist jetzt nichts gegen dich oder deine Branche, aber wenn es so schwer ist, zusammen zu sein, dann soll es vielleicht einfach nicht sein."

Sie unterdrückte ein enttäuschtes Seufzen. Wie unromantisch, wie beziehungsphobisch, wie aufrichtig. Sie rechnete es ihm hoch an, dass er ehrlich war. Und sie hatte die Antworten, die sie brauchte. Für eine Beziehung mit ihr taugte Logan nicht. Eine feste Beziehung war etwas, wofür man arbeiten musste. Es war eine Entscheidung, die man jeden Tag aufs Neue treffen musste, sich zur Liebe seines Lebens bekennen, auch wenn es schwerfiel. Dann fiel ihr auf, dass er bei allem Gerede über Beziehungen seine Ex mit keinem Wort erwähnt hatte. Mad musste sich da ziemlich getäuscht haben. Er wirkte definitiv nicht so, als trauerte er irgendjemandem hinterher.

Logan fing an, von seinen bevorstehenden Investorenmeetings in Kalifornien zu erzählen und wie wichtig sie für Checkin waren. Er hatte das Unternehmen mit Ben, seinem Bruder ehrenhalber, aufgebaut, und jetzt suchten sie nach Investoren, um sich weiter zu vergrößern. Das wichtigste Meeting würde in zwei Wochen stattfinden.

Sie hörte aufmerksam zu, ohne ihn zu unterbrechen, während er leidenschaftlich von seiner Firma sprach und wie seine Träume dafür aussahen. Zumindest hatten sie das, eine enge Freundschaft, in der sie über Dinge reden konnten, die ihnen wichtig waren. Das musste reichen.

3

Logan fuhr am frühen Montagmorgen nach Manhattan, um Sabrina anlässlich ihres Talkshow-Debuts zu unterstützen. Wenn er ihr im Voraus erzählt hätte, dass er kommen würde, hätte sie die Tapfere gespielt und ihm erklärt, dass es nicht nötig war. Doch er hatte echte Angst in ihren Augen gesehen, und sobald er von Mad gehört hatte, dass Sabrina allein gehen würde, hatte er nicht zweimal darüber nachdenken müssen. Sabrina war wie eine Porzellanpuppe – schön, perfekt, zerbrechlich. Unerreichbar. Ihre dunkelblonden Haare waren seidig und glatt, nie zerzaust oder ungekämmt, und sie hatte diese großen, braunen Augen und Apfelbäckchen, die dazu neigten, schnell rot zu werden, und ein süßes Lächeln. Ihr Körper war schlank und kurvig, immer verpackt in perfekt sitzender Businesskleidung.

Nicht, dass er ein Neandertaler gewesen wäre, doch er brauchte jemanden, der ihn herausforderte, ein bisschen mehr austeilte und einsteckte. So süß und entgegenkommend sie war, könnte er sie ganz leicht unterbuttern. Und wenn Sabrina Schwäche zeigen und verunsichert reagieren würde, würde die Moderatorin das gnadenlos ausnutzen. Doch wenn er während ihres großen Interviews hinter der Bühne stand und ihr auch nur einen Bruchteil von der Unterstützung geben konnte, die sie ihm gegeben hatte, dann war das das Mindeste, was er tun konnte. Seine Schwägerin Claire hatte ihn auf die VIP-Liste setzen lassen, damit er in Sabrinas Sichtfeld stehen konnte, abseits der Kamera, damit er seine Freundin wissen lassen konnte, dass er für sie da war.

Sabrina wusste nicht, wie sehr ihr stilles Zuhören und ihre Unterstützung ihm durch schwere Zeiten geholfen hatte. Wie letzten Sommer, als sich sein Geschäftspartner Ben gegen falsche Anschuldigungen sexueller Belästigung hatte wehren müssen. Logan hatte mit seinem Freund gelitten und sich Sorgen um die Firma gemacht, als sich das Gerücht in der Branche herumgesprochen hatte. Sabrina hatte ihm empfohlen, das Getuschel zu ignorieren und Ben zu zeigen, dass er an ihn glaubte. Sie hatten den Sturm überstanden.

Dann, später, als Ben furchtbar schlecht gelaunt gewesen war und es Logan nicht gelungen war, herauszufinden, woran es lag, war Sabrina diejenige gewesen, die den Grund für Bens Stimmung herausgefunden hatte: Missy. Daraufhin hatte sie vorgeschlagen, sie vorzeitig aus ihrem Vertrag zu entlassen, damit Missy und Ben zusammenkommen konnten, ohne dass berufliche Grenzen des Anstands im Weg standen. Jetzt waren sie verlobt. Sabrina war einfach so feinfühlig. Sie war viel zu bescheiden, um es zuzugeben, doch seiner Meinung nach war sie *die* Beziehungsexpertin schlechthin.

Verdammter Verkehr. Den ganzen Weg bis in die Stadt war alles wunderbar gelaufen, doch jetzt kroch er im Schneckentempo die letzten paar Blocks zum Studio von *Sunshine America* und hoffte, dass sich der Stau schnell auflösen würde. Er freute sich für Sabrina und wusste, was das für ihre Karriere bedeuten konnte. Dass Sabrina an ihn geglaubt hatte, hatte seiner eigenen Karriere geholfen. Als er, der Nerd, bei den Investorenmeetings die Führung hatte übernehmen müssen, nachdem die Lügen einer ehemaligen Angestellten Bens Ruf geschädigt hatten, war Sabrinas bedingungslose Unterstützung der Fels in seiner Brandung gewesen. Sie hatte sich seine Präsentation angehört und ihm bestätigt, dass er auf dem richtigen Weg war. Ben zog ihn gerne wegen Sabrina auf, indem er sie als Logans Zuckerschnecke bezeichnete, was ein Teil des Problems mit ihr war – sie war zu süß. Sie duftete sogar nach Honig und süßen Blumen.

Auch wenn sie ihn am Freitag während des Mittagessens überrascht hatte, als sie zum ersten Mal die Stimme gehoben und zugegeben hatte, dass ihre Familie verrückt war. Er hatte sie sich immer in einer ruhigen Familie vorgestellt, die zu Symphoniekonzerten oder in die Oper ging. Auf jeden Fall hatte sie ihm nie das geringste Zeichen gegeben, dass sie mehr als Freundschaft von ihm wollte. Sie war so reserviert und professionell. Er konnte sich nicht einmal vorstellen, ihre perfekten Haare zu zerzausen. Das einzige Mal, dass sie ihn berührt hatte, war letzte Woche an Silvester gewesen, als sie ihm die wohl unbeholfenste Umarmung seines Lebens gegeben hatte. Selbst sein extrem zurückhaltender Bruder Josh war ein besserer Umarmer als sie. Sie hatte während der Umarmung so darauf geachtet, Abstand zu halten, dass sie seinen Ellbogen – die wohl am wenigsten aufregendste Stelle am menschlichen Körper – gedrückt und ihm dabei auf den Rücken geklopft hatte. Als sie fertig war, war sie einen Schritt zurückgesprungen, als hätte sie es kaum ertragen können, ihn zu berühren.

Da gab es noch andere Faktoren, die die Sache verkomplizierten. Sabrina stand seiner großmäuligen Schwester nahe, was der Grund war, weswegen er nie über zu Persönliches mit ihr sprach. Er hatte Sabrina nichts von Olivia erzählt, auch wenn es für ihn und Olivia überaus vielversprechend aussah. Im zweiten Jahr an der Uni hatte er sich schwer verliebt und bei der Abschlussfeier hatte er ihr einen Antrag gemacht. Das war etwas, wovon er nicht einmal seinen Freunden und seiner Familie erzählt hatte, denn sie hatte abgelehnt mit der Begründung, dass er nicht aus der „richtigen" Familie stammte. Zu Deutsch: er hatte kein Geld. Sie war der Spross einer vermögenden Familie und ihr Erbe hing davon ab, dass sie angemessen heiratete – eine von vielen Bedingungen bla, bla, bla. Alles, was er gehört hatte, war *du bist nicht gut genug* gewesen. Er hatte sich in die Arbeit gestürzt, hauptsächlich, um zu beweisen, dass er erfolgreich sein konnte – und um ihr seinen Erfolg unter die Nase zu reiben. Doch das war am Anfang gewesen. Irgendwann hatte die Arbeit angefangen, ihm Spaß zu machen, und schließlich hatte er sein eigenes Geschäft aufgebaut.

Olivias Abfuhr tat nicht so weh, wie er zunächst befürchtet hatte, denn sie blieb mit ihm in Kontakt, schickte Geburtstags- und Weihnachtskarten und gelegentlich eine E-Mail, in der sie fragte, wie es ihm ging. Tief im Inneren wusste er, dass das bedeutete, dass er ihr nicht egal war. Vor ein paar Monaten hatte sie ihm wieder geschrieben, und als er ihr erzählt hatte, dass er den nächsten Schritt mit Checkin wagen würde, hatte sie sich für ihn gefreut. Sie hatte sogar gesagt, dass sie hätte wissen sollen, dass er erfolgreich werden würde, und dass es dumm von ihr gewesen war, seinen Antrag abzulehnen. Natürlich war er nicht naiv. Er las zwischen den Zeilen, dass er jetzt als erfolgreicher, etablierter Geschäftsmann anziehender auf sie wirkte als als Berufsanfänger aus einer Familie aus der Arbeiterklasse, aber immerhin. Das zwischen ihnen war schon damals echt gewesen und jetzt, wo er an einem Punkt in seinem Leben angekommen war, an dem er die Früchte seiner Arbeit ernten konnte, hatte er darüber nachgedacht, sich mehr Zeit für eine Beziehung zu nehmen.

Es half natürlich, dass Olivia ihm gestanden hatte, dass sie ihn abgelehnt hatte, weil sie zu jung gewesen war. Sie war zwei Jahre jünger als er und gerade mal zwanzig gewesen, als er ihr den Antrag gemacht hatte. Er hatte ihr vergeben. Sie war aufrichtig gewesen und es war schließlich ihr Korb gewesen, der das Feuer des Ehrgeizes in ihm entfacht hatte.

Vor sechs Wochen war er nach San Francisco geflogen, um mit ihr das lange Thanksgivingwochenende zu verbringen. Sie hatten nahtlos dort angeknüpft, wo sie aufgehört hatten – behaglich und ungezwungen. Seitdem hatte er sie jedoch nicht mehr gesehen. Weihnachten hatte sie mit ihrer Familie in den Schweizer Alpen verbracht und er hatte die Feiertage mit seiner eigenen Familie verbringen und ab und zu ein bisschen arbeiten wollen. Doch sie hatten telefoniert und zahllose Nachrichten geschrieben. Er hatte ihr erzählt, dass, wenn für Checkin alles gut gehen würde, er ein Büro in San Francisco eröffnen würde, damit sie zusammen sein konnten. Sie war begeistert gewesen von der Idee.

Er hatte Olivia nichts von Sabrina erzählt, auch wenn sie nur Freunde waren. Olivia war von Natur aus eifersüchtig. Davon abgesehen würde er, wenn alles so lief, wie er es sich erhoffte, nach San Francisco ziehen, und damit wäre Sabrina aus seinem Leben. Keine Mittagessen mehr, keine tiefschürfenden Unterhaltungen. Bei diesem Gedanken wuchs unerwarteterweise ein Kloß in seinem Hals. Er würde Sabrina vermissen. Niemand hatte ihm je so zugehört wie sie.

Er wies sich innerlich zurecht. Prioritäten. Er stand an der Schwelle zu etwas Großartigem.

Viel später erreichte er das Studio und fuhr auf der Suche nach einer Garage daran vorbei. Er fand eine ein paar Blocks entfernt, gab die Schlüssel dem Jungen vom Parkservice und eilte in Richtung Studio. Das Interview würde in einer Viertelstunde anfangen. Er betrat das Gebäude des Senders. Am Tresen des Sicherheitsmannes blieb er stehen, nannte seinen Namen und sagte, dass er auf der Gästeliste stand.

Der Wachmann, ein harter alter Hund mit rasiertem Schädel und tiefen Furchen im Gesicht, sah ihn skeptisch an. „Führerschein."

Logan holte seinen Geldbeutel aus der Tasche und zeigte ihn ihm. „Es fängt bald an. Ich muss da rein."

„Immer langsam." Der Mann nahm den Hörer ab und fragte im Studio nach. Er legte auf und wandte sich ihm zu. „Studio ist voll. Alle Plätze belegt."

„Nein, ich gehöre zu Claire Jordan. Ich werde hinter der Bühne erwartet. Fragen Sie bei der Produzentin nach."

Er sah Logan an, der natürlich allein vor ihm stand. „A-ha." Niemand glaubte ihm jemals, dass er Claire Jordan kannte. Sie war ein Filmstar, doch sie hatte seinen Bruder Jake geheiratet.

„Claire ist meine Schwägerin", sagte er eindringlich. „Sie hat mich auf die Liste setzen lassen. Fragen Sie die Produzentin."

Der Mann beäugte ihn argwöhnisch. „Wie heißt die Produzentin?"

Er zermarterte sich den Kopf. „Cindy. Nein, Sandy. Sally! Sie hat gesagt, Sally wüsste Bescheid."

Der Mann warf einen Blick über seine Schulter, wo eine weitere Person auf den Empfang zukam. Scheiße. Dieser Typ begriff nicht, dass er in Eile war. Wenn er nicht bald die Hufe schwang, würde er das Interview verpassen. Er holte sein Handy heraus und rief Claire an. Sie würde ihm den Kopf abreißen. In Kalifornien war es noch nicht einmal fünf. Voicemail. Sie musste ihr Handy ausgeschaltet haben. Er wählte Jakes Nummer. Voicemail.

Der Wachmann ließ den anderen Typen herein.

Logan deutete auf das Telefon auf seinem Tisch. „Bitte rufen Sie nochmal an. Claire hat mich auf die Liste setzen lassen."

„Kumpel, du bist auf keiner Liste."

„Das bin ich!" Sein Blick schoss zum Aufzug. Er überlegte, ob er einfach an dem Typen vorbeirennen sollte, doch die Chancen, Sabrina zu erreichen, bevor er aus dem Gebäude geschmissen wurde, waren gering. Er konzentrierte sich wieder auf den Sicherheitsmann. „Fragen Sie Sally."

„Hier gibt's keine Sally."

„Dann eben Cindy."

Der Mann stand auf, ließ seine Muskeln spielen und gab den Blick auf seinen Gürtel frei, an dem eine Handfeuerwaffe im Holster steckte. „Sir, ich muss Sie bitten zu gehen."

Logan suchte verzweifelt nach einer Alternative. Er musste Sabrina wissen lassen, dass sie nicht allein war. Er hob beschwichtigend eine Hand und ging.

Am Ende der Straße hatte sich vor der Glasfront des Studios eine Gruppe von Fans der Show versammelt. Also gut, dann würde er eben vom Fenster aus zusehen.

~

Sabrina saß steif auf dem blassgelb gepolsterten Gästesessel neben den überaus lebhaften Gastgeberinnen Becky Simpson und Dell Rowan, die ihrerseits in passenden Sesseln saßen. Die Maskenbildnerin puderte Sabrinas Gesicht nun schon zum zweiten Mal ab. Niemand ist je an Lampenfieber gestorben, redete sie sich selbst gut zu. Das Schlimmste, was passieren konnte, war, dass sie jeden einzelnen Grund, warum sie eine Hochstaplerin und eine Scheinheilige war, herausposaunte und davonlief. Live im Fernsehen. Gott. *Mach dich nicht selbst runter. Sei dein eigener Cheerleader.*

„Versuchen Sie, nicht so viel zu schwitzen", sagte die Maskenbildnerin, bevor sie zu Becky und Dell ging. Sabrina holte zittrig Luft, verschränkte angespannt die Finger auf ihrem Schoß. Das Studio war voll und die Zuschauer waren lautstark begeistert, hier zu sein.

Eine riesige Menge draußen winkte und spähte durch die großen Fenster herein. Ein paar Leute hielten Tafeln hoch, auf denen stand *Ich liebe Dell!* und jede Menge Schilder mit *Good Morning, Sunshine!* Das war die Einleitung zu jeder Show.

Claire hatte sie gestern Abend telefonisch vorbereitet,

doch genau genommen hatte das Sabrina nur noch nervöser gemacht. Claire hatte darauf bestanden, dass Sabrina nur Fragen beantwortete, die sie beantworten wollte, doch „kein Kommentar", was sie als Antwort für einen solchen Fall vorgeschlagen hatte, war etwas, womit sich Sabrina nicht wohlfühlte. Ein Filmstar konnte sich so etwas leisten, doch eine Beziehungstherapeutin musste herzlich und offen wirken. Sie wünschte sich, sie wäre eine bessere Schauspielerin, denn dann könnte sie spielen, was sie gerne wäre – eine selbstbewusste, herzliche, offene Beziehungstherapeutin in einer glücklichen Beziehung und einer normalen Familie, die nie sitzengelassen worden war.

„Fünf Minuten!", rief jemand irgendwo.

Sabrina schluckte.

Außer „Guten Morgen" hatten Becky und Dell nichts zu ihr gesagt und sich stattdessen miteinander und mit der Crew unterhalten. Sabrina nahm an, dass sie ein Gast wie jeder andere für sie war, doch sie wünschte sich, jemanden zu haben, mit dem sie reden konnte, um sich abzulenken und sich ein bisschen zu entspannen.

Eine Frau kam herüber und kontrollierte das Mikrofon, das an Sabrinas weißen Cardigan geklippt war. Sie trug ihr violettes Lieblingskleid und schwarze Pumps. Sie hatte das Outfit gestern zusammengestellt und ein Foto davon Claire geschickt, die es für professionell mit genau dem richtigen bisschen Farbe hielt und es für gut befunden hatte. Zumindest wusste sie, dass das für sie sprach.

Eine junge Frau mit einem Headset stellte einen *Sunshine America* Humpen mit Wasser auf den Beistelltisch neben Sabrinas Sessel.

„Danke", krächzte Sabrina. „Ich bin am Verdursten."

Die junge Frau schien Mitleid mit ihr zu haben. Sie beugte sich zu ihr herunter und flüsterte: „Die meisten Gäste trinken einen Schluck, wenn sie einen Moment brauchen, um sich eine Antwort zurechtzulegen."

„Clever. Danke."

„Viel Glück!"

Sabrina lächelte angespannt und trank einen kleinen Schluck. Dann war sie wieder allein unter den heißen Scheinwerfern. Ein paar Minuten später verstummte das Publikum, als auf einem Bildschirm der Countdown zum Beginn der Show aufblinkte. Sabrina setzte sich auf ihre eisigen Finger.

Becky und Dell hatten endlich aufgehört, miteinander zu plaudern, und lächelten sie freundlich an.

Sie erwiderte das Lächeln, doch ihre Wangen taten weh, so gekünstelt war es. *Sei echt, sei du selbst.* Sie holte tief Luft.

Die Produzentin zählte lautlos den Countdown mit, während die Kameras bereits auf sie gerichtet waren. Sie war angewiesen worden, nicht in die Kamera zu blicken, sondern nur Becky und Dell anzusehen. Es war jedoch schwer, die drei riesigen Kameras zu ignorieren, die sie anglotzten.

„Good morning, sunshine!", rief Becky und strahlte in die Kamera.

„Einen wunderschönen guten Morgen allen unseren Zuschauern", fügte Dell in seinem vollen Bariton hinzu. „Wir haben heute einen ganz besonderen Gast. Wenn Sie sich zum neuen Jahr vorgenommen haben, die Liebe Ihres Lebens zu finden, dann ist Sabrina Clark vielleicht die Antwort."

„Hi Sabrina! Herzlich willkommen", sagte Becky lächelnd.

„Hi Becky, hi Dell, ich freue mich, hier zu sein." Ihre Stimme zitterte. Verdammt.

„Wir lieben Ihren Essay Bye-bye Beziehungsphobiker, Hallo Glücklichsein!" Becky blickte an der Kamera vorbei in Richtung Crew. „Können wir den Link aufrufen? Für den Fall, dass jemand ihn noch nicht gesehen hat."

Einen Moment später lächelte Becky. „Da ist er ja. Danke. Sabrina, was hat Sie dazu bewegt, den Artikel zu schreiben? War es persönliche Erfahrung oder basiert er auf Erfahrungen Ihrer Klienten?"

Sabrinas Herz pochte in ihren Ohren. Wenn sie sagte, dass das Geschriebene auf persönlicher Erfahrung beruhte, würden Fragen folgen, die sie nicht im nationalen Fernsehen beantworten wollte. Wenn sie sagte, dass es Erfahrungen ihrer Klienten waren, dann war das eine Verletzung ihrer Schweigepflicht. Und dass sie den Essay aus Rachedurst geschrieben hatte, würde sie ganz sicher nicht zugeben. „Ich weiß nicht", würde als Antwort allerdings nicht ausreichen.

„Weder noch", sagte sie.

„Was war dann der Stein des Anstoßes?", fragte Becky. „Haben Sie kürzlich Ihr Glück gefunden und wollten es mit anderen teilen?"

Sabrina blinzelte. Ihr Kopf war leer. Das war eine Show über gute Nachrichten. Sie musste etwas Positives sagen. Ihr Blick fiel auf ein Schild, das jemand draußen vor dem Fenster hochhielt. Darauf stand *Zeig's Ihnen, schüchternes Mädchen!* Sie konnte nicht anders. Sie musste lächeln. Nur Logan würde so etwas schreiben. Er war hier. Er wusste, was ihr der Auftritt bedeutete, wusste, wie nervös sie war, und auch wenn sie ihm gesagt hatte, dass sie gut allein klarkam, war er gekommen, um sie zu unterstützen. Sie war ihm nicht egal. Ihre Brust schwoll vor Zuneigung. Wenn sie ihn doch nur sehen könnte. Er war ziemlich weit hinten in der Menge.

Becky warf einen Blick in Richtung Fenster und wandte sich dann wieder Sabrina zu. „Ist da draußen jemand, den Sie kennen?"

Sabrina lächelte. „Ja, Entschuldigung. Was haben Sie gerade gesagt?"

Dell mischte sich in neckendem Ton ein. „Jemand Besonderes? Hat er einen Namen?"

Sabrinas Wangen brannten. „Logan."

Becky klatschte sich auf den Oberschenkel. „Also,

dann lasst uns Logan ins Studio holen. Bleiben Sie dran, nach der Werbepause geht's weiter."

Sabrina entspannte sich ein bisschen. Es half ihr zu wissen, dass Logan im Publikum war. Sie würde Beckys und Dells Fragen beantworten, als unterhielte sie sich mit Logan beim Mittagessen. Er war immer so entspannt und unverkrampft.

Die junge Frau, die Sabrina das Wasser gebracht hatte, kam vorbei. „Wie ist sein voller Name und wie sieht er aus?"

„Logan Campbell. Eins fünfundachtzig, trägt wahrscheinlich eine schwarze Daunenjacke. Kurze braune Haare und Bart." *Der sexy Typ.*

„Alles klar."

Sabrina beobachtete Becky und Dell, die sich angeregt unterhielten. Jetzt, wo Logan hier war, wusste sie, dass jemand auf ihrer Seite war. Später würden sie wahrscheinlich darüber lachen.

Die Minuten der Werbepause verstrichen und ihr wurde bewusst, dass sie Beckys Frage nicht beantwortet hatte. Sie würde sagen, dass sie dazu inspiriert worden war, den Essay zu schreiben, weil die Ex-Partner einiger ihrer Freundinnen alles andere als Prachtexemplare gewesen waren – es war also nicht ganz gelogen. Zufrieden mit der Antwort freute sie sich darauf, das Interview fortzusetzen.

Sie drehte sich um und begegnete Logans Blick. Er stand neben einer der Kameras. Sie sprang auf und rannte zu ihm. Sein vertrautes Gesicht an diesem fremden Ort zu sehen freute sie so sehr, dass sie ihn spontan umarmte und seinen frischen, sauberen Duft inhalierte.

Als sie ihn wieder losließ, strahlte sie. „Ich kann nicht fassen, dass du hier bist!"

Lachfältchen tanzten in den Augenwinkeln seiner warmen braunen Augen. „Überraschung. Claire wollte mich auf irgendeine Liste setzen lassen, doch irgendwie hat das nicht geklappt und sie haben mich nicht reingelassen."

„Jetzt bist du ja hier. Ich bin so froh." Sie senkte die Stimme. „Niemand redet hier mit mir."

Er warf einen Blick über ihre Schulter in Richtung der Gastgeber. „Sie werden mit dir reden, sobald die Kamera wieder an ist. Hast du eine Antwort vorbereitet? Ich habe die Show auf meinem Handy verfolgt und es sah so aus, als hätte es dir die Kehle zugeschnürt."

„Jetzt habe ich die Antwort. Ich habe nur einen Moment zum Nachdenken gebraucht. Es ist schwer, sich auf die Schnelle eine Antwort aus dem Ärmel zu schütteln."

Er drückte ihren Arm und sie spürte seine Wärme noch immer, als er sie schon wieder losgelassen hatte. „Du kannst das."

Sie wollte ihn erneut umarmen, doch ein Crewmitglied rief sie zurück auf die Bühne. Langsam ging sie hinüber und sah Logan dankbar und voller süßer Zuneigung an, während er ihr aufmunternd zulächelte. Dann wirbelte sie herum und eilte an ihren Platz, bereit, das Interview mit Bravour zu bestehen.

„Willkommen zurück!", trällerte Becky, sobald sie wieder auf Sendung waren. „Wir haben Logan Campbell ins Studio geholt und unser Gast strahlt. Ich schätze, wir wissen jetzt, was zu Sabrinas inspirierendem Artikel beigetragen hat."

Sabrinas Wangen wurden heiß und sie warf einen Blick in Logans Richtung. Er hatte seine schwarze Daunenjacke ausgezogen und jemand vom Ton wollte ihm ein Mikrofon anheften, doch Logan wich zurück.

„Lasst uns Logan hier rausbringen", sagte Dell. „Ladys, ihr wollt doch, dass er dazu kommt, oder?"

Das Publikum klatschte und johlte.

Logan hob die Hand und schüttelte den Kopf. Gut. Er setzte sich durch. Er deutete in ihre Richtung, als wollte er sagen: „Hier, sie ist der Star."

Eine weitere Welle der Zuneigung schwappte durch Sabrina hindurch und sie wollte ihn erneut umarmen. Er wollte sie unterstützen, hielt sich aber im Hintergrund. Das war ihr großer Moment, auch wenn es nicht leicht für sie war, und er respektierte das.

„Sind sie nicht süß?", fragte Becky. „Wie lange sind Sie schon zusammen?"

„Sechs Monate", antwortete Sabrina, doch dann wurde ihr bewusst, wie sich das anhörte. Sie waren seit sechs Monaten befreundet. „Ich meine ..." Sie blickte zu Logan auf, der zur Salzsäule erstarrt dastand, seine Miene ausdruckslos.

„Klingt ernst", bemerkte Dell.

„Ich weiß zu schätzen, was wir haben", sagte Sabrina. Okay, jetzt klang es wirklich so, als wäre Logan ihr Freund. Zumindest hatte sie nicht behauptet, sie wären verlobt. Sie gab ihren Freundinnen die Schuld daran. Sie hatten diese Idee in ihr Unterbewusstsein gepflanzt. Verdammt. Sie hoffte, dass Becky und Dell nicht noch mehr über Logan wissen wollten.

Becky lächelte sie strahlend an. „Wie wichtig ist sexuelle Kompatibilität in einer Beziehung?"

„Das steht für mich ganz oben", sagte Sabrina spontan und hatte das Gefühl, von Kopf bis Fuß zu erröten. Sie wagte es nicht, Logan anzusehen. Er lachte sich wahrscheinlich gerade krumm und würde sie später gnadenlos damit aufziehen.

„Klingt, als gefällt es Ihnen, oben zu sein", sagte Becky mit suggestivem Unterton. „Ladys, wir übernehmen gerne die Verantwortung für unser eigenes Glück" – sie zwinkerte übertrieben – „nicht wahr?"

Sie nahm ihre Tasse und trank einen großen Schluck kaltes Wasser. Das Publikum applaudierte begeistert, denn es bestand überwiegend aus Frauen.

Dell lächelte gutmütig. „Ich lerne so viel in dieser Show."

Alle lachten.

Dell fuhr fort. „Sabrina, wenn Sie jemanden, der auf der Suche nach Liebe ist, nur einen Rat geben könnten, was wäre das?"

Sabrina entspannte sich. Gott sei Dank waren sie fertig mit den sexuellen Anspielungen. „Erst einmal muss man sich selbst lieben. Wenn man sich in seiner Haut wohlfühlt und weiß, was man vom Leben will, ist es leicht, toxische Beziehungen loszulassen und die Liebe in sein Leben zu lassen."

„Das ist schön", sagte Becky. Sie wandte sich dem Publikum zu. „Ist das nicht ein schöner Gedanke?"

Die Zuschauer klatschten.

„Wenn ein Klient mit Bindungsangst zu Ihnen kommt, was ist das Erste, das Sie ihn fragen?", fragte Dell.

Jetzt war sie auf vertrautem Gelände und beantwortete den Rest ihrer Fragen mit professionellem Selbstvertrauen.

Als das Interview vorbei war, schwebte sie geradezu hinüber zu Logan. Sie hatte ihren ersten Fernsehauftritt überstanden und das Erlebnis auch noch mit ihm geteilt. Hoffentlich würde er sie nicht zu sehr aufziehen.

Sie blieb vor ihm stehen. „Ich glaube, das ist gut gelaufen."

„Jupp." Er nickte in Richtung Dunkelheit des Studios. „Komm, sie haben gesagt, dass es einen Hinterausgang gibt, um der Menge vor dem Fenster zu entkommen."

Sie folgte ihm durch einen schmalen Flur hinaus. „Möchtest du mit mir zurückfahren? Claire hat mir einen Fahrdienst geschickt. Es ist ein Mercedes mit getönten Scheiben."

„Ich bin mit meinem Auto da", antwortete er knapp.

Sie musterte ihn. Seine Miene war angespannt. „Alles okay?"

„Nein."

Sie gingen an ein paar Crewmitgliedern vorbei, die sich lachend unterhielten.

„Lass uns draußen reden."

Sie biss sich auf die Unterlippe. Er musste böse auf sie sein, weil es sich so angehört hatte, als wäre er ihr Freund und sie nicht widersprochen hatte. Offensichtlich fühlte er sich benutzt. Sie hatte gelogen. Er hatte wahrscheinlich den Respekt vor ihr verloren. Sie fühlte sich furchtbar. Sie wusste, wie wichtig Grenzen waren, und sie hatte eine ganz wichtige überschritten.

Sie gingen einen Block weit, bis sie in sicherem Abstand von der Menge bei den Fenstern waren.

Sie berührte zaghaft seinen Arm. „Logan, es tut mir wirklich leid. Ich hätte richtigstellen sollen, dass du nicht mein Freund bist. Es hat sich irgendwie einfach ergeben."

Er rieb sich das Gesicht. „Ich habe eine Freundin. Es wird ihr nicht gefallen, sowas im Fernsehen zu hören. Sie ist ziemlich eifersüchtig."

Sie starrte ihn an. „Was meinst du mit du hast eine Freundin?" Ihre Stimme war viel zu hoch und sie gab sich große Mühe, sie unter Kontrolle zu bekommen. „Seit wann?"

„Seit sechs Wochen."

Da hatte sie sich ihm so nah gefühlt, echte Zuneigung empfunden und er hatte es nicht für nötig gehalten, ihr davon zu erzählen. Sie hatte gedacht, sie stünden sich nahe. „Du hast seit sechs Wochen eine Freundin und hast es nie erwähnt?"

Er hob die Hände. „Ich erzähle dir nicht alles."

„Du erzählst mir alles über Checkin." Dann begriff sie. Vielleicht hatte er ihr nichts über seine Freundin erzählt, weil er glaubte, dass sie Gefühle für ihn hatte. O Gott. Wie peinlich! Dabei hatte sie gedacht, sie erfolgreich vor ihm verheimlicht zu haben. „Warum hast du es mir nicht erzählt?"

Er wandte den Blick ab, bevor er sie mit finsterer Miene wieder ansah. „Weil ich nicht wollte, dass du Mad davon erzählst, die es dann wiederum überall ausposaunt hätte."

Sie verschränkte die Arme. „Ich hätte ihr nichts erzählt."

„Du hast mich gerade quasi den Wölfen zum Fraß vorgeworfen. Olivia wird stinkwütend sein."

„Olivia wer?" Aus irgendeinem perversen Grund wollte sie alles über die Frau wissen, die er vor ihr geheim gehalten hatte.

„Olivia Slater. Du hast wahrscheinlich von ihrer Familie gehört. Die mischen überall mit. Altes Geld."

„Ich habe von der Slater Foundation gehört. Die tun viel Gutes für bedürftige Kinder."

„Jupp. Sie leitet sie."

Verdammt. Die Frau klang, als wäre sie ein guter Mensch. „Ist das die Freundin aus der Uni, nach der du dich jahrelang verzehrt hast?"

Er zeigte mit dem Finger auf sie. „Das hast du von Mad. Erstens, ich habe mich nicht nach ihr verzehrt. Sie hat sich nach *mir* verzehrt. Und zweitens war es richtig, dir nichts von meinem persönlichen Kram zu erzählen."

Sie presste die Lippen aufeinander, ihre Augen wurden feucht und der Kloß in ihrem Hals wuchs, denn es tat wirklich weh, dass er ihr sein Leben so verheimlicht hatte. Selbst wenn er nicht dasselbe empfand wie sie, hatte sie zumindest geglaubt, dass ihre Freundschaft stark war. „Ist es ernst?"

„Ja", sagte er leise. „Wenn bei den Investorenmeetings alles gut geht, überlege ich, ein Büro in San Francisco zu eröffnen. Da wohnt sie."

Sie schluckte schwer. Er würde weggehen und sie hatte nicht die geringste Ahnung gehabt. „Und sie freut sich darüber?"

Er neigte den Kopf. „Scheint zumindest so."

„Und du?"

„Es war meine Idee."

Sein beiläufiger Ton machte sie wütend. „Wow, ich dachte, wir wären wirklich gute Freunde, dabei hatte ich keine Ahnung, dass du eine Freundin hast. Und jetzt sagst du mir, dass du weggehst! Wann wolltest du mir davon erzählen? Nach dem Umzug?"

Er runzelte die Stirn. „Warum bist du so wütend? Deinetwegen sitze ich jetzt ganz tief in der Tinte und muss mich mit Olivia auseinandersetzen und du kannst mir glauben, dass ich mir von ihrer Familie was anhören darf. Sie werden wissen wollen, warum ich niemandem erzählt habe, dass du und ich seit sechs Monaten daten."

„Ich bin wütend, weil ich dachte, wir stehen uns nahe." Ihre Stimme überschlug sich und sie versuchte nicht einmal, zu verbergen, wie verletzt sie war, als sie ihm in die Augen sah. „Du bist derjenige, der hier aufgekreuzt ist."

Er senkte die Stimme und sagte heiser: „Sabrina, komm schon, wir stehen uns nah."

„Weißt du was? Geh einfach zu deiner bescheuerten eifersüchtigen Freundin. Mein Wagen ist irgendwo da drüben." Sie blickte die Straße auf und ab und bemerkte plötzlich, dass ein Fotograf seine Kamera mit Teleobjektiv auf sie gerichtet hatte. „Hey!"

Der Mann drehte sich um und rannte davon. Seine Haare waren schwarz und zu einem Pferdeschwanz zusammengebunden. Es war also nicht ihr Vater, der war dunkelblond — doch es war definitiv einer von seinem Schlag. Warum wollte irgendjemand Fotos von ihr? Nach dem einen Artikel und einem TV-Interview konnte sie unmöglich so berühmt sein. Paparazzi verfolgten Leute, um Bilder zu knipsen, die sie an den Höchstbietenden verkaufen konnten. Niemand wurde viel für ein Foto von ihr bezahlen. Es sei denn … Steckte diese durchgeknallte BeziehungsBeraterin dahinter? Bezahlte Tara Brinkman etwa jemanden dafür, Schmutz über Sabrina auszugraben? Beim Gedanken daran schüttelte sie den Kopf.

„Was ist los?", fragte Logan.

„Nichts", antwortete sie geistesabwesend und beobachtete die Fußgänger auf der Straße, um sich zu versichern, dass er nicht zurückkommen würde.

„Eine Entschuldigung wäre nett", sagte Logan herablassend. *Ich bin derjenige, dem Unrecht geschehen ist, und du hast dich dafür zu entschuldigen.*

Sie drehte sich zu ihm um. „Tut mir leid, dass ich impliziert habe, dass du mein Freund bist. Wir haben offiziell Schluss gemacht. Schick mir eine Postkarte aus San Francisco."

Er schnaubte. „Sei nicht so. Ich wollte es dir sagen, wenn ich es allen anderen auch hätte sagen können, sobald ich gewusst hätte, dass ich es mir leisten kann. In ein paar Wochen sollte ich wissen, wie sich alles entwickeln wird. Ich will immer noch mit dir befreundet sein."

Sie ließ die Schultern hängen. Ihre Wut verflog so schnell, wie sie gekommen war. Er würde für immer weggehen und sie wollte nicht, dass es im Unfrieden endete. Es war schließlich ihre Schuld. Und sie hatte viel zu viel von dem einen Freund erwartet, der gekommen war, um sie zu unterstützen. „Ich auch. Tut mir leid, dass ich Mist gebaut habe. Wenn du willst, rede ich mit Olivia. Ich erkläre ihr, dass alles ein Missverständnis war und dass da nichts läuft."

Er rieb seinen Bart. „Ja, ich wünschte, es wäre so einfach. Ich kümmere mich drum."

Ihr Wagen, ein schwarzer Mercedes, hielt ein paar Schritte weiter am Straßenrand an.

Sie lächelte gequält und deutete in Richtung der Limousine. „Das ist meine. Danke, dass du heute gekommen bist."

Er zupfte an einer Strähne ihrer Haare. „Das schüchterne Mädchen hat eine 1-A Show abgeliefert."

Warum musste er weggehen? Tränen stiegen ihr in die Augen. Sie wandte sich schnell ab und eilte zu ihrem Wagen.

Sie war noch nicht einmal auf halbem Weg nach Hause, als sie eine Nachricht von Lexi erhielt. *Was ist los?* Im Anhang war ein Foto von ihr und Logan in einem hitzigen Streit auf dem Gehsteig, wo sie vor nicht allzu

langer Zeit gestanden hatten. Logan zeigte aggressiv mit
dem Finger auf sie. Sie hatte ihre Lippen aufeinanderge-
presst, die Miene offensichtlich bestürzt. Als sie darauf
klickte, gelangte sie zu einem Artikel mit der Überschrift:
„Ärger im Paradies?" Der kurze Text darunter stellte die
Frage: „Ist diese Beziehungsexpertin nicht gut in Beziehungen?" Dann folgten ihrer beider Namen mit der Erläu-
terung, dass sie ihn in ihrem Interview als ihren
besonderen Menschen bezeichnet hatte, jedoch nur, um
Minuten später offensichtlich einen ernsthaften Streit zu
haben und danach getrennter Wege zu gehen.

Was zum …?

Kurz darauf schickte Lexi ihr einen weiteren Link. Es
war eine Celebrity-Klatschseite mit photogeshoppten
Fotos von ihr und Claire Seite an Seite. Die Überschrift
lautete: „Liebesguru von Hollywood". Dieser Artikel
zitierte eine anonyme Quelle, die behauptete, Sabrinas
Freund wäre mit Claire Jordan verwandt. „Vielleicht ist
Sabrina dadurch, dass sie all diesen Hollywoodsternchen
geholfen hat, so gut in Beziehungen geworden. Filmleute
daten viel in der Gegend herum, doch nur wenige Beziehungen sind von Dauer wie die von Claire Jordan und
Jake Campbell."

Scheiße, das konnte nicht von Tara Brinkman sein. Sie
würde keine positiv besetzte Bezeichnung wie Liebesguru
von Hollywood benutzen. Wer wusste von der Verbindung zwischen Logan und Claire oder von Sabrinas
Freundschaft mit Claire? Sie hatte Claires Namen nie
benutzt. Sie atmete angespannt und zwang sich, sich zu
beruhigen, indem sie die Augen schloss und langsam
rückwärts zählte. Okay, eins nach dem anderen.

Erst einmal mit Claire reden und ihr sagen, dass sie
nichts mit dem Tratsch zu tun hatte.

Danach klarstellen, dass sie ganz sicher kein Liebesguru war, und schon gar nicht von Hollywood.

Und zu guter Letzt nicht dem Impuls nachgeben, sich
auf einer einsamen Insel zu verkriechen.

4

An diesem Tag kehrte Logan zur Arbeit zurück und wünschte sich, er könnte Olivia sofort anrufen, doch es war noch viel zu früh in Kalifornien. Er musste mit ihr reden, bevor *Sunshine America* dort gesendet wurde. Er konnte sich nicht auf seine Arbeit konzentrieren. Er starrte immer wieder auf die Uhr und konnte nicht verhindern, dass seine Gedanken zum wiederholten Mal zu Sabrina zurückkehrten. Sie war nach der Show richtig aufgebracht gewesen, hatte ihn praktisch angeschrien, mit loderndem Blick, hochrot vor Empörung. In diesem Moment hatte sie so gar nicht wie eine Porzellanpuppe gewirkt. Sie war leidenschaftlich und stark gewesen. *Nahbar*.

Sexuelle Kompatibilität stand ganz oben auf ihrer Liste.

Sie musste auf Sex stehen.

Nein. Daran wollte er gar nicht denken. Er würde die Sache mit Olivia nicht noch weiter verkomplizieren, weil Sabrina ihn ein einziges Mal in Versuchung führte.

Okay, genau genommen war es nicht das erste Mal. Manchmal, wenn er sie mit ihren Freundinnen reden und lachen sah und sie so offen und herzlich wirkte, war er versucht gewesen, ihr näher zu kommen. Doch sobald er einen Schritt auf sie zu gemacht hatte, war sie schon wieder reserviert und still gewesen. Unerreichbar.

Er strich sich durchs Haar. Er hatte keine Zeit dafür. Er hatte viel zu tun.

Ben kam in sein Büro und setzte sich. Sein Geschäftspartner und Bruder ehrenhalber mit dem kurzen, hellbraunen Haar und dem kantigen Gesicht wirkte auf den ersten Blick tough, doch sein Lächeln und vor allem sein Grübchen verrieten seinen entspannten Humor. Ben klatschte mit der Hand auf Logans Schreibtisch. „Du gerissener Hund! Die ganze Zeit behauptest du, dass Sabrina zu süß für dich sei, dabei datest du sie insgeheim schon seit sechs Monaten."

„Wir sind immer noch nur Freunde."

„Na klar." Er presste beide Hände auf sein Herz und seufzte übertrieben. „Ich habe ihr Interview gesehen. Sie hat gestrahlt, als sie dich gesehen hat, als wäre sie bis über beide Ohren in dich verliebt."

Hat sie? Er schüttelte den Kopf. „Sie war nur dankbar, dass ein Freund aufgetaucht ist, um sie zu unterstützen. Du weißt, wie schüchtern sie ist."

Ben starrte ihn an. „Ich finde sie nicht schüchtern."

„Sie wird andauernd rot."

„Und? Manche Leute neigen nun einmal dazu. Sie hat kein Problem damit, mit all den streitenden Paaren zu reden, die in ihre Praxis kommen, sie hat einen Haufen Freundinnen und sie hat gerade ein Fernsehinterview gegeben."

Logan dachte darüber nach. Wenn sie nicht schüchtern war, warum wurde sie dann in seiner Gegenwart dauernd rot?

Ben fuhr fort. „Missy sagt, dass Sabrina einen richtig bissigen Humor hat. Und wenn Missy das sagt, dann ist das ein Kompliment. Wenn ihr wirklich noch nicht zusammen seid, dann würde ich sagen, nichts wie ran."

Logan unterdrückte den Impuls, die Augen zu verdrehen. Ben war ein eingefleischter Junggeselle. Sie hatten immer über die Jungs, die sich Hals über Kopf in ihre Frauen verliebt hatten, gelacht. Jetzt war Ben einer von ihnen. *Und bis über beide Ohren verknallt.* Logan selbst stand vielleicht am Anfang einer Beziehung mit Olivia, doch er würde sich nicht wie Ben oder seine Brüder wie ein liebeskranker Welpe geben. Mann, es war, als würden sich alle um ihn herum Fesseln anlegen lassen. Musste wohl die Zeit sein, in der sich die Älteren niederließen und eine Familie gründeten. Er war dreißig, der Jüngste der Campbell-Brüder, und auch einer der Jüngsten unter den Ehrenbrüdern, mit denen er aufgewachsen war. Er hatte nicht vor zu heiraten. Er war nicht mehr das impulsive Kind, das er noch an der Uni gewesen war. Jetzt betrachtete er alles mit einer gesunden Skepsis. „Abwarten und Tee trinken", war seine Beziehungsphilosophie.

Ben trommelte mit den Fingern auf Logans Schreibtisch. „Sabrina lacht über alle deine dummen Witze. Sie steht auf dich."

„Ich bin wieder mit Olivia zusammen."

Ben richtete sich auf. „Ach was, echt?"

„Ja, sie hat sich bei mir gemeldet und wollte sich mit mir treffen. Ich habe Thanksgiving mit ihr verbracht."

„Darum bist du so gut gelaunt gewesen. Ich dachte, es war wegen der Investoren."

„Beides."

Ben neigte den Kopf. „Freut mich für dich. Wann lerne ich sie endlich kennen?"

Ben hatte bisher nur von ihr gehört, da Logan in Kalifornien studiert hatte und Olivia dort geblieben war. „Vielleicht früher als du denkst. Wir werden sehen."

„Für Elias alles bereit?" Das war ihr wichtigster Investor. Logan würde sich als erstes mit ihm treffen. Nur noch elf Tage bis dahin. Das Meeting würde an einem Freitag stattfinden und den Rest der Termine hatte er für die darauffolgende Woche vereinbart, in der Hoffnung, dass Elias' Interesse für Publicity in Silicon Valley sorgen würde. Wenn Elias ein Angebot abgab, würden die anderen Investoren Schlange stehen, sich auch an Checkin zu beteiligen.

Logan seufzte. „Das hoffe ich."

„Wir können einen Probedurchlauf machen, bevor du gehst." Ben stand auf. „Hey, willst du mein Trauzeuge sein?"

Logan grinste. „Ich dachte, das wäre ich schon."

„Ja oder nein?"

Er nickte. „Es ist mir eine Ehre. Danke. Habt ihr schon ein Datum?"

Ben zuckte mit den Schultern. „Keine Ahnung. Das Planen überlasse ich Missy."

„Wir wissen ja, wer bei euch die Hosen anhat."

Ben hob in gespielter Verärgerung den Finger und knurrte. „Hey, wir teilen uns die Hosen."

Als Logan lachte, verließ Ben gut gelaunt das Büro. Missy passte gut zu ihm. Es war ein echtes Geben und Nehmen zwischen zwei starken Persönlichkeiten. Doch sie konnten beide auch herzlich, lustig und liebevoll sein. Olivia war nicht lustig. Nicht, dass Logan das brauchte. Er war lustig genug für beide. Nur wenn er mit Ben und Missy unterwegs war, war es schön, die beiden zusammen und übereinander lachen zu sehen. *Und wenn schon.*

Er arbeitete, bis der Alarm seines Handys fiepste. Zeit, Olivia anzurufen. Sie sollte zu Hause sein und hatte hoffentlich schon die erste Tasse Kaffee intus. Er wählte ihre Nummer und sie ging beim ersten Klingeln ran. „Morgen", sagte sie mit ihrer sexy rauchigen Stimme.

„Morgen", sagte er. „Na, schon Kaffee getrunken?"

„Ja, ich mache in ein paar Minuten los. Wir haben eine Vorstandssitzung. Was gibt's? Kommst du früher her?" Sie hatten bereits darüber gesprochen. Sie wollte, dass er früher nach Kalifornien kam, doch er hatte Verpflichtungen hier.

„Nein, ich habe dir doch gesagt, dass am Sonntag Jake und Joshs Party ist. Ich komme am Donnerstagabend."

Seine ältesten Brüder, eineiige Zwillinge, feierten ihren fünfunddreißigsten Geburtstag. Claire veranstaltete eine Party für sie in ihrem und Jakes neuem Haus in Connecticut. Davon abgesehen wollte er die Zeit nutzen, die ihm blieb, um zu arbeiten, bevor er nach Kalifornien flog.

„Ich weiß", schmollte sie. „Ich hatte nur gehofft … ich vermisse dich."

„Ich dich auch. Hey, eine Freundin von mir war heute Morgen bei *Sunshine America*. Witzige Sache, kleine Fehlkommunikation. Irgendwie hat die Gastgeberin geschlussfolgert, dass ich ihr Freund bin, und so nervös, wie sie war, hat Sabrina es quasi bestätigt, dabei sind wir nicht mehr als Freunde. Ich wollte nur–"

„Sabrina?"

„Ja. Sie ist Beziehungstherapeutin und sie hat diesen Artikel–"

„Wer zum Teufel ist Sabrina?", blaffte sie.

Er nahm den Hörer vom Ohr. „Beruhige dich, sie ist nur eine Freundin, ein Kumpel."

„Du hast einen weiblichen Kumpel? *Du?*"

Er biss die Zähne aufeinander. „Ja."

„Wie lange hast du diesen sogenannten *weiblichen Kumpel* schon?"

„Da ist nichts Sogenanntes daran. Sie *ist* eine Freundin, ein Kumpel. Ich weiß nicht, vielleicht sechs Monate, seit wir in das neue Büro gezogen sind."

Schweigen.

„Olivia?"

Ihre Stimme war eisig. „Das ist typisch für dich, Logan. Du verheimlichst mir Dinge, du flirtest mit Frauen, du hast mit meinen Freundinnen an der Uni geflirtet–"

„Ich habe nicht geflirtet, ich war freundlich. Ich wollte, dass deine Freundinnen mich mögen."

„Oh, das haben sie. Alle wollten dich."

Er unterdrückte ein Lächeln. „Dafür kann ich nichts."

„Genau das ist das Problem!", zeterte sie. „Du übernimmst keine Verantwortung für deine Handlungen. Du weißt nicht, *wie* man freundlich zu einer Frau ist, ohne zu flirten! Darum nehme ich dir nicht ab, dass Sabrina nur eine Freundin ist, und das letzte …"

Er hörte ihr nicht mehr zu. Gott, dieses Drama. Es überraschte ihn ein wenig, dass sie dem immer noch nicht entwachsen war. Damals an der Uni hatte es ihm geschmeichelt, wenn sie sich seinetwegen so aufgeregt hatte. Das Streiten und die Versöhnungen hatten Spaß gemacht. Doch jetzt? Nicht mehr so sehr.

Er fiel ihr ins Wort. „Olivia, du weißt, wie viel du mir bedeutest. Habe ich nicht gesagt, dass ich seit dir keine ernste Beziehung mehr gehabt habe?" Seit ihrer Beziehung an der Uni waren acht Jahre vergangen, darum klang es gut und war grundsätzlich auch wahr, auch wenn es weniger an Olivia gelegen hatte, als vielmehr daran, dass er sich den Arsch abgearbeitet und keine Zeit für Beziehungen gehabt hatte. Zölibatär hatte er allerdings nicht gelebt.

Sie verstummte.

Er fuhr fort. „Wir können in nicht ganz zwei Wochen von Angesicht zu Angesicht reden. Freitagabend gehen wir essen, wo immer du willst. Da habe ich dann vielleicht schon gute Nachrichten." Das war der Abend nach dem Meeting mit Elias. Wenn es gut lief, wurde die Möglichkeit, nach Kalifornien zu ziehen, greifbare Realität.

„Okay", sagte sie leise. „Ich reserviere einen Tisch."

„Okay. Ich muss zurück an die Arbeit."

Er verabschiedete sich und legte auf, doch Olivias Reaktion störte ihn. Es war mehr als Eifersucht. Es war, als misstraute sie ihm, und er konnte sich nicht daran erinnern, ihr je einen Grund dazu gegeben zu haben. Das Jahr, das sie zusammen gewesen waren, war er ihr treu gewesen. Er hatte ihr einen Antrag gemacht, verdammt nochmal. Jetzt war sie achtundzwanzig, Direktorin einer wichtigen Stiftung, doch sie klang immer noch wie ein unreifer Teenager.

Sie konnte sich weltgewandt geben und sah elegant

aus mit ihren glatten schwarzen Haaren und ihren atemberaubenden blauen Augen, ihrem kurvigen Körper und ihren Designerklamotten, doch war das alles nur Fassade? Vielleicht kannte er sie nicht so gut, wie er dachte.

Sein Handy vibrierte. Es war eine Nachricht von Olivia. *Ich will nicht, dass du diese Sabrina noch einmal siehst.*

Er seufzte gereizt. Sie arbeiteten im selben Gebäude. Sabrina war mit seiner Schwester befreundet und sie bewegten sich in denselben Kreisen. *Wir sind nur Freunde.*

Wenn ihr nur Freunde wärt, hättest du mir von Anfang an davon erzählen sollen.

Mir machte es ja auch nichts aus, wenn du Männer als Freunde hast.

Habe ich aber nicht.

Er schrieb das, was sie am schnellsten beruhigen sollte. *Du bist mir wichtig.*

Fühlt sich aber nicht so an.

Ist aber so. Ich schwöre, ich würde dich nie betrügen.

Ich wünschte, ich könnte dir glauben, dahinter ein verärgert dreinblickendes Emoticon.

Im Ernst? Sie stritten sich per SMS mit Emoticons? Er warf sein Handy in die Schreibtischschublade.

Plötzlich wollte er Sabrinas Meinung dazu hören. Er ging die Treppe hinunter in ihr Büro. Es war noch nicht wirklich Mittagszeit. Im Flur vor ihrem Büro standen ein paar Stühle für ihre Klienten, doch sie waren leer. Er lauschte an der Tür, doch alles war still. Er klopfte an.

„Herein!", rief sie in professionellem Ton.

Er öffnete die Tür. „Hey, hast du mal ne Minute?"

„Sicher!", rief sie von ihrem Schreibtisch aus und winkte ihn gut gelaunt herein. „Komm rein!"

Sie schien immer noch von ihrem Interview heute Morgen aufgedreht zu sein. Sie stand nicht auf, darum ging er zu ihrem Schreibtisch und setzte sich auf die Kante, sodass er neben ihrem Stuhl saß. Der einzige andere Ort, an dem er hätte sitzen können, war auf der anderen Seite des Raumes, und stehen und sie überragen wollte er nicht.

Ihre Wangen wurden rosig und sie schlug kurz ihre Beine übereinander, bevor sie ihre Füße wieder nebeneinanderstellte.

„Stört es dich, dass ich auf deinem Tisch sitze?", fragte er. Sie würde es wahrscheinlich bevorzugen, wenn er auf einem Stuhl oder einem Sessel säße, doch er hatte keine Lust, durch den Raum plärren zu müssen. Sie protestierte nicht, darum beugte er sich vor, um sich ihr anzuvertrauen, und roch ihren süßen Duft von Honig und Blumen. „Das mit Olivia ist nicht gut gelaufen."

„Oh nein, das tut mir so leid." Ihre großen braunen Augen waren voller Mitgefühl. „Ich fürchte, der Artikel hat alles vielleicht noch schlimmer gemacht." Sie gab ihm ihr Handy, auf dessen Bildschirm ein Foto von ihm und Sabrina heute Morgen zu sehen war. Warum war das überhaupt in den Nachrichten? Der Artikel implizierte, dass Sabrina nicht gut in Sachen Beziehungen war. Es sah aus, als wären sie ein Paar, das sich stritt. Er war wütend gewesen und sie war wütend gewesen. Vielleicht hatten sie sich gestritten. Doch danach waren sie immer noch Freunde. Das war das Geben und Nehmen, das er sich von einer Beziehung wünschte. Kein Schmollen und schon gar keine unbegründeten Anschuldigungen. Andererseits sollte er vielleicht nicht so streng mit Olivia sein. Wenn man eine Fernbeziehung führte, war es schwer zu wissen, was wahr war und was nicht. Vielleicht brauchte sie Zeit zu lernen, ihm wieder zu vertrauen.

Da wurde ihm bewusst, dass Sabrina sprach. „Was?"

„Welchen Teil hast du nicht gehört?"

„Ich war abgelenkt, als du mir den Artikel gezeigt hast."

„Ich sagte, ich denke, diese durchgeknallte BeziehungsBeraterin steckt dahinter." Ihre Augen blitzten und jagten einen Schauer über seinen Rücken. „Sie will mich diskreditieren."

„Das ist bald vergessen. Sobald sich die Aufregung um deinen Artikel legt, wird sie dich vergessen."

„Gott, Logan, du hast wirklich nichts gehört. Ich habe auch gesagt, dass es einen Klatschartikel gibt, der mich mit Claire in Verbindung bringt. Sie nennen mich Liebesguru von Hollywood!" Ihre Stimme wurde lauter und sie gestikulierte wild. „Und Claire macht das nichts aus! Sie hat bereits offiziell erklärt, dass ich eine enge Freundin bin, und darauf hingewiesen, dass die Details meiner Beziehungsberatung vertraulich sind. Sie will, dass ich es ausnutze, und sehen, wie weit ich damit meine Plattform für dieses Buch, das ich schreiben soll, aufbauen kann und … und … das ist verrückt!"

„Heilige Scheiße", war alles, was ihm dazu einfiel.

Sie zeigte mit dem Finger auf ihn. „Genau! Ich will, dass das Buch eine große Sache wird und vielen Frauen hilft, und das ist der *einzige* Grund, weswegen ich überhaupt zugestimmt habe, doch das ist alles vollkommen durchgeknallt!" Sie warf irritiert die Hände in die Höhe.

„Was meinst du mit alles?"

Sie gestikulierte wild mit den Händen, hochrot im Gesicht, lebhafter, als er sie je zuvor gesehen hatte. Die lautere, lebhafte Sabrina gefiel ihm, auch wenn sie am Rande einer Panik stand. „Meine Agentin hat diese Liebesguru Hollywood-Sache aufgegriffen und für nächste Woche Talkshows in L.A. gebucht! Ich bin vollkommen neben der Kappe. Claire telefoniert gerade mit einem der Talkshowproduzenten, um dafür zu sorgen, dass er von unserer Freundschaft weiß und dass gewisse Themen tabu sind. Sie sorgt dafür, dass für mich alles glatt läuft." Sie rang sich die Hände. „Logan, du weißt, dass ich Claire nie benutzen würde, um berühmt zu werden. Schau dir bitte diesen Artikel an. Wer könnte das gesagt haben? Wer kann das gewusst haben?"

Sie tippte auf ihr Handy und zeigte ihm das Display. Er las den kurzen Artikel und gab ihr das Handy zurück, während er schnell eins und eins zusammenzählte. „Ich habe dem Sicherheitsmann im *Sunshine America* Studio meinen vollen Namen genannt und gesagt, dass Claire meine Schwägerin ist. Ich war davon ausgegangen, dass sie mich auf die Liste hat setzen lassen, damit ich backstage gehen konnte. Jemand muss mit dem Mann gesprochen haben. Der Rest ist allerdings reine Spekulation."

Sie schüttelte den Kopf. „Nicht zu fassen, dass das Getratsche eines Sicherheitsmanns mich in eine der beliebtesten Talkshows gebracht hat."

„Zwei Worte: Claire Jordan. Und Liebe. Okay, drei Worte. Ihr Name ist Gold wert und sie ist so ein guter Mensch, dass sie dich gern ein bisschen an dem goldenen Leuchten teilhaben lässt. Es schadet ihrem Ruf nicht, mit dir in Verbindung gebracht zu werden – vor allem nicht, weil ihre stabile Ehe eine echte Erfolgsgeschichte ist."

Sie riss die Augen auf. „Genau das hat sie auch gesagt."

„Na bitte."

Sie starrte ihn einen Moment lang gedankenverloren an, dann holte sie tief Luft. „Okay, langsam beruhige ich mich wieder."

Er lachte.

Sie lachte mit. „Ich ziehe meinen Urlaub ein bisschen vor, um alle Talkshows unterzukriegen."

„Schau sich das einer an. Das schüchterne Mädchen."

Sie wurde rot. „Ich muss mich bei dir bedanken, dass du mir durch die erste geholfen hast. Jetzt bin ich auf mich selbst gestellt."

„Und du wirst es genauso großartig machen."

Sie lächelte ihn an, ein sanftes, herzliches Lächeln, das er in seinen Knochen spürte. Zuneigung, vielleicht sogar Gefühle für ihn. Er konnte sich nicht daran erinnern, dass sie ihn je so angelächelt hatte, und jetzt hatte sie es zweimal an einem Tag getan. Einmal im Fernsehstudio am Morgen, als er gerade ins Studio gekommen war, und jetzt wieder. Doch dann löschten ihre Worte jeden Zweifel über ihre wahren Gefühle aus. „Das mit Olivia tut mir wirklich leid. Es würde mir nichts ausmachen, ihr die Wahrheit über diesen Klatschartikel zu erzählen und über meine Panik bei meinem ersten Fernsehauftritt. Gott, was war ich nervös. Aber das ist keine Entschuldigung dafür, dass ich dich den Wölfen zum Fraß vorgeworfen habe."

Sabrina war sechsundzwanzig und damit jünger als Olivia, doch um ein Vielfaches reifer, denn sie wollte die Sache wie unter Erwachsenen üblich in einem Gespräch klären. Er war sich jedoch sicher, dass Olivia Sabrina eher den Kopf abreißen würde, als ein erwachsenes Gespräch mit ihr zu führen. „Nein", sagte er. „Sie ist diejenige, die mit ihren Problemen fertigwerden muss."

„Probleme?"

„Eifersucht und generelles Misstrauen." Er seufzte, frustrierter über Olivia als noch auf dem Weg hierher. „Sie ist schon immer so gewesen. Aber ich biege das wieder gerade, wenn ich sie in zwei Wochen sehe."

„Bist du dir sicher, dass du so lange warten willst?"

Er zuckte mit den Schultern. „Mehr kann ich nicht tun. Ich habe es ihr schon erklärt."

Sie schob ihren Stuhl zurück und ihr süßer Duft verschwand. Schlimmer noch, sie schlug die Beine übereinander und legte ihre Hände in ihren Schoß, plötzlich ganz die professionelle Therapeutin. Unnahbare Porzellanpuppe. Ihr Ton war kühl und ruhig. „Manche Leute müssen es mehr als einmal hören, vielleicht auf eine andere Weise."

Er runzelte die Stirn, ungerechtfertigterweise verstimmt angesichts ihrer Hilfe. „Welche andere Weise? Sabrina ist eine Freundin. Nein, ich betrüge dich nicht. Wie soll ich das sonst noch sagen?"

Ihre braunen Augen waren voller Mitgefühl, ihr Ton sanft. „Ich hoffe, sie kommt bald zur Vernunft. Tut mir leid, dass ich Sand ins Getriebe gestreut habe."

Er wurde ruhiger. Sabrina half ihm immer, die Wogen zu glätten. „Schon okay. Vielleicht ist das mit Olivia ja doch nicht so eine fixe Sache, wie ich dachte. Werde ich wohl bald herausfinden." Er stand auf und trommelte auf ihren Tisch. „Ich habe dir das nie gesagt, aber mit dir zu reden, hat mir über so einiges hinweggeholfen, darum ... danke."

Sie lächelte dieses professionell-reservierte Lächeln, das nie ganz ihre Augen erreichte. „Dafür sind Freunde doch da."

„Ja", murmelte er und ging zur Tür. Nur, dass er nie eine Freundin wie sie gehabt hatte und nie mit jemandem hatte reden können wie mit ihr. Zum ersten Mal fühlte es sich nicht an, als wäre eine Last von seinen Schultern genommen worden, als er das Büro verließ. Jeder Schritt fühlte sich mühselig an, schwerfällig wie Blei.

Würde er wirklich nach San Francisco ziehen und sich für immer von Sabrina verabschieden? Nachdem er Olivias Reaktion auf Sabrina gehört hatte, wusste er, dass Olivia auf gar keinen Fall verstehen würde, warum er diese Verbindung auch in der Ferne aufrechterhalten wollen würde. Bis heute war ihm nicht bewusst gewesen, wie viel ihm diese Freundschaft bedeutete. Was genau erhoffte er sich davon, an dieser Bindung festzuhalten? Und was würde er verlieren, wenn er sich für immer von ihr verabschiedete?

5

———————

Sabrina folgte das zweite Wochenende in Folge ihren Freundinnen im wohlhabenden Greenport zum Einkaufen für Mads Hochzeit. Den letzten Samstag hatte sie in der Brautmodenboutique verbracht, um ein Brautkleid und Kleider für die Brautjungfern zu kaufen. Heute waren Schuhe an der Reihe. Mads Hochzeit würde im Juni stattfinden und sie wollte während der Winterferien an der Uni alles, was mit der Hochzeit zu tun hatte, erledigen. Mad hatte erst spät zu studieren begonnen und würde im Mai im Alter von siebenundzwanzig Jahren ihren Abschluss machen. Sabrina hatte ihren Abschluss früher als die meisten anderen gemacht, da sie eine Schulklasse übersprungen hatte, darum war es für sie ganz anders gewesen als für Mad. Dennoch freute sie sich über alle Maßen für sie.

Die Aurora Boutique war elegant und voller Designerkleider, Designerschuhe und Designerhandtaschen. Es duftete nach Jasmin und leise Jazzmusik plätscherte aus den Lautsprechern in der Decke. Wenn man Geld zum Aus-dem-Fenster-werfen hatte, dann war das der perfekte Ort dafür. Auf der einen Seite waren die Handtaschen aufgereiht, die andere Wand war voller Schuhe. Haileys

Mutter Brandy arbeitete hier und sie bekamen alle ihren Angestelltenrabatt.

„Herzlich Willkommen, meine Damen!", rief eine Frau, die nur Haileys Mutter sein konnte, und eilte auf sie zu. Sie sah aus wie ein Model, groß und elegant in einem marineblauen Etuikleid mit einem weißen Bolero darüber. Mit ihren langen, rotblonden Haaren und blassblauen Augen wirkte sie wie eine ältere Ausgabe von Hailey. „Freut mich so, euch alle kennenzulernen. Ich bin Brandy. Eine Hochzeit – ist das nicht aufregend? Herzlichen Glückwunsch, Madison!"

Brandy umarmte Mad, die die Umarmung erwiderte. Sie mussten sich bereits kennen, da Hailey und Mad eng befreundet waren. Dann umarmte Brandy Hailey und gab ihr Luftküsse auf beide Wangen.

„Danke, dass du dir Zeit für uns nimmst, Mom", sagte Hailey. Sie wandte sich der Gruppe zu. „Ladys, das ist meine Mom. Mom, meine Freundinnen." Sie ratterte die Namen herunter und stellte ihre Freundinnen eine nach der anderen vor.

„Hallo!", sagte Brandy herzlich.

„Wir schauen uns erst einmal ein bisschen um", sagte Hailey zu ihrer Mutter. „Ich sag dir Bescheid, wenn wir Hilfe brauchen."

Brandy lächelte weiter, doch ihre begeisterte Miene verschwand. Sie war wahrscheinlich enttäuscht, nicht miteinbezogen zu werden. „Natürlich", murmelte sie. „Dazu bin ich ja hier."

Alle folgten Hailey zu der Wand voller Schuhe, doch Sabrina blieb zuvor bei Brandy stehen, um sich dafür zu bedanken, dass sie ihnen ihren Rabatt weitergab.

„Ich helfe doch gerne, wenn meine Tochter eine Hochzeit plant", sagte sie mit einem angespannten Lächeln. „Viel Spaß."

Sabrina folgte ihren Freundinnen und blickte über ihre Schulter zu Haileys Mom, die neben einem cremeweiß gepolsterten Diwan stand und sie beobachtete. Als sich ihre Blicke begegneten, lächelte Sabrina, doch Brandy wandte sich schnell ab.

Hailey war damit beschäftigt, den anderen Schuhe zu zeigen, von denen sie glaubte, dass sie am besten zu ihren hellblauen/fast weißen Brautjungfernkleidern passten. Mad war egal, was sie aussuchten, solange alle glücklich waren. Das war typisch für Mad, das jungenhafte Mädchen, das in einem Haus voller Brüder von ihrem alleinstehenden Vater, einem engagierten Cop, großgezogen worden war. Sie war wahrscheinlich die unkomplizierteste Kundin, die Hailey je in ihrem Hochzeitsplanungsbüro gehabt hatte. Zu allem, was Hailey vorschlug, sagte Mad *ja, klar, warum nicht?*

Sobald alle ihre Schuhe ausgewählt und die richtige Größe zum Anprobieren hatten, setzte sich Sabrina auf die lange, ebenfalls cremeweiß gepolsterte Bank neben Hailey. „Schau mal deine Mom an."

Hailey schnaubte und warf einen Blick in Richtung ihrer Mutter, die ein Stück weit entfernt stand. „So peinlich. Sie versucht auszusehen wie ich. Ihre natürliche Haarfarbe ist weißblond." Sie senkte die Stimme. „Sie färbt sie, damit sie so aussehen wie meine. Und Botox lässt sie sich auch regelmäßig spritzen. Sie ist mal ein Model gewesen. Das war die Glanzzeit ihres Lebens. Ich glaube nicht, dass sie begriffen hat, dass diese Zeit vorbei ist."

Interessant. Hailey war eine ehemalige Schönheitskönigin. Ihre Mutter musste viel Wert auf ihr Aussehen gelegt haben. Brandy wirkte jung und voller Leben, doch sie musste mindestens Ende vierzig sein, denn Hailey war siebenundzwanzig. „Wie alt ist sie?", flüsterte Sabrina.

„Neunundvierzig", flüsterte Hailey zurück. „Zeit, sich ihrem Alter angemessen zu verhalten, findest du nicht?" Als ein Winseln aus Haileys pinkfarbener Hundetragetasche drang, bückte sie sich und öffnete sie. Rose' weißer Kopf kam heraus, ein pinkfarbenes Schleifchen in ihrem drahtigen Haar. Sie sah sich kurz um und schnupperte die Luft, dann legte sie sich wieder hin.

Sabrina antwortete leise. „Ist doch nicht schlimm, jung auszusehen, wenn sie sich damit gut fühlt."

Hailey presste die Lippen aufeinander und sagte nichts mehr.

Jemand räusperte sich lautstark hinter ihnen. „Hallo", sagte eine tiefe Männerstimme.

Am anderen Ende der Bank hob Mad den Kopf, sprang auf und balancierte auf weißen High Heels. „Dad! Was machst du denn hier?"

Alle drehten sich zu ihm um. Mr. Campbell, ein pensionierter Cop, stand zwischen den Kleiderständern und wirkte vollkommen deplatziert in seinem roten Flanellhemd, ausgewaschenen Jeans und Sneakers. Er war hochgewachsen und fit, wahrscheinlich um die fünfzig, mit kurzen, braunen Haaren und grau melierten Schläfen. Als er lächelte, tanzten die Lachfältchen um seine Augen. „Ich will schließlich meine Tochter glücklich sehen. Letztes Wochenende habe ich es nicht geschafft, aber Hailey hat gesagt, dass ich heute kommen kann. Heute sind Schuhe dran, oder?"

Als Mad Hailey mit großen braunen Augen anstarrte, setzte Hailey ihr Schönheitsköniginnenlächeln auf, das immer dann seinen Auftritt hatte, wenn sie unter Stress stand.

Mr. Campbell steckte die Hände in die Hosentaschen. „Du willst mich nicht hier haben?"

Mad schüttelte den Kopf. „Nein, nein, schon okay. Überrascht mich nur, weil das so eine Frauensache ist."

„Macht ihr nur weiter", sagte er, während er den Blick über ihre Freundinnen schweifen ließ. „Tut so, als wäre ich nicht hier."

Alle starrten ihn an, ohne sich wieder ihren Schuhen zuzuwenden.

Er blieb stehen, und wirkte äußerst unbehaglich. Sabrina war der Meinung, dass es für seine Liebe zu seiner Tochter sprach, dass er an einer so typisch femininen Aktivität teilhaben wollte. Schließlich kam Haileys

Mom Brandy herüber und begrüßte Mr. Campbell herzlich, bevor sie sich kurz mit ihm unterhielt. Er schien nicht mehr so verunsichert zu sein, denn er kam lächelnd auf seine Tochter zu. Zuerst umarmte er sie, dann küsste er seine zwei Schwiegertöchter auf die Wange und grüßte die anderen mit einem herzlichen Lächeln.

Schließlich blieb er vor Hailey stehen.

Hailey lächelte von ihrem Platz neben Sabrina zu ihm auf. „Ich war mir nicht sicher, ob Sie kommen würden, darum habe ich Mad nichts davon erzählt."

„Das kann ich mir doch nicht entgehen lassen." Dann beugte er sich herunter und fuhr leiser fort. „Sie ist mein Baby. Mein einziges Mädchen. Sag mir, was die Brautmutter hier tun würde. Ich möchte sie so gut ich kann ersetzen."

Sabrinas Brust schmerzte. Was für ein großartiger Vater, der sein Bestes gab, ihre Mutter zu ersetzen.

Hailey lächelte sanft. „Wenn Sie irgendwas tun müssen, lasse ich es Sie wissen, Mr. Campbell."

Er richtete sich auf. „Bitte nennt mich Joe. Ihr Ladys seid wie Schwestern für Mad, ich habe noch nie an der Planung einer Hochzeit teilgenommen. Was kann ich tun, um zu helfen?"

Hailey drückte seinen Unterarm. „Ich weiß das Angebot zu schätzen, Joe, aber wir haben schon so ziemlich alles geregelt."

Joe holte einen gefalteten Scheck aus seiner Hemdtasche und reichte ihn Hailey. „Ich weiß, es ist nicht viel, aber ich will helfen. Ich habe das für ihre Studiengebühren gespart, doch Mad hat gesagt, sie braucht es nicht. Benutz' das bitte für was immer sie braucht."

Hailey faltete den Scheck auseinander. Fünftausend Dollar. Nicht genug für vier Jahre Studium, doch ein schöner Beitrag zur Deckung der Hochzeitskosten. „Danke."

Joe fuhr in verschwörerischem Ton fort. „Erst dachte

ich, dass Jake ihr mit den Studiengebühren geholfen hat, doch dann habe ich erfahren, dass es Josh war."

Hailey erstarrte. „Josh?" Ihre Nemesis hatte etwas Gutes getan. Würde das Haileys Meinung über ihn ändern?

Joe nickte. „Hat seinen Traum von einer eigenen Bar aufgeschoben, um ihr zu helfen."

„Davon habe ich gar nichts gewusst", flüsterte Hailey und blickte zu Mad, bevor sie sich wieder Joe zuwandte. „Mad hat nie etwas davon gesagt."

Joe tippte sich an die Schläfe. „Meine Kinder bilden sich ein, ich bekomme nichts mit, aber da täuschen sie sich. Ich weiß, was jeder Einzelne von ihnen im Schilde führt. Ich habe eine ausgeprägte Beobachtungsgabe. Das hat mich zu einem guten Cop gemacht."

„Hey Dad", rief Mad. „Was hältst du von denen hier?" Sie trug weiße, hochhackige Lackstiefel, die bis zu ihren Knien reichten. Eine etwas seltsame Wahl zu einem Hochzeitskleid, doch Mad hatte ihren eigenen Kopf, was Mode anging.

Hailey verzog das Gesicht, lehnte ihre Wahl aber nicht sofort ab. Als Hochzeitsplanerin war sie es gewohnt, diplomatisch vorzugehen.

„Wenn sie dir gefallen, gefallen sie mir auch", sagte Joe.

„Ich mag sie", sagte Mad und betrachtete strahlend die Stiefel.

Hailey eilte zu Mad und winkte Brandy zu sich. Im nächsten Moment saß Mad auf einer anderen Bank mit einer ganzen Reihe brauttauglicher Schuhe, die sie anprobieren sollte.

Die anderen hatten Spaß beim Anprobieren und zeigten Mad gelegentlich Daumen hoch oder Daumen runter für die Schuhe, die sie gerade vorführte. Ihr Dad war keine große Hilfe. Er wollte nur, dass sie glücklich war, darum gefiel ihm, was immer ihr gefiel. Die anderen jedoch wollten, dass sie glücklich war *und* dabei gut aussah.

Sobald Sabrina ihre Schuhe ausgesucht hatte – ein paar praktische, cremeweiße Pumps mit einem kleinen, aufgestickten Gänseblümchen auf der Seite, sah sie sich zum Spaß herrlich unpraktische Schuhe an und nahm silberglitzernde Sandalen in die Hand. Sie waren atemberaubend schön. Himmelhohe Absätze mit vier silbernen Flügeln auf dem Spann und zwei dünnen Riemchen um die Fesseln. Einen Schuh wie diesen zu tragen war, als ob man sagte *Ich bin bereit zu fliegen.* Wenn sie schon vor all diesen Kameras und Scheinwerfern eine Bauchlandung hinlegen würde, dann würde sie es mit Flügeln an den Füßen tun.

Sie hielt die Schuhe hoch. „Was haltet ihr von denen für meine Interviews in L.A.?" Sie hatte ihren Freundinnen natürlich sofort, nachdem sie es selbst erfahren hatte, per SMS von ihrer großen Stunde in LA berichtet.

„Gott ja!", rief Hailey. „Was kosten die?"

Sabrina warf einen Blick auf den Preis und schnitt eine Grimasse. „Zu viel."

„Ich geb was dazu", sagte Hailey.

„Wir alle beteiligen uns", sagte Lexi und strahlte die anderen an, die natürlich prompt nickten.

Sabrina schüttelte den Kopf. „Das ist lieb von euch, aber ich mach das schon." Ihre Praxis lief gut, und nach all der Publicity, die sie jetzt bekam, hoffte sie auf weitere Klienten. Vorausgesetzt natürlich, dass ihre übrigen Interviews so gut liefen, wie das bei *Sunshine America.* Davon abgesehen lebte sie in einem preiswerten Einzimmerapartment. Sie wohnte immer noch dort, weil ein paar ihrer engsten Freundinnen im selben Gebäude wohnten oder gewohnt hatten. Auch wenn jetzt nur noch Lexi übrig war, seit ihre Freundinnen Missy und Ally zu ihren jeweiligen Verlobten gezogen waren.

Ein leiser Anflug von Neid machte sich breit. Als sie sich dem Happy End Buchclub angeschlossen hatte, war es ein Buchclub für Singles gewesen, der mit der Zeit zu einer Schwesternschaft von Singlefrauen, vereint durch ihre gemeinsame Liebe zu romantischen Büchern, geworden war.

Doch jetzt war alles anders. Fast alle hatten jemanden gefunden. Nur noch sie, Hailey und Lexi waren übrig. Vollkommen unfair, wenn sie darüber nachdachte. Sie konnte verstehen, dass Lexi Single war, denn sie war furchtbar desillusioniert, was Männer anging, doch Sabrina und Hailey hatten ihr Leben dem Thema Beziehungen gewidmet. Wie kam es, dass weder Sabrina noch Hailey selbst eine hatten? Waren sie in ihren Jobs zu vielen Beziehungsproblemen ausgesetzt, um selbst das Risiko einzugehen? Zu sehr damit beschäftigt, anderen Paaren zu helfen, um Zeit in ihr eigenes Liebesleben zu investieren? Sie sollte sich einmal näher mit Hailey darüber unterhalten und der Sache auf den Grund gehen. Sie hatte es nie für ein großes Problem gehalten, doch bei all der Aufmerksamkeit für Sabrinas Expertise, was Beziehungen anging, wurde es augenfällig.

Hailey seufzte. „Wir haben nur alle ein schlechtes Gewissen, dass wir nicht mit dir nach L.A. kommen können. Und es ist so schade, dass du Claire verpasst."

Sabrina würde in zwei Tagen nach Kalifornien fliegen, während Claire und ihr Mann heute in ihr neues Haus zogen.

Sabrina strich mit den Fingern über einen der Flügel. „Ich sehe sie morgen bei Jakes und Joshs Geburtstagsparty. Ich fahre ein bisschen früher hin, um ihren Kleiderschrank zu plündern und mich ein bisschen von ihr coachen zu lassen. Sie weiß alles über Talkshows."

Lexi stand auf und sagte mit amüsiert glitzernden Augen: „*Sunshine America* hast du mit Logan ganz gut hinbekommen."

Sabrina warf ihr einen finsteren Blick zu. *Nur weiter so. Über den nächsten Typ, mit dem du auch nur sprichst, werde ich dich gnadenlos aufziehen.*

Lexi zwinkerte. „Und draußen auf dem Gehsteig ging's dann ziemlich heiß her."

„Das habe ich doch schon erklärt", zischte Sabrina durch die Zähne. Die Geschichte, die ihre Freundinnen gehört hatten, war, dass Logen wütend auf sie gewesen war, weil sie ihn als ihren Freund ausgegeben hatte. Sie war ganz besonders vorsichtig, was sie in Mads Gegenwart sagte, die sicher alles sofort an Logan weitergeben würde. Nur Lexi wusste, was wirklich passiert war. Sabrina hatte es ihr auf der Fahrt hierher erzählt und zugegeben, dass sie Logan mehr mochte als nur als Freund, trotz aller praktischen Gründe, es besser nicht zu tun, einschließlich der Kleinigkeit, dass er eine Freundin hatte und bald nach San Francisco ziehen würde. Lexi hatte Sabrina gesagt, dass sie alle gehofft hatten, dass sie und Logan zusammenkommen würden, hatte ihr jedoch geglaubt, als sie darauf bestanden hatte, dass sie nur Freunde waren. Die einzige, die sich keine Hoffnungen gemacht hatte, war Mad gewesen, denn sie war davon überzeugt, dass Logan immer noch seiner Ex nachtrauerte. Zu dumm, dass Mad diejenige war, die Recht hatte. Sabrina hatte Lexi zur Geheimhaltung verpflichtet, da sie nicht wollte, dass Logan von ihrer unerwiderten Sehnsucht erfuhr. Außerdem hatte Logan bisher niemandem von seinem Umzug erzählt. Alles hing von den Investorenmeetings ab.

Lexi gab ihr einen Luftkuss.

Sabrina verzog das Gesicht. Manchmal war Lexi so sensibel wie ein Mann. Nicht alle Männer waren so, doch die überwiegende Mehrheit der Männer, die sie in ihrer Praxis traf, hatten keine Antennen für heikle Themen. Genau wie ihr planloser Ex. Kevin hatte ihr nicht nur eine Hochzeitseinladung geschickt – ihr! Der Frau, die er sitzengelassen hatte! Er hatte ihr danach auch noch eine begeisterte Email geschickt, in der er ihr berichtet hatte, wie wunderbar seine Verlobte war und dass er wollte, dass Sabrina sie kennenlernte. Der Mann hatte keine Ahnung, was Grenzen anging, und schien ihren emotionalen Zustand nicht einmal ansatzweise zu erahnen. Plötzlich wurde ihr bewusst, dass es ein Segen war, dass sie Kevin nicht geheiratet hatte. Er war offensichtlich immer noch genauso planlos wie früher. Sie hätten an ihr gezehrt, die kleinen Ausrutscher und größeren Verletzungen, die er nicht einmal bemerkt hätte.

Joe neigte den Kopf. „Logan war im Fernsehen?"

Logan. Er war alles andere als planlos. Er war während ihres Auftritts für sie da gewesen, hatte ihre starke Fassade durchschaut und zwischen den Zeilen ihre Angst gesehen. Ihr Herz war aufgebrochen und sie empfand so viel mehr als Lust für ihn. Ihr Verstand wusste es besser, doch ihrem Herzen war es egal.

Sabrina wandte sich Joe zu. „Er war Backstage." Ihre Wangen wurden heiß, und sie bemühte sich, nicht rot zu werden. Joe musterte sie eingehend und sie brach unter dem Druck seines Blicks zusammen. „Er ist gekommen, um mich anzufeuern."

Als er einen Mundwinkel anhob, erinnerte er sie an Logans amüsiertes Schmunzeln. „Ach so?"

Lexi goss Öl ins Feuer. „Er ist am Montag noch vor dem Morgengrauen bis in die Stadt gefahren." Sie legte die Hand auf ihre Brust. „Ist das nicht unglaublich?"

Joe zog die Brauen hoch und starrte Lexi an, sagte aber nichts. Was sollte er schon sagen? So, wie Lexi es dargestellt hatte, klang es, als wäre Logan in sie verknallt. Joes Aufmerksamkeit kehrte zu Sabrina zurück und sie spürte, wie ihr Hals rot wurde.

„Wir sind gute Freunde", versicherte sie mit einem Lächeln.

„Ja, Logan hängt immer noch zu sehr an dieser Tussi von der Uni", mischte Mad sich ein.

„Olivia", ergänzte Sabrina.

„Seit wann?", fragte Joe.

Mad stand auf, nachdem sie ihre üblichen schwarzen

Stiefel wieder geschnürt hatte. „Seit einer Ewigkeit, Dad. Alle wissen das."

Joe runzelte die Stirn.

„Ich habe erst vor Kurzem von ihr erfahren", sagte Sabrina in einem Versuch, Joes Enttäuschung zu lindern. „Ich glaube, er behält diesen Teil seines Lebens gern für sich."

„Warum weiß ich es dann?", fragte Mad.

Hailey lenkte Mad ab, indem sie Rose aus ihrer Tragetasche nahm und sie ihr zum Kuscheln in den Arm drückte. Mad hatte sich um Rose gekümmert, bevor sie Hailey den kleinen Hund geschenkt hatten, darum hatten die beiden eine besondere Bindung. Rose war Teil einer Intervention, die Sabrina an Silvester für Hailey organisiert hatte, um zu versuchen, den Schnellgang zu bremsen, den sie eingelegt hatte, nachdem sie ein langjähriges Freunde-mit-gewissen-Vorzügen-Arrangement beendet hatte. Sabrinas professioneller Meinung nach war der wirkliche Stressfaktor jedoch der Verlust ihres Sparringpartners Josh, als er zur selben Zeit etwas mit der schönen Bohème Clarissa angefangen hatte. Ein Schlag ins Wasser für Hailey, auch wenn sie das nie zugeben würde.

Joe sah Sabrina nachdenklich an. „Logan war vor acht Jahren mit ihr zusammen. Wie kann er ihr so lange nachtrauern?"

„Seit Kurzem haben sie wieder Kontakt", sagte Sabrina und wandte den Blick ab, denn ihre Augen brannten. Sie hatte das Glück gehabt, Logan für kurze Zeit in ihrem Leben zu haben, und jetzt zog er weg. In ihrem Hals wuchs ein Kloß, ihre Augen brannten, ihr Herz *schmerzte*. Sie nahm sich einen Moment Zeit, sich das Gefühl des Verlusts einzugestehen. Es war Zeit, Logan loszulassen.

Sie musste sich auf ihre Zukunft konzentrieren, ihre Karriere, das Buch, das sie schreiben und mit dem sie so vielen Frauen helfen würde. Sie stand auf, hielt die Sandalen hoch und zwang sich, gut gelaunt zu sagen. „Brandy, ich nehme die hier."

Brandy lächelte und winkte sie zur Kasse.

Sobald alle für ihre Schuhe bezahlt hatten, dank Brandy nach Abzug des Angestelltenrabatts, zogen sie weiter. Hailey hatte zum Mittagessen den Nebenraum eines italienischen Restaurants in der Nähe reserviert.

„Joe, Sie können gerne mit uns zum Mittagessen kommen", sagte Hailey. „Ein weiteres Gedeck sollte kein Problem sein."

Joe lächelte. „Danke, aber ich muss los. Viel Spaß noch."

Mad umarmte ihn. „Danke, dass du gekommen bist. Kommt nicht jeden Tag vor, dass deine Tochter die Braut spielt, was?"

Joes Augen wurden glasig und er zerzauste Mads Haare. Sie schnitt eine Grimasse und strich sie glatt. „Du bist eine schöne Braut, Mad. Ich könnte nicht stolzer sein."

Jetzt wurden auch Mads Augen glasig und sie verzog das Gesicht. „Bis später."

Alle verließen den Laden, nur Joe blieb und ging zurück zur Kasse. Sabrina blieb vor der Tür stehen und warf einen Blick über ihre Schulter. Joe unterhielt sich mit Brandy, und auch ohne zu hören, was sie sagten, konnte sie die klassischen Flirtsignale sehen. Joe stand aufrecht, die Schultern gestrafft. Brandy lächelte und neigte den Kopf. Whoa.

Sabrina ging hinaus und hielt ihre Freundinnen an. „Mädels, das müsst ihr sehen."

Sie spähten durch das große Schaufenster, als Brandy Joe ihre Visitenkarte gab.

„Oh. Mein. Gott", flüsterte Hailey. „Was war das denn?"

„Ach", sagte Mad. „Er will mich wahrscheinlich mit einem Geschenk überraschen. Deine Mom wird bestimmt eine Handtasche oder sowas für ihn aussuchen."

„Ich glaube, er hat sie auf ein Date eingeladen", sagte Sabrina.

Joe drehte sich um und kam mit einem breiten Lächeln auf sie zu.

Schnell wandten sie sich vom Fenster ab und versuchten, sich unauffällig zu benehmen, doch keine wusste, was sie sagen sollte.

Joe verließ pfeifend den Laden und ging in die andere Richtung davon. Er hatte nicht einmal bemerkt, dass sie geglotzt hatten.

„Was ist gerade passiert?", keuchte Hailey und starrte Joe hinterher.

„Vielleicht werden wir ja Schwestern", sagte Mad mit einem Anflug von Sehnsucht in der Stimme.

Sabrina unterdrückte ein Lachen. Das würde Josh – Haileys Nemesis – zu deren Bruder machen. Seit dem Fiasko mit den bezahlten Hochzeitsdates verlangte Hailey ihr Geld zurück, während Josh darauf beharrte, dass sie nur zu seiner Wohnung kommen und es holen musste. Alle wussten natürlich, dass das eine erotische Anspielung war. Die sexuelle Chemie zwischen den beiden war jenseits von Gut und Böse. Ihre Feindseligkeiten auch. Bruder und Schwester? Diese Vorstellung war urkomisch.

„Oh. Mein. Gott", keuchte Hailey und starrte ihre Mutter an. Rose schob ihren Kopf aus der Tragetasche, die Ohren aufgerichtet.

Sabrina schob Hailey sanft weiter. Was auch immer zwischen Joe und Brandy passieren würde, Hailey brauchten sie nicht dazu.

6

———

Sabrina fuhr zwei Stunden vor den anderen zu Claires und Jakes neuem Haus, um sich von Claire für die Interviews in L.A. coachen zu lassen, und war froh, das neue Haus noch bei Tageslicht sehen zu können. Es war atemberaubend schön. Sie hielt auf dem kreisrunden Vorplatz des Haupthauses, eines großzügigen Herrenhauses mit Arts-and-Crafts-Fassade und einer großen Veranda. Dieses Anwesen war so viel mehr als ein Pferdehof. Es war ein herrschaftliches Landgut. Nachdem sie durch das Haupttor gefahren war, war sie an einem kleineren Haus vorbeigekommen, und Claire hatte ihr erzählt, dass es noch ein weiteres historisches Haus aus dem achtzehnten Jahrhundert auf dem Anwesen gab. Weitläufige Wiesen und sanfte Hügel umgaben das Haupthaus, doch das Land erstreckte sich noch weit über den Wald dahinter hinaus. Die Januarlandschaft war karg mit Flecken schmelzenden Schnees und Bäumen ohne Blättern, doch sie konnte sich vorstellen, wie wunderbar es aussehen würde, wenn im Frühling alles grünte und blühte, wenn im Sommer die Ernte anstand oder wenn der Herbst die Blätter bunt färbte.

Als sie ausstieg, sah sie ein paar braune Pferde mit

dicken grauen Decken über dem Rücken auf einer Weide mit einem Teich grasen. In der Ferne sah sie ein Reitrondell, zwei Scheunen, Stallungen und Gott weiß was sonst alles noch. Claire und Jake konnten es sich leisten. Sie war ein Filmstar und Jake hatte mit seinem Technologieunternehmen Milliarden gemacht.

Es war so unglaublich luxuriös, dass sie sich in ihrem schwarz-weiß gestreiften Pullover, schwarzer Hose und schwarzen Loafers underdressed vorkam. Sie hätte ein Kleid tragen sollen, definitiv hochhackige Schuhe und für ihr Make-up hätte sie auch mehr Zeit aufbringen sollen. Sie seufzte. Sie war albern. Claire war bodenständig und normal.

Sie ging zur Haustür, und als sie klingelte, hörte sie den vollen Klang im Haus widerhallen. Kurz darauf öffnete Claire, die wieder zu ihren natürlich blonden Haaren zurückgekehrt war. Sie trug eine weiße Bluse, eine weite beigefarbene Strickjacke, ausgewaschene Jeans mit Rissen an den Knien und beigefarbene Mokassins an den Füßen. Ihre haselnussbraunen Augen leuchteten auf, als sie Sabrina sah, und sie öffnete die Arme. „Da bist du ja! Komm rein, komm rein."

Sabrina trat ein und entspannte sich sofort angesichts Claires Herzlichkeit. Sie umarmte ihre Freundin. Claire hatte sich vor mehr als zwei Jahren dem Happy End Buchclub angeschlossen, als sie angefangen hatte, die Fierce-Trilogie in Connecticut zu filmen. Die Autorin der Fierce-Trilogie, Julia Marino, war zu dieser Zeit auch Mitglied des Clubs gewesen. Claire hatte sich mit den Frauen angefreundet und den Kontakt nicht abreißen lassen. Sabrina wusste, dass Claire es zu schätzen wusste, Freunde zu haben, die nicht in der Filmbranche waren; sie hatte mal gesagt, dass sie oft das Gefühl hatte, dass die Leute, die sie kennenlernte, sie nur benutzen wollten. Dann war sie mit Jake Campbell zusammengekommen, und nachdem Jakes Schwester Mad auch im Buchclub war, war das Beziehungsnetz des Buchclubs gewachsen. Die Beziehungen zwischen den Frauen des Buchclubs, den Campbellmännern und deren Brüdern ehrenhalber wurden immer vernetzter, und Verlobungen und Hochzeiten schienen an der Tagesordnung zu sein. Für *einige* von ihnen zumindest. Nicht, dass Sabrina deswegen verbittert war. Es hatte ihr nichts ausgemacht, bis alle angefangen hatten, sie als Beziehungsexpertin zu bezeichnen. Uff. Irgendwann musste sie aufhören, sich wie eine Hochstaplerin zu fühlen, oder?

Claire ließ sie wieder los und lächelte. „Erst die Tour oder erst die Klamotten?"

Sabrina zog ihre schwarze Jacke aus und sah sich in dem großen Foyer um. Die Wände waren mit goldfarbenem Stucco Lustro verziert und zwei moderne Gemälde hingen an den Wänden. In der Mitte des Raumes stand ein großer runder Säulentisch mit einer gedrechselten Holzschale darauf. Darüber hing ein Kristallleuchter. Der Boden zu ihren Füßen war dunkles Holzparkett, das im Fischgrätmuster verlegt war. Alles schrie Luxus, dabei war das nur das Foyer. „Erst die Tour, bitte."

„Klar doch." Claire hängte Sabrinas Jacke in die Garderobe.

„Wo ist Frank?" Das war Claires Bodyguard.

„Er hat seine Wohnung über dem Garagengebäude. Keine Sorge. Er hat die Gästeliste und hat alles im Blick. Er ist derjenige, der das Tor für dich aufgemacht hat. Komm." Sie bedeutete Sabrina, ihr zu folgen, und führte sie in einen riesigen Raum, der bis zu den Dachsparren reichte. „Wohnzimmer."

„Wow", hauchte Sabrina. Der Kamin war riesig mit einer leicht zweistöckigen hellen Sandsteinverkleidung. In der Mitte des Raumes war ein Sitzbereich mit mehreren weißen Sofas und Sesseln mit dezent beigefarbenem Muster. An der dem Kamin gegenüberliegenden Wand befand sich ein weißes Entertainment Center flankiert von Bücherregalen und Glasschränken.

„Meine Bücher brauchen einfach einen Platz." Claire wies in Richtung der Regale. Wie alle im Club las sie gern.

Sabrinas Blick fiel auf das schwarze schmiedeeiserne Geländer einer Empore oberhalb des Wohnzimmers.

„Oh, wie schön!", rief Claire. „Das da oben sieht so gemütlich aus."

Sabrina folgte ihr eine Wendeltreppe empor in einen Loungebereich mit weiteren weißen Sofas und beigen Sesseln. Der Blick von hier oben durch das riesige Wohnzimmerfenster über das Anwesen war spektakulär.

„Magst du was trinken?", fragte Claire und deutete auf die Bar aus dunklem Kirschholz.

„Gerne."

„Weißwein okay?"

„Absolut."

„Claire!", rief Jake. „Wo bist du? Ich kann meine Sneakers nicht finden."

Claire beugte sich über die Brüstung. „Sabrina ist da. Versuch zivilisiert zu klingen."

Wenig später war Jake auf der Empore bei ihnen. Er sah genauso aus wie sein Zwillingsbruder, groß, mit athletischer Eleganz, dunkelbraunen Haare und Augen, nur dass Jakes Haare kurz geschnitten waren. Joshs Haare waren gerade lang genug, dass sie im Nacken anfingen, sich zu locken. Ein dunkler Stoppelbart überzog sein kantiges Kinn. Er lächelte. Ein attraktiver Mann, wenn auch nicht so attraktiv wie sein Bruder Logan … *Oh nein, fang nicht schon wieder damit an.*

Sabrina winkte. „Hi Jake. Happy Birthday."

„Hi Sabrina, danke. Schön, dich wiederzusehen." Er ging zu ihr und umarmte sie. „Wie ich höre, hast du ein paar tolle Sachen in der Pipeline."

„Ja, ich bin ein bisschen nervös deswegen."

„Claire wird dir schon helfen. Und wenn sie zu furchteinflößend sind, stell sie dir einfach in Unterwäsche vor", sagte er augenzwinkernd.

Claire lächelte. „Das funktioniert bei mir nie. Ich fange dann immer an zu lachen."

Jake wandte sich Claire zu. „Irgendeine Ahnung, wo meine Sneakers sein könnten?" Er trug Jeans, ein langärmeliges hellblaues Hemd und war barfuß.

Claire sah Sabrina an. „Unsere Sachen sind gestern angekommen, aber die Hälfte ist noch in Kisten." Jake zugewandt sagte sie: „Versuch es mal in deiner Männerhöhle."

Jake kniff die Augen zusammen. „Warum sind alle deine Klamotten ordentlich aufgehängt und eingeräumt und mein Kram ist in Kisten im Keller?"

Claire legte einen Arm um Sabrinas Schulter. „Weil ich wusste, dass wir heute ein Fitting haben."

Jake brummte etwas und ging. Ein Paar grauer Socken hing aus seiner Gesäßtasche.

„Hab dich lieb", trällerte Claire ihm hinterher.

„Ich dich auch", rief er von irgendwo unten.

Claire lächelte verträumt, bevor sie zwei Weingläser aus der Bar nahm und Wein eingoss. Sie bot Sabrina einen Platz auf dem Sofa an. „Ist es okay, wenn ich dir den Rest später zeige? Ich würde mich viel lieber mit dir unterhalten."

„Natürlich."

Claire gab Sabrina ihren Wein und setzte sich neben sie. „So sieht's so ziemlich überall aus. Kamine mit geschliffenem Sandstein oder unbehauenen Steinen in den Wohnbereichen, viele neutrale weiße und beigefarbene Möbel. Oben ist noch fast alles leer abgesehen vom Schlafzimmer. Wir werden die Party wahrscheinlich in der Männerhöhle verbringen." Sie wedelte mit der Hand in der Luft. „Großbildschirm, Bar, Billardtisch, Pingpong, ein paar Spielautomaten und natürlich Pinball. Seine Kisten stehen an der hinteren Wand und sind daher nicht im Weg. Die Männerhöhle ist quasi Jakes Traumzimmer, doch auf der anderen Seite ist der Teil des Hauses, den ich am liebsten habe – ein Weinkeller mit Verkostungsraum."

„Wow!"

Claire schlug ein Bein über das andere und sah trotz ihrer lässigen Kleidung elegant aus. „Das war schon im Haus. Die Vorbesitzer waren echte Weinkenner. Wie auch immer, das meiste, was du siehst, ist entweder von den Vorbesitzern, oder der Innenarchitekt, den wir engagiert haben, hat es hergebracht. Wir wollten, dass er alles bequem aber neutral einrichtet. Wenn wir eine Weile hier wohnen, können wir dem Ganzen dann unsere persönliche Note geben. Ein bisschen Kunst und gerahmte Bilder, sowas in der Art." Sie trank einen Schluck Wein. „Ich habe mein Haus in Kalifornien behalten. Jake hat seins verkauft. Wenn Logan diese Woche zu seinen Meetings geht, übernachtet er in meinem Haus."

Sabrina ließ bei der Erwähnung von Logans Namen die Schultern hängen. Sie musste ihn loslassen, das wusste sie, doch jede Faser ihres Seins protestierte dagegen. Plötzlich hatte sie einen Kloß im Hals und trank einen Schluck Wein.

Claire sah sie erwartungsvoll an. Sie wollte offensichtlich mehr über die Situation zwischen Logan und ihr hören. Claire wusste, dass Logan zu *Sunshine America* gegangen war, um Sabrina zu unterstützen, und sie wusste von der Geschichte über den Streit unter Liebenden auf dem Gehsteig hinter dem Studio. Ganz zu schweigen davon, dass Claire eine Schwäche für ihre Schwägerinnen und Schwager hatte und immer versuchte, ihnen zu helfen oder dafür zu sorgen, dass sie glücklich waren. Sie tat dasselbe für ihre Freundinnen, doch seit sie in den Campbellclan eingeheiratet hatte, war ihr Beschützerinstinkt für ihre erweiterte Familie erwacht.

Claire beugte sich vor. „Was läuft zwischen dir und Logan? Ihr zwei–"

„Wir sind nur Freunde", sagte Sabrina entschlossen.

„Warum?" Sie senkte die Stimme. „Ich habe das nie laut ausgesprochen, aber der Junge ist heiß. Und lass dir von jemandem innerhalb der Campbell-Familie sagen, dass er wahrscheinlich der Entspannteste von allen ist. Ganz anders als gewisse dickköpfige Männer ..."

Sabrina lachte. „Jake ist kein Dickkopf. Er ist süß."

Claire schüttelte lächelnd den Kopf. „Oh, wir haben uns schon öfter in die Haare bekommen. Wir sind beide ziemlich dickköpfig."

„Aber ihr diskutiert es aus."

Claire schmunzelte. „Manchmal." Mit heiserer Stimme fuhr sie fort. „Manchmal müssen wir die Spannungen auch auf anderem Weg lösen."

Ein Anflug von Neid ließ Sabrina die Zähne zusammenbeißen. Sie wünschte sich, darüber erhaben zu sein, doch sie konnte das Gefühl nicht leugnen. Die Liebe zwischen Claire und Jake war spürbar. Sie waren verheiratet, hatten ein wunderschönes Zuhause und Claire hatte ihr vor Kurzem erzählt, dass sie versuchten, eine Familie zu gründen.

Doch Sabrina steckte in der Freundeszone fest.

„Da gibt es ein Problem mit Logan", sagte Sabrina viel zu laut. Sie stresste sich schon wieder.

Claire riss die Augen auf. „Erzähl."

Sie starrte ihr Weinglas an und sagte kleinlaut: „Ich hab Scheiße gebaut."

„Komm schon, so schlimm kann es doch gar nicht sein."

Sie hob den Kopf. „Ich bin seit sechs Monaten mit ihm befreundet und giere insgeheim nach ihm–"

„Ha, ich hab's gewusst!", krähte Claire. „Ich habe Jake gesagt, dass das zwischen euch unmöglich platonisch sein kann."

„Du darfst Jake nichts davon sagen."

Claire machte schnell eine Geste, die ihr sagte, dass ihre Lippen versiegelt waren.

Sabrina seufzte. „Ich habe es ihm nie gesagt, weil ich dachte, dass er ein Beziehungsphobiker ist. Er hat nie irgendeine ernste Beziehung gehabt; nie auch nur ein Date erwähnt. Du weißt ja, dass ich was gegen Beziehungsphobiker habe."

Claire nickte.

„Und ich habe ihn für ein bisschen impulsiv gehalten, ein Hasardeur. Ich meine, weil er seinen Job bei Jake aufgegeben hat, um seine eigene Firma zu gründen. Ein sicherer, stabiler Job, den er für ein Start-up aufgegeben hat. Das geht so gut wie immer in die Hose. Er hat ein ganzes Jahr auf Bens Sofa geschlafen."

Im ersten Jahr hatte Ben seinen Vollzeitjob behalten und nur abends und an den Wochenenden mit Logan gearbeitet, dessen Arbeit die Basis des Unternehmens war. „Aber jetzt glaube ich, dass ich mich getäuscht habe. Er hat diese wunderbare stabile Familie und all diese Brüder ehrenhalber, das mindert natürlich das Risiko, sein eigenes Geschäft zu gründen. Er hatte Unterstützung." Sie klatschte sich mit der Hand gegen die Stirn. „Jake hätte Logan wahrscheinlich seinen alten Job zurückgegeben, wenn das mit Checkin nicht geklappt hätte."

Claire nickte mitfühlend.

Plötzlich wurde ihr bewusst, dass die Tatsache, dass Logan seiner Freundin von der Uni treu geblieben war, ein Zeichen von Risikoaversion war. Er hatte es nicht riskiert, eine weitere ernste Beziehung einzugehen, sondern sich an das gehalten, wovon er wusste, dass es funktionierte. Und sein immenses Engagement für Checkin war ein Beweis dafür, dass er viel stabiler war, als sie zunächst angenommen hatte. Wie konnte sie so dermaßen falsch gelegen haben?

Sabrina holte scharf Luft und gestikulierte wild. „Meine Diagnose war vollkommen falsch und jetzt ist es zu spät!"

Claire hob eine Hand. „Ich muss sagen–"

Doch Sabrina war noch nicht fertig. „Ich habe mir in meinem Kopf diese Idee zusammengesponnen, dass Logan kein Beziehungsmaterial war. Vielleicht, weil ich Angst hatte, dass er nicht auf mich steht. Erst war die

Anziehung nur körperlich, doch jetzt ist es so viel mehr." Sie sah Claire an, die sie immer noch schweigend anlächelte. „Ich weiß nicht, warum ich so falsch gelegen habe. Normalerweise bin ich ein besserer Menschenkenner. Vielleicht hat meine Lust mein Denken gestört. Doch dann hat er mich von den Socken gehauen, als er als einziger zu *Sunshine America* aufgetaucht ist."

„Ich wollte–"

„Ich weiß, es war eine zu blöde Zeit und ein blöder Ort, als dass jemand hätte kommen können, doch er war da, und es hat irgendwas in mir aufgeschlossen, wenn du verstehst, was ich meine?" Sie legte die Hand auf ihr Herz. „Ganz warm und wachsweich. Und dann … und dann-" Ihre Stimme versagte.

„Was dann?"

Sie trank einen Schluck Wein. „Er hat eine Fernbeziehung mit dieser Freundin von der Uni. Wovon er nie etwas erwähnt hat! Nicht mit einem einzigen Wort – und dabei reden wir andauernd! Und ich meine nicht nur ein Hallo im Vorbeigehen. Ich meine, wir setzen uns hin, essen zusammen Lunch und unterhalten uns. Er plant, nach San Francisco umzuziehen, um bei ihr zu sein, falls das mit den Investorenmeetings klappt, und da bin ich mir ziemlich sicher. Er geht weg und hat es nie auch nur mit einem Wort erwähnt."

„O mein Gott! Er zieht für eine Frau um!" Claire stellte ihr Glas auf den Tisch. „Jake wusste nichts davon, sonst hätte er etwas gesagt. Ich kann nicht fassen, dass er die Beziehung geheim gehalten hat. Wie lange sind sie schon wieder zusammen?"

„Seit sechs Wochen, naja, jetzt sind es schon sieben." Sabrina schluckte. „Ich dachte, wir stehen uns nahe. Doch jetzt geht er weg und ich habe meine Chance verpasst."

Claire sah sie mitfühlend an. „Honey, das tut mir so leid. Ich hatte keine Ahnung, dass er was am Laufen hatte."

Sabrina nickte. „Und ihn habe ich auch in die Sch… geritten. Ich fühle mich furchtbar deswegen."

„Was hast du angestellt?", fragte Claire.

„Ich wusste nichts von seiner Freundin, und nachdem ich während des Interviews impliziert hatte, dass er mein Freund ist, ist sie richtig wütend geworden. Er sagt, dass sie eifersüchtig ist, auch wenn er ihr erklärt hat, dass wir nur Freunde sind. Und dann war da natürlich das Foto, auf dem wir aussehen, als würden wir uns streiten, und der Artikel dazu stellt es als Streit unter Liebenden dar."

„Ha! Du? Die ruhigste, beherrschte und beste Kommunikatorin der Welt hatte eine Kommunikationsstörung mit dem entspanntesten Typen der Welt? Das ist zum Schießen. Ich bin mir sicher, dass ihr als Paar über alles reden könntet, ohne auch nur einmal eure Stimmen zu heben."

Sabrina presste die Lippen zusammen. So war es in diesem Fall nicht gelaufen. „Ja, also, er war ziemlich sauer darüber, dass ich ihn als meinen Freund dargestellt habe." Sie schnaubte. „Und ich war wütend, weil er mir diesen wichtigen Teil seines Lebens vorenthalten hat."

Claire machte eine ausladende Geste. „Das ist es. Sie ist raus, du bist drin."

Sie blickte abrupt auf. „Claire, du kannst da nicht dazwischenfunken."

Claires Augen blitzten. „Ich mag sie nicht."

„Du bist ihr nie begegnet."

Claire zählte Olivias Sünden an ihren Fingern ab. „Sie ist eifersüchtig, misstrauisch und nachtragend. Nein. Das ist nichts für meinen kleinen Bruder."

Sabrina lachte. „Für deinen kleinen Bruder? Er ist nur ein Jahr jünger als du."

„Immer noch jünger." Sie betrachtete Sabrinas Outfit. „Komm, lass uns in meinen Kleiderschrank gehen. Wir brauchen was für heute Abend für dich und ein paar sommerliche Klamotten für deine Interviews in L.A." Claire war ein wenig kleiner als Sabrina, doch ihre Kleider passten, auch wenn einige ein wenig arg kurz waren.

Sabrina starrte Claires lässiges Outfit an. „Warum muss ich mich für heute Abend umziehen? Sehe ich so underdressed aus? Du bist doch auch lässig gekleidet."

„Ich ziehe mich auch noch um." Sie lächelte verschmitzt. „Davon abgesehen bist du für das, woran ich denke, nicht underdressed genug. Wir werden dich ein bisschen locker, ein bisschen nahbarer machen."

„Wozu?" Dann begriff sie. „Wag bloß nicht, irgendwas zu Logan zu sagen."

„Das wird nicht nötig sein. Dein heißer Body wird für sich sprechen."

Sie blickte an ihren wenig ausgeprägten Kurven herunter. „Ähm ..."

Claire beugte sich vor. „Hast du je überlegt, warum Logan nie den ersten Schritt gemacht hat? Ihr seid seit sechs Monaten befreundet und er hat erst seit etwas über einem Monat wieder Kontakt mit Olivia. Glaub mir, keiner der Campbellmänner ziert sich, eine Frau anzusprechen, doch sie brauchen ein klares Signal."

Ein Lächeln umspielte ihre Lippen. „Als ich mit Jake zusammengekommen bin, hat Hailey mir gesagt, dass ich ihm zeigen muss, dass ich es auch will, bevor er den ersten Schritt macht." Sie lachte. „Später hat er mir dann gesagt, dass Josh das zu Hailey gesagt hat, um sich über sie lustig zu machen, und dann haben die Zwillinge ihre Plätze getauscht und ich habe es zu Jake gesagt. Quasi sowas wie: Ich will dich und ich stimme dem Ganzen zu. Lass uns Sex haben. Und Jake hat mich nur fassungslos angesehen und okay gesagt." Sie winkte ab. „Wie auch immer, die Campbells sind Gentlemen, sie behandeln Frauen so wie sie sich wünschen, dass jemand ihre kleine Schwester behandelt, mit Fürsorge und Respekt. Wenn Logan also nie etwas bei dir versucht hat, dann liegt das entweder daran, dass er nicht interessiert war oder kein klares Signal von dir bekommen hat."

Ihr Magen flatterte und ihr Puls schlug schneller. Ein

kleiner Hoffnungsschimmer machte sich breit. Dann kam sie wieder zu sich. „Was ist mit Olivia?"

Claire zuckte mit den Schultern. „Wir tun nichts, außer ein klares Signal zu senden. Nur ein subtiler Test möglichen Interesses."

Sabrina schüttelte den Kopf, denn die Beziehungstherapeutin in ihr brachte sie zurück in die Realität. „Nein, Claire, das geht gegen alles, wofür ich stehe. Ich würde mich nie in eine Beziehung drängen."

Claire lächelte strahlend. „Das ist großartig. Dann sag ihm, wie sehr du willst, dass er sich mit Olivia verträgt. Wenn er Interesse an dir hat, wird das ein Problem für ihn darstellen."

Sabrina rieb sich die Schläfe. „Ich weiß nicht. Das fühlt sich irgendwie link an."

„Willst du dich von ihm verabschieden, ohne jemals zu wissen, ob da nicht doch etwas ist?

Sie wollte sich nicht von ihm verabschieden. Sie trank ihren Wein in einem langen Zug aus und nickte der strahlenden Claire zu. Auf zittrigen Beinen folgte sie ihr nach unten und hoffte, dass sie sich nicht vollkommen zum Narren machen würde.

7

Sabrina trug ein weißes Kleid. In einem Meer aus Schwarz und dunklen Winterfarben auf Jakes und Joshs Geburtstagsparty stach sie heraus wie ein Blitz an einem dunklen Himmel. Das Kleid zeigte nicht einmal viel Haut, doch Logan konnte den Blick nicht abwenden. Der Ausschnitt endete knapp unterhalb des Schlüsselbeins und der Rock bedeckte die Knie. Es war ärmellos, darum waren ihre Schultern und Arme nackt. Ihre Beine auch und ihre zierlichen Füße steckten in weißen Sandalen. Was war anders? Ihre dunkelblonden Haare fielen in sanften Wellen auf ihre Schultern. Ihre braunen Augen waren dezent geschminkt mit dunklem Kajal, ihre Lippen rosig. Mehr Make-up als sonst, doch immer noch Sabrina. Sein Blick wanderte erneut an ihrem Kleid hinunter. Die Reihen silberner und goldener Kristalle über dem Top setzten sich in entgegengesetzter Richtung unter ihren Hüften fort und zogen den Blick auf ihre schlanke Taille und ihre Brüste. Der Effekt war einfach atemberaubend.

Sie sah selbstbewusst aus, stark, unglaublich sexy. Er konnte nicht aufhören, ihre Kurven anzustarren. Genauso wie Marcus, der lüsterne Hund. Sein Freund und Bruder ehrenhalber stand neben ihm an der Bar in Jakes neuer

Männerhöhle. Sabrina stand nicht weit entfernt mit Lexi am Billardtisch.

„Verdammt", zischte Marcus. „Sabrina sieht gut aus, wenn sie sich ein bisschen zurechtmacht." Marcus war nicht der Typ, neben dem man auf einer Party stehen wollte, wenn man ein Singlemann war – denn neben ihm wirkte man einfach unscheinbar. Er taugte nicht zum Wingman, denn er sah aus, als wäre er einer Werbeanzeige für ein Parfum entsprungen. Schwarze, kurz geschorene Haare, dunkle Augen mit dichten Wimpern, gebräunte Haut und scharf geschnittene Wangenknochen. Er hatte sich einmal die Nase gebrochen, darum war er wenigstens nicht ganz perfekt. Er trainierte mehr als nötig und entsprechend muskulös waren seine Arme.

„Sprich nicht so von ihr", blaffte Logan.

„Warum stört dich das?"

„Sie ist meine Freundin."

„Ich will auch ihr Freund sein." Marcus versetzte ihm einen Knuff und ging hinüber zu Sabrina. Verdammt. Marcus war ein Hüne, so groß und breitschultrig, dass er Logans Sicht auf Sabrina versperrte.

Logan war sich ziemlich sicher, dass Sabrina sich nichts aus dicken Muskeln machte. Doch wenn er ehrlich war, wusste er nicht einmal, auf welchen Typ Mann sie stand. Er hatte sie nie flirten gesehen und außer ihren Klienten nie einen Mann bei ihr gesehen.

Er trank einen Schluck von seinem Bier und beobachtete, wie Marcus sich zu ihr hinunterbeugte, sie wahrscheinlich anlächelte und flirtete wie immer. Logan biss die Zähne aufeinander. Er würde nicht den eifersüchtigen Freund spielen, indem er zu ihnen ging und Marcus sagen würde, dass er sich verziehen sollte. Er ertrug mehrere qualvolle Minuten von Marcus' Flirterei, dann gingen Marcus und Sabrina zusammen irgendwohin. Lexi fing an, mit ein paar der Jungs Billard zu spielen.

Er sah Sabrina von hinten und die silbernen und goldenen Kristalle lenkten den Blick wie Pfeile auf den süßesten Hintern, den er je gesehen hatte. Wie kam es, dass ihm das noch nie zuvor aufgefallen war? Moment? Wohin gingen sie? Nach oben? Brachte Marcus sie nach oben, um mit ihr allein zu sein? Alle anderen waren in der Männerhöhle.

Er stellte sein Bier ab und folgte ihnen in sicherem Abstand. Sie gingen um die Ecke und eine Rampe hinunter, wo das Licht gedämpfter und die Luft kühler war. Sabrina lachte über etwas, das Marcus gesagt hatte, als sie durch einen Gewölbegang gingen. Marcus' Stimme konnte er nicht hören. Was zum Teufel hatte er vor?

Logan konnte es nicht länger ertragen. „Hey Sabrina. Wohin des Wegs?"

Sie wirbelte herum. „Hi! Ich habe Marcus gerade vom Verkostungsraum des Weinkellers erzählt. Er sagt, dass er so ziemlich alles weiß, was man über Wein wissen kann, darum wollten wir ihn uns ansehen gehen." Marcus besaß eine Bar in der Stadt. *The Burrow.* Logan hatte keine Ahnung von Wein. Er war ein Biermann.

„Möchtest du mitkommen?", fragte Sabrina.

Sofort fühlte er sich besser. „Gerne", sagte er und holte sie ein. „Was hat es mit dem Kleid auf sich?"

„Wie geschmeidig", brummte Marcus. „Du siehst schön aus, Sabrina."

Sabrina wurde rot und lächelte zu Marcus auf. „Danke." Als sie Logan ansah, verschwand ihr Lächeln. „Was meinst du?"

„Ich weiß nicht, es ist ziemlich schick für eine Geburtstagsparty."

„Gehörst du neuerdings zur Modepolizei?", fragte Marcus lachend. „Dann solltest du vielleicht was anderes als Jeans und Sneakers anziehen." Marcus kleidete sich wie der typische metrosexuelle Hipster aus der Stadt. Gebügeltes Hemd, maßgeschneiderte Hose, elegante Schuhe. Er konnte lässig Jeans und Sneakers wie alle übrigen normalen Männer tragen, doch heute war er Mr. Metrosexual in einem hellblauen Hemd und dunkelgrauer

Hose. Logan trug wie immer ein langärmeliges Baumwollshirt, Jeans und – ja – Sneakers. Jetzt, wo er sah, dass Sabrina sich todschick gemacht hatte, wünschte er sich, sich auch etwas besser gekleidet zu haben.

Logan warf Marcus einen finsteren Blick zu, bevor er sich wieder Sabrina zuwandte. „Ist ein schönes Kleid."

„Danke", sagte sie. Kein Lächeln für ihn. Es lag ihm auf der Zunge – du siehst umwerfend aus, wahnsinnig sexy – doch er verkniff es sich. Sie waren Freunde, und er war in einer festen Beziehung. Oder sowas in der Art. Diese Fernbeziehung mit Olivia machte es schwer, zu wissen, wo genau er stand, doch der Gedanke an eine gemeinsame Zukunft schien ihr wirklich zu gefallen. Was er zu erwarten hatte, würde er in einer Woche herausfinden, wenn er sie zum Abendessen ausführte. *Abwarten und Teetrinken.*

Der Gang endete in einem Raum mit einer halbrunden Bar aus honigfarbenem, gebeiztem Holz, das auf Hochglanz poliert war, mit fünf samtgepolsterten Stühlen. An den Wänden befanden sich lange, ebenfalls gepolsterte Sitzbänke. Vier hängende Lichter über der Bar tauchten seine Brüder Jake und Josh, die Drinks servierten, in ein warmes Licht. Josh schenkte seinen Schwägerinnen Wein ein, während Jake seinen Brüdern Scotch eingoss.

Die Zwillinge waren leicht auseinanderzuhalten. Josh war der Relaxte der Brüder und trug in der Regel Flanellhemden, ausgewaschene T-Shirts und zerrissene Jeans zu längeren Haaren und einem manchmal Zwei-, Drei- oder Viertagebart. Jack war der Ehrgeizige, der immer Designerkleidung trug. Selbst seine Freizeitkleidung war von teuren Designern. Seine Haare waren immer ordentlich getrimmt und gestylt. Manchmal trug er einen Stoppelbart, doch meistens war er sauber rasiert. Sie hatten einen ähnlichen Sinn für Humor und zogen gerne Leute auf. Hitziges Geplänkel mit Frauen war Vorspiel für sie.

Vielleicht sollte Logan das Hailey erklären, die alles, was Josh sagte, so furchtbar persönlich nahm, doch Josh würde ihn umbringen. Wenn Josh sich quälen wollte, indem er Hailey nie aus dem Kopf bekam, war das seine Schuld.

Marcus trat hinter die Bar. „Okay, welcher von euch Geburtstagskindern will eine Pause? Ich übernehme hier."

Claire lehnte sich über die Bar und sagte mit kehliger Stimme. „Josh, könntest du ein paar von den Champagnerflaschen nehmen und sie rüber zur anderen Bar bringen? Meine Mädels lieben Champagner."

„Sicher." Josh griff unter die Bar und holte zwei Flaschen Champagner hervor. „Zur Feier meines Geburtstags?"

„Sicher", lachte Claire. „Sie brauchen keinen Grund zum Trinken."

Als Josh ging, übernahm Marcus das Ausschenken des Weins.

Jake schüttelte den Kopf und lächelte. „Sehr subtil."

Claire lächelte verschmitzt. „Ich weiß." Hailey musste gern Champagner trinken.

„Komm her", sagte Claire und winkte Sabrina, die gerade ihre Tasche auf einer der Bänke abstellte, zu sich. „Kannst meinen Platz haben, ich habe genug Wein probiert. Ich werde mal was zu essen hier runterbringen."

Ihre Schwägerinnen sprangen ebenfalls auf, um Claire zu helfen, und die drei Frauen gingen hinaus. Er beobachtete, wie Claire neben Sabrina stehenblieb, die Hand auf ihre legte und ihr etwas ins Ohr flüsterte. Sabrina lachte und sagte etwas, das er nicht verstand, doch sie lächelte herzlich. Warum konnte Sabrina ihm gegenüber nicht so herzlich und offen sein? Es war, als würde sie sich verschließen, sobald er in ihrer Nähe war. Dabei war die Wirkung, die er normalerweise auf Frauen hatte, genau anders herum.

Logan wartete, bis Sabrina sich an die Bar setzte, und nahm neben ihr Platz. „Alles bereit für L.A.?"

Sie nickte Marcus, der eine Flasche Rotwein hochhielt, zu, dann antwortete sie Logan. „Ja. Claire hat mir drei

Outfits geborgt und ich hatte schon ein eigenes, mit dem ich ganz glücklich bin. Und dann habe ich diese Hammersandalen mit Flügeln gekauft–"

„Flügel?", fragte Logan. „Wie eine Superheldin oder sowas?"

Sie kicherte. Sabrina kicherte nie. „Warte, ich zeig sie dir." Sie ging hinüber zur Bank und bückte sich, um ihr Handy aus ihrer Tasche zu holen. Erneut bewunderte er ihr ansehnliches Hinterteil und wandte schnell den Blick ab, als sie sich aufrichtete. Er bemerkte Marcus' wissenden Blick. Jake lachte leise.

Logan starrte geradeaus und bemühte sich, unschuldig auszusehen.

Sabrina setzte sich neben ihn und zeigte ihm ein Foto ihrer Schuhe auf ihrem Handy. „Sind die nicht umwerfend?" Silberne, hochhackige Sandalen mit Fesselriemchen. Unglaublich sexy. Wer war diese Frau und was hatte sie mit der unnahbaren Porzellanpuppe Sabrina gemacht?

„Was ist los mit dir?", fragte er verwirrt. „Solange ich dich kenne, hast du dich immer super professionell gekleidet, wie eine ..." Er gestikulierte unbeholfen und suchte nach einer netteren Beschreibung als unnahbare Porzellanpuppe.

Sie trank einen Schluck von dem Wein, den Marcus ihr eingeschenkt hatte. „Wie eine Therapeutin?"

Logan hob den Finger. „Ja! Und jetzt ziehst du plötzlich Sachen an, die man auf dem roten Teppich erwarten würde. Claire-Klamotten. Versuchst du, wie Claire zu sein?"

„Trink einen Scotch", sagte Jake und schob ihm einen Tumbler entgegen. „Und red nicht so viel."

Er warf seinem großen Bruder einen finsteren Blick zu.

Sabrina lächelte Marcus an. „Das ist ein köstlicher Wein. Hat ganz feine Schokoladennoten drin. Wie heißt der?"

Marcus hob die Flasche. „Decadence."

Sabrina benetzte ihre Lippen und Logans Schwanz erwachte zum Leben. „Ich liebe Decadence", schnurrte sie.

„Dann sollst du mehr davon bekommen", sagte Marcus und füllte ihr Glas.

„Oh stopp, stopp!", lachte Sabrina. „Ich habe früh angefangen, mit Claire zu feiern. Das ist mein drittes Glas." Sie beugte sich vor und blinzelte Marcus an. „Merkt man das?"

Marcus beugte sich vor, bis seine Nase ihre beinahe berührte. „Überhaupt nicht, Darling. Genieß deinen Wein", sagte er mit heiserer Stimme.

Sabrina tätschelte Marcus' glattrasierte Wange. Er fing ihre Hand ein und küsste ihre Finger. Sabrina zog ihre Hand zurück und starrte sie an.

Logan stürzte seinen Scotch hinunter und schnitt eine Grimasse – er war harte Spirituosen nicht gewohnt. Aus irgendeinem Grund beobachtete Jake ihn. Logan warf einen Blick in Richtung seiner Brüder Alex und Ty, um zu sehen, ob sie ihn auch beobachteten, doch sie diskutierten Kinderkram. Beide waren Väter.

Als er sich Sabrina zuwandte, spürte er Jakes Blick. Was war heute mit ihm los? „Dann bist du jetzt mit Klamotten und Schuhen bewaffnet. Bereit für die harten Interviewfragen?"

„Werden wir ja sehen", trällerte Sabrina. Er hatte sie noch nie so gesehen, so mädchenhaft kichernd und trällernd.

„Bist du betrunken?" Wenn sie betrunken war, sollte er sie wahrscheinlich besser nach Hause bringen, bevor sie etwas Dummes tat, wie mit Marcus ins Bett zu springen.

Sein Freund war ein guter Typ, doch was Beziehungen anging, war er nicht gut. Sabrina hatte Besseres verdient.

Sie lächelte ihn schief an und trank einen Schluck. „Das wüsstest du wohl gerne?"

Jake und Marcus tauschten hinter der Bar Blicke aus und grinsten einander an. Offensichtlich fanden sie

Sabrina unterhaltsam. Logan sah jedoch nicht, was so amüsant war.

„Ja, das wüsste ich gerne", sagte Logan. „Darum habe ich gefragt."

Sie seufzte leise und stellte das Glas ein wenig zu laut auf der Bar ab. Sie drehte sich zu ihm um, die Augen groß, die Stimme ernst. „Logan, es tut mir wirklich, wirklich leid, dass ich dich den Wölfen zum Fraß vorgeworfen habe, und ich will, dass du weißt, dass ich wirklich, ehrlich hoffe, dass du das mit Olivia wieder geradebiegen kannst. Okay?" Sie wartete nicht auf eine Antwort, sondern beantwortete ihre eigene Frage. „Okay. Gute Unterhaltung."

„Danke."

Sie neigte den Kopf. „Ist das ein Problem für dich?"

Er runzelte verwirrt die Stirn. Er hatte keine Ahnung, wovon sie sprach.

„Olivia?", fragte Jake. „Die von der Uni?"

Sabrina trank ihr Glas aus.

„Ja, wir haben seit Kurzem wieder Kontakt", erklärte Logan und riss seinen Blick von Sabrina los. „Es ist eine Fernsache – sie ist in San Francisco, darum habe ich noch niemandem davon erzählt. Will abwarten, wo es hinführt."

„Ich erinnere mich noch, wie sie bei deinem Abschluss war", sagte Jake. „Neurotisches Ding."

„Sie ist nicht neurotisch", sagte Logan. „Sie hat nur viel Energie."

Jake zuckte mit den Schultern.

Sabrina strich sich mit den Fingern durchs Haar und ließ sie sexy zerzaust aussehen. Er starrte die Bar an – alles, nur nicht die sexy Figur, die sie abgab.

Dann ergriff sie wieder das Wort, ihre Stimme viel lauter als sonst. „Ich hoffe wirklich, dass du das mit Olivia wieder hinbekommst, Logan. Wirklich wirklich. Logan und Olivia. L-o und O-l. Beinahe Palindrome." Nein, das waren sie nicht, und sie schien ein bisschen zu begeistert von der Sache zu sein.

„Hoffst du das wirklich wirklich?", fragte er trocken.

„Ja." Sie bohrte ihren Finger in seinen Arm. „Oh, ruf sie an und ich sage es ihr auch."

„Sabrina, ich glaube, ich sollte dich jetzt nach Hause bringen."

„Was? Warum?"

„Weil du betrunken bist."

Sie beugte sich lächelnd vor und ihr Honig- und Blütenduft hüllte ihn ein. Wie gerne hätte er sie gekostet. „Und du bist in einer Beziehung. Ich nicht. Doch das kratzt niemanden, weil ich die Beziehungsexpertin bin."

Ihre braunen Augen waren glasig, doch so nah war er ihr noch nie gekommen. Ein scharfes Verlangen überkam ihn und er musste sich zurücklehnen. „Nur, dass du keine Expertin bist, nicht wahr?" Sie hatte gesagt, dass sie vor langer Zeit eine feste Beziehung gehabt hatte. Sie war sechsundzwanzig, darum war er bereit, etwas darauf zu verwetten, dass es ihre einzige Beziehung gewesen war. Seitdem hatte sie keine Beziehung mehr gehabt. Zumindest hatte sie nie von einem Ex gesprochen.

„Aber im Fernsehen höre ich mich wie eine an", sang sie. „Claire hat mich gut vorbereitet. Die Talkmaster kennen sie alle und alle wissen, dass wir Freunde sind, darum werden die Fragen alle kinderleicht." Sie klatschte mit der Hand auf die Bar. „Mehr Decadence, bitte!"

„Kommt sofort", sagte Marcus und goss ihr ein weiteres Glas ein.

Logan stand auf. „Sabrina, davon wird dir nur schlecht. Wie viele Gläser trinkst du sonst so?"

Sie blinzelte ihn an. „Ich fliege morgen nach L.A. Claire sagt, dass du am Donnerstag nach San Francisco kommst, da kannst du mir ja zuwinken." Sie hielt Daumen und Zeigefinger ein paar Zentimeter voneinander entfernt. „Laut Google Maps sind wir nur so weit voneinander entfernt."

Er musste lachen. Sie war unterhaltsam, wenn sie betrunken war. „Okay, dann winke ich dir zu."

Sie hielt einen Finger hoch. „Aber am Sonntag kannst du aufhören. Da fliege ich nach Hause."

„Ich fliege am Mittwoch wieder nach Hause, dann kann ich dir ja an der Ostküste wieder zuwinken." Er imitierte ihre Geste. „Laut Google Maps ist das so weit entfernt."

Sie trank einen Schluck Wein und runzelte die Stirn. „Ich sollte besser aufhören. Hier, Marcus." Sie schob ihm ihr Glas entgegen. „Ich will nicht verkatert fliegen."

Marcus trank einen Schluck aus ihrem Glas, von derselben Stelle, von der sie getrunken hatte, seine dunklen Augen auf Sabrina gerichtet.

Sabrina beugte sich vor und flüsterte laut. „Da sind meine Bazillen dran."

Logan klatschte mit der Hand auf die Bar. „Er flirtet mit dir! Gott, Sabrina, bemerkst du denn gar nicht, wenn jemand mit dir flirtet?"

Ihr blieb der Mund offen stehen und sie starrte ihn geschockt an.

Marcus schüttelte den Kopf. Alex und Ty standen auf und gingen und Ty klopfte ihm im Gehen auf die Schulter.

Jake nickte in Richtung Tür.

„Was?", blaffte Logan.

Jake warf ihm einen mitfühlenden Blick zu. „Ist vielleicht Zeit, dir die Männerhöhle nochmal näher anzusehen, Kumpel."

Großartig. Sein Bruder warf ihn raus?

„Wisst ihr was?", zischte Sabrina. „Ich gehe. Ich muss nicht hier sitzen und mich anplärren lassen." Sie nahm ihr Handy, stand unsicher auf, machte auf dem Absatz kehrt und ging.

Sie hatte ihre Tasche auf der Bank stehen gelassen. Er hob sie auf und holte sie ein, als sie unsicher durch den Gang auf die laute Party zuschwankte. „Sabrina. Tut mir leid."

Sie wirbelte herum. „Wir sind auf einer Party! Entschuldigung, dass ich mich amüsiere. Und dafür, dass Marcus aus meinem Glas trinkt, kann ich auch nichts!" Er hängte ihre Handtasche über ihre nackte Schulter und strich mit den Fingern über ihre warme, seidige Haut. „Du hast recht. Ich bin wohl nur schlecht gelaunt." Und dann konnte er nicht anders, die Worte purzelten einfach so heraus. „Du siehst umwerfend aus in dem Kleid. Es steht dir." Sie beugte sich so weit vor, dass sein Puls zu pochen begann und ihm heiß wurde. „Es gehört Claire", sagte sie leise.

Fass sie nicht an. Sie war betrunken. Er war nicht wirklich Single. Sie waren *Freunde.* „Sieht trotzdem toll aus." Seine Stimme war heiser und verriet seine Lust. „Darf ich das sagen, ich meine, als dein Freund?"

Sie spitzte ihre köstlichen rosa Lippen, als müsste sie darüber nachdenken. „Sicher, warum nicht. Claire, Lexi und Hailey haben genau dasselbe gesagt."

Er lechzte danach, ihre Süße zu kosten, war beinahe benommen von ihrem Duft – Honig, Blumen und süße Sabrina. „Ich schätze, ich bin nicht sonderlich originell", brummte er.

Als sie seufzte, streichelte ihr Atem sein Gesicht. Sein Blick fiel auf ihren Mund und die Versuchung brachte ihn dazu, sich ein wenig vorzubeugen. Die Zeit stand still, die Luft knisterte zwischen ihnen, als sie voreinander standen und einen Atemzug teilten. So nah, so verführerisch, so *nötig.* Das Blut rauschte in seinen Ohren.

Sie wich einen Schritt zurück und hob eine Hand.

Er rüttelte sich innerlich wach. Die Hand war ein Stoppschild für die Lust, doch seine Lust war nicht bereit zu verschwinden. Sie pulsierte immer noch mit voller Wucht durch ihn hindurch. Jeder Instinkt trieb ihn an, ihr näher zu kommen. „Sabrina."

Sie blinzelte und holte tief Luft. „Ich glaube, wir sollten nicht mehr Freunde sein. Ich kann nicht … Ich finde, wir sollten uns verabschieden."

Ein bleiernes Band legte sich um seine Brust. „Warum?"

„Weil ..." Sie seufzte. „Weil du weggehst."

„Aber nicht sofort."

Sie neigte den Kopf. „Und ich hasse dich ein bisschen dafür, dabei sollte ich mich für dich freuen, also verabschiede ich mich lieber."

Sie starrten einander an. War es das wirklich? Ein betrunkenes Adieu im Keller seines Bruders? Ihre Augen wurden feucht und sie holte zittrig Luft, als würde sie gleich in Tränen ausbrechen.

Er bot ihr zum Abschied die Hand an.

Sie stürzte auf ihn zu und umarmte ihn stürmisch. Kein Ellbogendrücken, kein unbeholfenes Rückenklopfen. Nur eine herzliche Umarmung, ihre sanften Kurven an ihn geschmiegt. Er legte einen Moment seine Arme um sie, bevor sie sich losmachte.

Dann war sie weg.

Und er stand da, plötzlich kalt und allein, und fragte sich, was zum Teufel gerade passiert war.

8

———————

Auf Einladung der *Joanne Show* flog Sabrina erster Klasse nach L.A. Sie war furchtbar müde. Nachdem sie sich von Logan verabschiedet hatte, war sie den Tränen nahe gewesen. Auf dem Weg nach draußen war sie mit Claire zusammengestoßen, die ihr einen Fahrdienst bestellt hatte, um sie nach Hause zu bringen, und dann mit ihr im Foyer gewartet hatte, während Sabrina darüber lamentiert hatte, dass der Plan in die Hose gegangen war. Logan hatte ihr Kleid zwar bemerkt, doch ihre guten Wünsche für ihn und Olivia hatten nichts in ihm bewegt, und er schien auch cool damit gewesen zu sein, ihrer Freundschaft Adieu zu sagen. Auch wenn das Adieu genau das gewesen war, was sie gewollt hatte, nachdem er ihr seine offensichtliche Hingabe zu Olivia demonstriert hatte. Sie hatte sich an der Hoffnung festgeklammert, dass er sich für sie entscheiden und erklären würde, dass Sabrina eine zu gute Freundin war, um sie ziehen zu lassen.

Sie seufzte. Es war wirklich vorbei. Logan war Vergangenheit.

Ihre Zukunft lag vor ihr in einer frisch erblühenden Karriere. Sie hatte ihrer Literaturagentin versprochen, dass sie an einer Gliederung für das Buch arbeiten würde, während sie in L.A. war, und sie freute sich darauf. Wenn sie nur über ihr eigenes Totalversagen auf dem Gebiet der Beziehungen hinwegkommen könnte, dann wäre sie bereit für das Glück, das sie in der Zukunft erwartete. Das einzig Schwere daran war, auf diese Zukunft zu warten.

Sie schloss die Augen und spielte die Party von letzter Nacht zum hundertsten Mal durch. Sie hatte wirklich versucht, Logan ein Signal zu geben, doch wie sie das tun sollte, ohne sich ihm an den Hals zu werfen, hatte sie immer nervöser gemacht, und sie hatte viel zu viel Wein getrunken. Er hatte die meiste Zeit verdutzt dreingeblickt, manchmal amüsiert, und dann hatte er sie angeschrien, nur weil Marcus aus ihrem Glas getrunken hatte. Das war ziemlich unangebracht gewesen. Es war nicht, als hätte sie irgendetwas falsch gemacht. Obwohl … er hatte gesagt, dass sie toll aussah in Claires Kleid. Natürlich hatten ihre Freundinnen das auch gesagt, also war das nur ein Kompliment unter Freunden.

Da war ein Moment gewesen. Ein kurzer Moment, nachdem er sich entschuldigt und so weit vorgebeugt hatte, dass sie einen Augenblick lang damit gerechnet hatte, dass er sie küssen würde. Und das hatte sie mehr als alles andere gewollt, doch dann hatte sie sich daran erinnert, dass es die Anziehung war, die er auf sie ausübte, und nicht umgekehrt. Und dass er mit Olivia zusammen war.

Auf Wiedersehen Logan, Hallo glückliche Zukunft. Das hoffte sie zumindest. Auch sie verdiente ein bisschen Glück, oder nicht? Sie lehnte sich in ihrem Sitz zurück, denn sie war es leid, sich in Selbstmitleid zu ergehen, und schlief ein.

Erst kurz vor der Landung wachte sie auf. Am Flughafen angekommen, fand sie schnell ihren Fahrer, der sie zu einem Hotel in Beverly Hills brachte. Ihr Auftritt in der *Joanne Show* war erst morgen Nachmittag. Claire hatte ihr geraten, einen Tag vorher anzureisen, um den Jetlag zu überwinden.

Und wie sie diesen Tag genoss. Sie entspannte sich am Pool und fühlte sich unglaublich dekadent, während sie einen Liebesroman las und Granatapfel-Eistee trank. An dieses Leben konnte sie sich gewöhnen. Claire hatte alles arrangiert und sie konnte sich nicht genug bei ihr bedanken. Am nächsten Tag fuhr sie für die dreizehn-Uhr-Aufnahmen zum Studio der *Joanne Show*, erfrischt und bereit. Die Show würde heute um sechzehn Uhr ausgestrahlt werden. Sie wurde in die Maske gebracht, wo eine Stylistin sie schminkte und anschließend frisierte. Sie trug ihre königsblaue Seidenbluse, eine anthrazitgraue Hose und ihre neuen silbernen Flügel-Sandalen. Claire hatte erklärt, dass das Outfit der perfekte Mittelweg zwischen professionell und stylish war.

Joanne Fisher kam in die Maske, um sie zu begrüßen. Von Angesicht zu Angesicht war sie noch hübscher als im Fernsehen. Sie war wahrscheinlich um die vierzig. Ihre dunklen, kinnlangen Haare hatten goldbraune Highlights. Ihre Augen waren braun, warm und glitzerten humorvoll. Wie Logans Augen. *Nein. Fang jetzt nicht damit an.*

Joanne setzte sich in den Schminksessel neben Sabrina. „Dann sind Sie also der Liebesguru von Hollywood. Wer steht alles auf Ihrer Klientenliste?"

Sabrina spürte, wie sie rot wurde. Claire hatte sie dazu ermuntert, sich dieses Label zu Eigen zu machen. Es war schließlich der Grund, weswegen Sabrina zu all diesen Talkshows eingeladen worden war. So unbehaglich es für sie war, da sie wusste, dass es nur Tratsch gewesen war, der zu diesem Label geführt hatte, spielte Sabrina mit. Für ihre Zukunft. Ihre Agentin hatte ihr versichert, dass die Talkshows ihr einen lukrativen Buchdeal mit einem großen Marketingbudget bescheren würden, was ein breites Publikum für ihr Buch bedeutete. Darum ging es Sabrina vor allem – so vielen Frauen zu helfen, die Beziehung zu finden, die sie verdienten.

Sabrina antwortete in professionellem Ton. „Da ich

mich zur Geheimhaltung verpflichtet habe, spreche ich nicht über meine Klienten."

„Aber Sie haben Claire Jordan geholfen."

Sabrina lächelte und wiederholte: „Da ich mich zur Geheimhaltung verpflichtet habe, spreche ich nicht über meine Klienten." Claire hatte ihr geraten, ihre Antwort zu wiederholen, falls sie nicht weiter ins Detail gehen wollte, und wenn nötig so lange, bis der Interviewer von dem Thema abließ. Es war besser als „kein Kommentar", was Sabrina zu schroff für eine Therapeutin fand.

Joanne wechselte das Thema. „Ich habe mir die Aufnahme von *Sunshine America* angesehen." Die Stylistin verteilte Make-up auf Joannes Gesicht. „Sie haben erwähnt, dass Sie Ihren Freundinnen geholfen haben, die Probleme mit festen Beziehungen hatten. Meinen Sie damit, dass sie Probleme hatten, sich an ihre Partner zu binden?"

Sabrina wählte ihre Worte mit Bedacht. Das Letzte, was sie wollte, war, noch einen Freund den Wölfen zum Fraß vorzuwerfen. Sie machte sich nichts vor. Sie wusste, dass das, was backstage besprochen wurde, nicht notwendigerweise backstage bleiben würde. „Letzten Endes wollten beide eine feste Beziehung. Meine Freundinnen und ich gehören dem Happy End Buchclub an, einem Singlebuchclub, dessen ursprüngliches Ziel es war, die Liebe zu finden."

„Das ist ja süß! Der Happy End Buchclub!"

Sabrina lächelte in sich hinein und dachte an einige der frühen Vorschläge für den Namen des Buchclubs. Mad hatte damals „SLUTS" vorgeschlagen – *Super-Liebhaberinnen Unterbewerteter Toller Stories*. „Doch wir haben schnell festgestellt, dass Männer nur wenig daran interessiert waren, mit uns über Bücher zu diskutieren, darum haben wir diesen Versuch schnell aufgegeben und uns ausschließlich auf Liebesromane konzentriert, die wir alle lieben."

„Ein Liebesroman-Buchclub. Cool. Was ist Ihr Lieblingsbuch?"

„Wir alle haben die Fierce-Trilogie geliebt. So haben wir Claire Jordan kennengelernt. Ein ehemaliges Mitglied, die Autorin der Trilogie, hat sie in den Club gebracht."

Joanne packte Sabrinas Arm. „Diese Bücher sind so heiß!"

„Nicht wahr?"

Joanne blickte an die Decke, während die Maskenbildnerin ihre Augen schminkte. „Dann ist der Happy End Buchclub der Liebe gewidmet und Sie helfen Ihren Freundinnen, sie im wahren Leben zu finden. So funktioniert das?"

„In gewisser Weise ja. Wir alle helfen einander durch alle Hochs und Tiefs. Wir unterstützen uns gegenseitig."

Joanne schob die Hand der Maskenbildnerin aus dem Weg und beugte sich zu Sabrina hinüber. „Ich glaube, ich will mich diesem Club auch anschließen."

Sabrina lächelte. „Sie sind herzlich eingeladen, doch die Treffen finden in Connecticut statt."

Sie lachte. „Haben Sie sich wieder mit Logan vertragen?"

Sabrina spannte sich an. Der Verlust war immer noch frisch. Doch Joanne wusste das nicht. Was alle anderen anging, hatte es auf der Straße in Manhattan einen kleinen Streit unter Liebenden gegeben. „Wir möchten unsere Beziehung gern privat halten. Doch alles ist gut." Sie würde so kurz vor ihrem großen Interview keine erlogene Trennungsgeschichte für eine erlogene Beziehung erfinden. Davon abgesehen wollte sie sich auf ihre Karriere konzentrieren, nicht auf ihr bescheidenes Liebesleben.

Die Maskenbildnerin fing an, Joannes Lidstrich zu ziehen, und Joanne schwieg. Gut. Sabrina war wie ein Profi damit umgegangen. Sie entschloss sich, selbst eine Frage zu stellen. „Ich–"

Joanne unterbrach sie. „Haben Sie und Logan sich wirklich gestritten, wie der Artikel behauptet hat?"

Sabrina bemühte sich, gelassen und professionell zu klingen. „Nein, wir gehören eher zu den Leuten, die alles in Ruhe durchsprechen." Zumindest hatte Claire gesagt, dass es so wäre, wenn sie ein Paar wären. Sabrina war sich da allerdings nicht ganz so sicher.

Joanne zeigte mit ihrem manikürten Finger auf sie und trällerte. „Er hat wütend ausgesehen."

„Das Foto war aus dem Kontext gerissen", sagte Sabrina, aber es gelang ihr nicht, dabei eine gewisse Schärfe in ihrem Ton zu unterdrücken. „Ich würde es gerne vermeiden, während des Interviews über meine Beziehung zu reden. Claire hat mir gesagt, dass das Teil unserer Vereinbarung ist."

Joanne richtete sich auf. „Ich weiß, was mein Job ist." Sie hob das Kinn, während die Maskenbildnerin Rouge auf ihre Wangen auftrug. „Ich bin nur neugierig. Sie wissen schon. Von Freundin zu Freundin."

„Ich verstehe. Wollen Sie mir erzählen, wie Sie zur *Joanne Show* gekommen sind?"

Das waren die magischen Worte, denn Joanne fing an, begeistert von ihrem Aufstieg zu ihrer eigenen Show zu berichten, von Statistenrollen in Fernsehserien zu einer kurzen Zeit als Co-Moderatorin einer Morgentalkshow zu ihrer Babypause, nach der sie einen Ausflug in Richtung Stand up-Comedy gemacht hatte. Später war sie dann in Late Night Talkshows aufgetreten und hatte schließlich ihre eigene Show bekommen.

Sabrina entspannte sich, dankbar, dass der Fokus nicht mehr auf ihr lag. Sie amüsierte sich prächtig. Von da an lief alles glatt. Joanne begann ihr Interview mit einem Gruß an den Happy End Buchclub, dem sich Sabrina anschloss. Allein schon an sie zu denken, beruhigte sie. Sie würde die Show später ansehen und sie anfeuern.

Joanne hielt sich an ihr Wort und erwähnte Logan während des Interviews nicht und fragte Sabrina nicht einmal nach ihren persönlichen Erfahrungen. Alles drehte sich darum, was Sabrina Leuten in verschiedenen Beziehungssituationen empfehlen würde, und es machte Sabrina Spaß, sich mit diesen hypothetischen Fällen auseinanderzusetzen.

Als das Interview vorbei war, war Sabrina in Hochstimmung.

„Und fertig", sagte der Produzent und die Lichter gingen aus, dann wurden die Kameras abgeschaltet.

„Das Interview mit Ihnen hat mir wirklich Spaß gemacht, Sabrina", sagte Joanne herzlich. „Vielen Dank, dass Sie sich dafür entschieden haben, zuerst in meiner Show aufzutreten." Das war Claires Werk gewesen. Sie hatte Sabrina gesagt, welche Shows sie in welcher Reihenfolge besuchen sollte.

„Hat mich sehr gefreut. Ich hoffe, dass ich Ihren Zuschauern damit helfen konnte."

„Da bin ich mir sicher."

Sie ging in den Backstagebereich, holte ihre Tasche und ging zum Hinterausgang, wo ihr Wagen – wieder ein schwarzer Mercedes – auf sie wartete. Als sie das Gebäude verließ, erstarrte sie, geschockt von einer Horde Paparazzi und Reporter, die auf sie wartete. Heilige Scheiße! Sie war Beziehungstherapeutin, kein Star. Ein Blitzlichtgewitter brach über sie herein und blendete sie einen Moment. Jemand hielt ihr ein Mikrofon unter die Nase. „Sind Sie Beziehungstherapeutin geworden, weil Sie am Altar sitzengelassen worden sind?"

Ihr Magen begann zu rebellieren, ihre Haut wurde kalt und klamm.

Weitere Mikrofone tauchten aus dem Nichts auf. „Werden Sie zu Kevins Hochzeit gehen?"

„Haben Sie den Essay aus Rache an Kevin geschrieben?"

„Was hält Logan von Kevin?"

„Helfen Sie anderen sitzengelassenen Bräuten?"

Nur ihre Familie und Freunde wussten von Kevin. O Gott, war ihr übel.

Der Chauffeur, ein großer, muskulöser Mann um die

vierzig, bahnte sich unsanft einen Weg durch die Menge und brachte sie zum Wagen. Er schloss die Tür hinter ihr, während die Fragen nicht abrissen. Ihre Freunde hätten sie nie verraten. Sie schluckte die Galle herunter und schrumpfte auf dem Sitz zusammen.

Als jemand mit der Faust ans Fenster donnerte, zuckte sie zusammen. Der Mann gestikulierte, sie solle das Fenster herunterlassen. Sie starrte mit pochendem Herzen geradeaus, zittrig und die Nerven zum Zerreißen gespannt. Einen Augenblick später fuhr der Wagen los.

Sie rieb sich die Stirn. Woher wussten sie davon? Und würde sich das auf das nächste Interview auswirken? Sie holte ihr Handy aus der Tasche, um Claire anzurufen. Eine der Publizistinnen aus dem Büro von Sabrinas Agentin hatte die Interviewtermine vereinbart, doch im Anschluss daran hatte Claire mit den Produzenten gesprochen. Nur Claire hatte genug Einfluss zu definieren, welche Themen für Sabrinas Interviews tabu waren. Darauf, dass ihre Agentin ihr den Rücken freihielt, konnte und wollte sie sich nicht verlassen. Als Sabrina Joyce von ihrer Befürchtung erzählt hatte, dass diese durchgeknallte BeziehungsBeraterin sie womöglich sabotieren könnte, hatte Joyce fröhlich geantwortet: „So etwas wie schlechte Publicity gibt es nicht!"

Als Claire den Anruf annahm, sprudelte Sabrina heraus, was passiert war.

„Sabrina", sagte Claire mit fester Stimme. „Langsam. Atme erst einmal ganz tief durch. Ein und aus. Bleib ruhig. Das Letzte, was du willst, ist, an deinem Hotel anzukommen, wo noch mehr Reporter auf dich warten, und in deinem emotionalen Zustand irgendwas Dummes zu sagen."

„Okay", sagte sie mit gequälter Stimme, dann atmete sie tief durch.

„Und jetzt lass uns eins nach dem anderen durchgehen. Ich werde ein paar Anrufe machen und dafür sorgen, dass Kevin als Thema für deine Interviews tabu ist und bleibt. Sag deiner Agentin Bescheid. Wenn der Produzent es nicht schriftlich bestätigt, sag ihr, sie soll das Interview absagen."

Mit zittrigen Fingern strich sie sich durchs Haar. „Okay, okay."

„Und jetzt sag mir, wer von Kevin weiß?"

„Alle, die bei der Hochzeit waren. Meine Familie, seine Familie, unsere Freunde von der Uni."

„Gibt es noch böses Blut zwischen dir und Kevin? Könnte es sein, dass er dahinter steckt?"

„Nein, definitiv nicht auf seiner Seite. Er hat mich zu seiner Hochzeit eingeladen und mir eine E-Mail geschickt, weil er will, dass ich seine Verlobte kennenlerne."

„Was für ein Arsch!"

Es beruhigte sie ein wenig, die toughe Claire auf ihrer Seite zu wissen. „Ich wüsste nicht, was er davon hätte, irgendjemandem zu erzählen, was er getan hat. Dass er mich sitzengelassen hat, zeigt ihn in einem ziemlich schlechten Licht." Sie blickte aus dem Fenster und überlegte. „Vielleicht hat irgendjemand meine Familie kontaktiert. Sie lieben Publicity und würden nicht zögern, ihnen alles Mögliche zu erzählen. Aber bis jetzt habe ich noch keinen Pieps von irgendjemandem aus meiner Familie gehört. Vielleicht hat jemand in meiner Vergangenheit herumgegraben und herausgefunden, dass Kevin und ich eine Heiratserlaubnis beantragt aber sie nie benutzt haben, oder ich weiß nicht … vielleicht hat auch einfach nur jemand die Leute aus meinem Uni-Jahrgang kontaktiert."

„Wer würde wollen, dass du eine Bauchlandung hinlegst?", fragte Claire.

„Tara Brinkman. Diese BeziehungsBeraterin mit den zwei großen B, von der ich dir erzählt habe. Sie hat gedroht, mich zu verklagen, und behauptet, ich versuche, ihre Klienten zu stehlen. Ich nehme an, dass sie diejenige hinter dem Artikel über den Streit unter Liebenden zwischen Logan und mir war."

„Wenn sie motiviert genug ist, dann kann das schon gut sein. Das Problem ist nur, es zu beweisen. Doch wir können nicht ohne Beweise anwaltlich gegen sie vorgehen.

„Anwaltlich …", echote Sabrina und rieb sich die Schläfe.

„Das grenzt an Rufmord und dafür kannst du sie verklagen. Du bist jetzt eine Marke und diese Marke musst du beschützen."

Sie dachte darüber nach. Sie wusste nichts über diesen Markenkram, doch was ihrem Ruf schadete, würde unweigerlich auch ihrer Karriere schaden. „Ich weiß nicht einmal, wo ich anfangen sollte, nach Beweisen zu suchen. Alles, was ich weiß, ist, dass sie ihre Berufsbezeichnung BeziehungsBeraterin als Markenzeichen eingetragen hat und ein Buch mit dem Titel *Bye-bye Beziehungsphobiker* in der New York Times Bestsellerliste hatte."

„Oh, ich erinnere mich an sie! Ja, sie hatte ihre fünfzehn Minuten im Rampenlicht. Jetzt ist sie wahrscheinlich nur neidisch auf dich."

„Das Einzugsgebiet unserer Praxen überschneidet sich ein bisschen. Sie hat ein Büro nicht weit von meinem. Und eins in Manhattan."

„Lass mich mal ein bisschen graben, was sie angeht. Sehen, was sie so treibt."

Sie senkte die Stimme, denn plötzlich wurde ihr bewusst, dass der Fahrer sie wahrscheinlich hören konnte. „Claire", flüsterte sie. „Ich habe Angst davor, was sie womöglich ausgraben könnte."

„Bist du allein?"

„Nein."

„Ruf mich an, wenn du in deinem Zimmer bist."

Sie atmete zittrig aus. „Okay."

„Mach dir keine Sorgen. Genieß deine Zeit in L.A., okay? Du bist nicht jeden Tag Stadtgespräch. Trink ein Glas Champagner und entspann dich. Ich bin dran und ich habe die Nummer deiner Agentin, falls ich sie brauchen sollte."

„Danke, Claire, ich rufe dich später nochmal an."

„Ciao."

Sie lächelte. „Ciao."

Gott. das würde entweder ein kometenhafter Aufstieg die Karriereleiter empor werden oder ein spektakulärer Absturz. Was es werden würde, würde sie bald herausfinden. *Abwarten und Tee trinken.* Uff. Sie war furchtbar schlecht im Warten. Sie wollte Kontrolle über ihr Leben. Sie brauchte Stabilität. Das war genau der Grund, warum sie bisher jegliches Rampenlicht gemieden hatte.

Sabrinas nächstes Interview war erst um achtzehn Uhr am nächsten Tag, darum hatte sie viel Zeit, sich verrückt zu machen. Sobald sie im Hotel angekommen war, hatte sie Claire zurückgerufen und ihr von ihrer durchgeknallten Familie erzählt, die sich an nichts und niemanden binden wollte, und von ihren Ängsten, als Hochstaplerin bezeichnet zu werden. Claire jedoch versicherte ihr, dass das nichts war, womit sie nicht zurechtkommen würde. Claire betonte, dass das Wichtigste war, an ihrer Botschaft festzuhalten, und diese Botschaft war: *Sabrina ist eine herzliche, professionelle Beziehungstherapeutin, von der man sich glücklich schätzen konnte, sie in seiner Ecke zu haben."*

Sabrina zitierte diesen motivierenden Satz jedes Mal, wenn sie nervös wurde. Sie beschäftigte sich, arbeitete an der Gliederung ihres Buches und schickte sie ihrer Agentin. Etwas zu tun war immer besser, als tatenlos herumzusitzen, besonders wenn sie nervös und verunsichert war.

Als sie im Studio der *James Lyon Show*, einer Latenight Talkshow ankam, wünschte sie sich beinahe, Logan wäre hier und würde im Hintergrund stehen und sie mit seiner ruhigen Präsenz unterstützen. Doch Logan war keine Option. Sie hatten sich voneinander verabschiedet. Er würde sich am Freitagabend nach seinem wichtigsten Investorenmeeting mit Olivia treffen, und Sabrina wäre nicht überrascht, wenn er mit Olivia in San Francisco zusammenziehen und ihre Beziehung damit zementieren würde.

Den Vorbereitungen zur *James Lyon Show* fehlte es deutlich an der Wärme, die Joanne ihr entgegengebracht hatte. Sie war allein in einer kleinen Umkleide, an deren Tür ihr Name mit Klebeband befestigt war, bis kurz vor der Aufnahme jemand von der Crew sie zu einem sehr maskulinen Set mit dunkelblauem Hintergrund, schwarzem Schreibtisch und blaugrauen Gästesesseln brachte.

Sabrina stand hinter der Kamera, wo sie auf ihr Stichwort warten sollte. Das Publikum saß bereits auf den Plätzen – überwiegend junge Männer. Nicht wirklich Sabrinas Zielgruppe. Claire hatte ihr jedoch erklärt, dass diese Show der Schlüssel war, um ihren Status zu sichern. Als Sabrina gesagt hatte, dass es ihr nicht um Status ging, hatte Claire erwidert, dass dieser Status nötig war, um ihr Buch zu einem Erfolg zu machen, was wiederum bedeutete, dass sie eine Menge Leute erreichen würde, Männer *und* Frauen. Claire verstand Sabrinas Prioritäten.

Schließlich kam James ans Set, trommelte aus irgendeinem Grund auf seinen Schreibtisch und ging dann auf das Publikum zu. Er war Mitte dreißig, die schwarzen Haare zurückgegelt, groß und schlaksig, mit einem freundlichen Lächeln. Sie filmten noch nicht, und die Crew wartete auf das Stichwort. James winkte dem Studiopublikum zu, bevor er einen Schlenker in ihre Richtung machte und lächelnd ihre Hand in seine nahm. „Freut mich so, Sie kennenzulernen, Sabrina."

„Mich auch. Ich freue mich hier zu sein."

Er drückte ihre Hand, dann ließ er sie los. „Ihr Happy End Buchclub klingt interessant. Gibt es da auch irgendwelche anderen Happy Endings?" Er zwinkerte und machte eine obszöne Geste mit der Hand.

Sie bemühte sich nicht, ihre Irritation zu verbergen. „Nein. Und mir gefällt nicht, wie Sie mit mir reden."

„Empfindlich."

„Ich bin ein Profi und das erwarte ich von Ihnen auch. Vor *und* hinter der Kamera."

Er rückte seinen Kragen zurecht. „Gott, soll ich besser einen Anwalt dazu rufen?" Sein Ton war heiter.

Sabrina war nicht amüsiert. „Soll ich meinen rufen?"

Er grinste. „Schlagfertig."

Sie starrte ihn an.

„Kommen Sie, machen Sie sich locker, Mädchen. Ich mach doch nur Spaß. Die Show wird gut." Er ging auf die Bühne und setzte sich an seinen großen Schreibtisch.

Scherze störten sie nicht, doch sie war ein Profi und wollte, dass ihre Arbeit ernstgenommen wurde. Sie war hier, um Leuten zu helfen, nicht um die Zielscheibe seiner geschmacklosen Witze zu spielen.

Die Show begann. Sie wartete auf ihr Stichwort, die Bühne zu betreten, und lächelte ihn an, als sie Platz nahm.

„Sabrina Clark, der neuste Liebesguru von Hollywood. Herzlich willkommen!" James gestikulierte in Richtung Publikum. Die Zuschauer klatschten und pfiffen. „Okay, okay." Mit einer weiteren Geste brachte er sie zum Schweigen und wandte sich ihr zu. „Schön, Sie hier zu haben, Sabrina."

„Ich freue mich hier zu sein."

„Irgendwelche Tipps für einen Typen wie mich? Wie bekomme ich eine Frau dazu, sich zu binden?"

Das Publikum brüllte vor Lachen.

Sie lächelte freundlich. „Bindungsangst gibt es tatsächlich bei Männern und Frauen. Manchmal ist es ein Problem aus ihrer Kindheit, das einen Mangel an Stabilität in Beziehungen auslöst." Ihre Gedanken wanderten zu Logan und seiner Mom, die die Familie verlassen hatte. In seinem Fall hatte sie mit ihrer Theorie falsch gelegen. Er hatte kein Problem, sich zu binden. Seine Brüder und seine Schwester waren in festen Beziehungen. Nur sein älterer Bruder Josh und sein Dad waren solo. Sich zu binden war eine bewusste Entscheidung. Doch was brachte manche Menschen dazu, unter denselben Umständen jemandem diesen Vertrauensvorschuss zu geben und anderen nicht?

„Sabrina?" James winkte ihr zu. „Sind Sie noch da?"

Sie blinzelte. „Entschuldigung. Eine Bindung geht immer mit Vertrauen einher und das ist etwas, das langsam und mit der Zeit wächst, wenn sich zwei Menschen besser kennenlernen. Dazu muss man unter die Oberfläche gehen und finden, was einem wirklich wichtig ist."

James grinste. „Ein kaltes Bier ist mir wirklich wichtig."

Die Zuschauer lachten.

Sabrina setzte ein Lächeln auf, überzeugt, dass Claire sie zur falschen Show geschickt hatte. James war wie ein unreifer Verbindungsstudent.

James wurde ernst und sagte mit echter Aufrichtigkeit in der Stimme: „Ich würde gerne die Liebe finden."

Das Publikum verstummte.

Vielleicht hatte sie voreilig geurteilt. Vielleicht versteckte er echte Verletzlichkeit hinter seinem kindischen Gehabe.

„Sabrina, glauben Sie, ein Typ wie ich könnte durch ihren romantischen Buchclub Liebe finden?"

Sie nahm die Frage ernst und hoffte, dass er keine Happy End-Witze reißen würde, denn dann könnte sie für nichts garantieren. „Ich glaube, Liebesromane zu lesen wäre ein guter Anfang. Sie zelebrieren, was im Leben wichtig ist – Liebe, Glück und das Überwinden der Hindernisse, die zwei Menschen trennen, um am Ende zusammenzukommen."

„Wie in der Fierce-Trilogie." Er schüttelte die Finger und blies darauf. „Heiß."

Sie neigte den Kopf. Alle sprachen die Fierce-Trilogie an, wenn es um das Thema Liebesroman ging, doch diese

Geschichte, bei der es überwiegend um sexuelle Dominanz ging, war so viel mehr als das. „Ich gebe Ihnen natürlich recht, dass das heiße Geschichten sind, doch es gibt auch tiefgründigere Themen wie Wiedergutmachung und Vergebung. Wir können viel von Liebesromanen lernen und ich bin der Meinung, dass mehr Männer sie lesen sollten."

„Das nehme ich mir vielleicht zu Herzen." Er sah das Publikum an. „Soll ich das machen? Dann würden wir ja sehen, ob das Lesen von Liebesromanen meine Chancen bei Frauen verbessert oder verschlechtert."

Die Menge johlte und pfiff. Gott, Sabrina hoffte, dass er ihren ernst gemeinten Rat nicht weiter durch den Kakao ziehen würde. Denn wenn er es täte, würde er sie kennenlernen. Sie konnte es nicht leiden, wenn man ihren Ratschlag verdrehte und darüber Witze riss.

James lachte. „Nach der Werbung finden wir heraus, welche Qualitäten Sabrinas Meinung nach wichtig sind, um in einer Beziehung zu gewinnen."

Gewinnen. Bei Beziehungen ging es nicht um gewinnen oder verlieren. Es ging um geben und nehmen. Sie sagte nichts. Das würde sie tun, wenn die Kameras wieder auf sie gerichtet waren.

James drehte sich um und sprach mit dem Produzenten.

Sie trank einen Schluck Wasser aus der Tasse, die in Talkshows üblich zu sein schien. Es lief besser, als sie angesichts seines anfänglichen flegelhaften Benehmens erwartet hatte.

Die Show ging weiter und James stellte eine unerwartete Frage: „Sabrina, was qualifiziert sie als Beziehungsexpertin?"

Sie erstarrte, und das Gefühl, eine Hochstaplerin zu sein, regte sich, bevor sie es ganz schnell wieder niederrang. „Ich bin Beziehungstherapeutin mit einem Master in Psychologie von der NYU und habe eine erfolgreiche Praxis voller glücklicher Paare in stabilen Beziehungen."

Sie lächelte. „Zumindest sind sie das, wenn ich mit ihnen fertig bin."

Die Menge lachte. Kein lautes, anhaltendes Gelächter, aber immerhin ein Lacher.

James griff das Stichwort auf. „Wollen Sie uns erklären, was Sie mit ihnen machen? Bringen Sie sie dazu, einander einen Haufen zuckersüßer Grußkarten zu schenken?" Er wandte sich dem Publikum zu und schnitt eine Grimasse. „Ugh, sind die nicht furchtbar?" Er hob seine Stimme zum Falsett. „Ich liebe dich auf immer und ewig. Ich liebe dich zum Himmel und zurück. Widerlich süß, da bekommt man ja Zahnschmerzen. Welcher Mann will sowas schon?"

Sie antwortete, als hätte er die Frage ihr gestellt, und sprach von der Wichtigkeit guter Kommunikation, die damit anfing, dass beide Partner einander aktiv zuhörten.

Und tatsächlich hörte er aufmerksam zu.

Sie nahm den Rest des Interviews mit wehenden Fahnen und war überzeugt, dass sie ein paar gute Punkte angesprochen hatte.

Als sie das Studio verließ, schwebte sie auf Wolke Sieben. Ein paar Paparazzi und Reporter warteten draußen, knipsten Fotos und riefen ihr Fragen zu, doch diesmal war sie vorbereitet. Sie blieb nicht stehen, sondern ging schnell zu ihrem Wagen. Der Fahrer stand bereits davor und hielt ihr die Tür auf. Sie wollte gerade einsteigen, als eine unfreundliche Männerstimme fragte: „Warum ist der Liebesguru von Hollywood Single?"

Sie wirbelte herum und sah den Fotografen mit dem Pferdeschwanz aus New York. „Wer sind Sie?"

„Logan Campbell war nie Ihr Freund. Warum haben Sie gelogen, Sabrina?"

Angesichts seines feindseligen Tonfalls lief ihr ein Schauer über den Rücken. „Kein Kommentar." Diesmal hielt sie diese Antwort für durchaus gerechtfertigt.

Sie stieg ein und versuchte, tief durchzuatmen, doch es gelang ihr nicht. Sie atmete flach, einer Panikattacke gefährlich nahe. Es war schwer, die Paparazzi draußen zu ignorieren, als der Wagen losfuhr.

Sie war sich nicht sicher, ob sie schreien oder weinen sollte, doch der Druck, der sich in ihr aufbaute, musste irgendwie raus. Sie hasste es nicht nur, aus falschen Gründen in den Medien zu sein, sie hasste es, dass Logan mit hineingezogen wurde. Sie wischte eine einzelne Träne weg. Es war nur eine Frage der Zeit, bis ihr Paparazzo-Dad auftauchte. Er hätte keine Skrupel, seine Tochter für einen fetten Scheck zu verkaufen. Das war die traurige und bittere Wahrheit über ihren Vater. Er hatte sich nie für sie interessiert und nie Teil ihres Lebens sein wollen. Erst mit dreizehn hatte sie ihn überhaupt kennengelernt, als er aufgekreuzt war, um ein paar Fotos von ihrer Mom zu machen, die da gerade den Höhepunkt ihrer Kunstkarriere erreicht hatte. Jetzt, wo sie darüber nachdachte, hätte ihre Mom auch kein Problem damit, die Presse zu kontaktieren, wenn sie damit Aufmerksamkeit auf ihre erotischen Gemälde lenken könnte. *Fuck, was für ein Leben.* Konnte sie nicht eine gute Sache ohne all die Komplikationen haben?

Sie schaffte es, auf der Fahrt zum Hotel keine weiteren Tränen zu vergießen, und als sie sicher zurück in ihrem Zimmer war, konnte sie klarer denken. Sie holte ihr Handy hervor und überlegte, ob sie Claire anrufen sollte, um zu sehen, ob sie irgendetwas in Sachen Tara Brinkman gefunden hatte – der Frau, die Sabrina in ihrem Kopf langsam zu ihrer Nemesis stilisierte. Ihr Herz begann zu pochen, als sie Logans Namen auf dem Display sah. Er hatte ihr geschrieben. Seit Claires Party vor drei Tagen hatte sie nichts von ihm gehört.

Logan: *Ich habe einen Google Alert mit deinem Namen eingerichtet, um zu sehen, wie es in Kalifornien läuft. Mein Name ist auch aufgetaucht. Ruf mich an.*

Sie starrte die Nachricht an und fing nur langsam an zu begreifen. Erstens war sie ihm wichtig genug, zu sehen, wie es für sie lief, selbst nachdem sie sich von ihm verabschiedet hatte. Bei dem Gedanken wurde ihr warm. Ihr Band war doch stärker, als sie gedacht hatte. Doch wenn er seinen Namen in Verbindung mit ihrem gesehen hatte, war er wahrscheinlich nicht glücklich darüber. Er versuchte, die Wogen mit Olivia zu glätten, und wenn sein Name weiter im selben Atemzug mit ihrem genannt wurde, half das sicher nicht.

Bevor sie ihn anrief, richtete auch sie einen Google Alert mit ihrem Namen ein. Sie erstarrte, der Druck in ihrer Brust kehrte zurück und kalter Schweiß trat auf ihre Stirn. Es war schlimmer, als sie gedacht hatte. Die guten Artikel über ihre Auftritte und ihr Essay wurden von zahllosen Klatschartikeln in den Schatten gestellt. Das Foto, das sie und Logan im Streit zeigte, war überall. Zahlreiche Artikel spekulierten über den Grund der Auseinandersetzung und stellten ihre Qualifikation in Frage. Und noch viel mehr Artikel spekulierten über die berühmten Hollywoodstars auf ihrer Klientenliste.

Die Spekulationen über Paare aus Hollywood machten ihr keine Sorgen, da die meisten glückliche Paare anführten, doch der Schaden, den ihr Ruf infolge der anderen Artikel nehmen könnte, war ein riesiges Problem. Die Artikel, die ihre Qualifikation anzweifelten, zitierten alle eine anonyme Quelle. Wenn sie doch nur einen Weg finden könnte zu beweisen, dass es diese Psycho-Tussi Tara war. Sie überlegte, ob sie Tara anrufen und sie direkt konfrontieren sollte. Sabrina konnte ihr versichern, dass es genug Klienten für sie beide gab, und es nicht nötig war, die Sache eskalieren zu lassen. Doch was, wenn das Gespräch alles nur schlimmer machte? Was, wenn Tara das Gespräch gegen sie nutzen würde?

Sie rief Logan an.

„Hi", sagte er ernst. Trotz der Umstände ließ der Druck auf ihrer Brust nach, als sie seine vertraute tiefe Stimme hörte.

„Hi. Tut mir leid, dass dein Name immer wieder in einem Atemzug mit meinem genannt wird. Das ist furchtbar. Ich weiß nicht, was ich dagegen tun soll. Ich kann nicht beweisen, wer dahintersteckt. Vielleicht ist es nur die allgemeine Neugier, wer ich bin, doch ich habe das Gefühl, dass das jemand aus bösem Willen tut."

„Oh ja, da bin ich mir sicher." Er hielt inne. „Schau, ich weiß nicht, was man dagegen tun kann, doch die Sache hat wirklich weitreichende Auswirkungen für mich. Es sieht wirklich schlecht aus, dass dieses Zeug über mich geschrieben wird. Ich meine, ich sehe aus wie ein Typ, der sich in aller Öffentlichkeit streitet und gelogen hat, dass wir zusammen waren, wenn dem gar nicht so war. Ich habe nichts gesagt, als sie uns als Paar dargestellt haben, damit du dein Gesicht wahren konntest, aber ich will nicht in diese Investorenmeetings gehen und das erste, was sie denken, wenn sie mich sehen, ist, dass ich ein unbeherrschter, unzuverlässiger Typ bin."

Scheiße. Daran hatte sie nicht einmal gedacht. Der erste Eindruck zählte, und wenn sie ihn durch den Filter schlüpfrigen Klatschjournalismus' sahen, würde es ihm schwerer fallen, ernst genommen zu werden. „Ich weiß nicht, was ich sagen soll. Ich fühle mich furchtbar."

„Olivia flippt jedes Mal aus, wenn mein Name auf irgendeiner Tratschwebseite auftaucht – auch wenn es immer wieder dieselbe Geschichte ist."

Sie wünschte, Logan hätte ihr erlaubt, mit Olivia zu reden. Sie war sich sicher, sie hätte alles erklären können. „Willst du es immer noch von Angesicht zu Angesicht versuchen?"

„Ja. Wir wollen uns am Freitagabend nach meinem Meeting mit Elias Gold zum Essen treffen. Ist ein großer Tag für mich."

Tatsächlich, ein großer Tag. Logan hatte ihr erzählt, dass das Meeting mit Elias das Wichtigste war. „Vielleicht könntest du es mit einer romantischen Geste versuchen, die ihr zeigt, wie viel sie dir bedeutet und dass du die Beziehung mit ihr wirklich willst." Sie war ein Masochist. Da saß sie nun und half dem Mann, den sie eigentlich selbst haben wollte. Doch sie hatte ihn in den Mist hineingeritten, darum konnte sie ihm zumindest, was die Beziehung anging, helfen.

„Ja. Blumen, Schmuck, Pralinen. Ich weiß, ich weiß. Aber weißt du, was mir stinkt? Warum sollte ich mich entschuldigen, wo ich doch gar nichts falsch gemacht habe?"

„Dann betrachte es nicht als Entschuldigung." *Vielmehr als klassisches Zu-Kreuze-kriechen.*

„Aber genau das ist es."

„Betrachte es als äußeres Symbol deiner Liebe."

„Erzählst du sowas deinen Klienten?" Seine Skepsis war deutlich zu hören.

„Ja. Stimmt was nicht damit?"

„Nein, nichts."

„Was?"

„Klingt nur irgendwie kitschig."

Sie schnaubte. Es war schlimm genug, dass sie sich wie eine Hochstaplerin vorkam und dass die Klatschpresse auf ihrem Ruf herumtrampelte, musste Logan da jetzt auch noch ihre Fähigkeiten in Frage stellen? „Es gibt eine Liebessprache, die Frauen wichtig ist. Worte, ja, aber auch Taten. Und ich nehme an, dass du ein bisschen defensiv warst, ihr vielleicht deinen Ärger gezeigt hast, während sie nur hören will, dass du *sie* willst."

„Wenn ich wütend war, dann nur, weil sie mich angeschrien hat."

„Ist sie so wütend?"

„Das habe ich dir ja gesagt. Die Kacke ist so richtig am Dampfen. Bitte schau einfach, dass sie in Zukunft meinen Namen raushalten."

„Okay, ich werde tun, was ich kann."

„Danke. Ich habe dein Interview mit Joanne gesehen. Du warst großartig. Du hast mich wahrscheinlich nie backstage gebraucht."

Was er damit meinte, war klar. Er war für sie dagewesen und hatte seitdem dafür bezahlen müssen. „Ich wette, du wünschst dir, du wärst nie zu *Sunshine America gekommen*. Dann wäre all das nicht passiert."

„Was-wäre-wenn bringt keinem was. Was passiert ist, ist passiert. Okay du, ich muss wieder an die Arbeit. Ich fliege morgen und ich will die Präsentation nochmal mit Ben durchgehen, bevor ich packe."

Sie entspannte sich ein bisschen, denn trotz allem klang er jetzt wieder wie der entspannte Logan, den sie kannte. Er schien es ihr nicht nachzutragen. Er wollte nur, dass sie ihn aus der Presse heraushielt. „Viel Glück."

„Danke."

Sie legte auf. Dann googelte sie die Slater Foundation, da sie der Ansicht war, dass sie zumindest die Sache mit Olivia wieder ins Lot bringen konnte. Sie rief in ihrem Büro an und hinterließ eine Nachricht bei ihrer Assistentin.

Erschöpft ließ sie sich auf das Bett fallen und legte den Arm über ihre Augen. *Das ist alles bald vorbei*, redete sie sich zu. Morgen noch zwei Interviews, eines davon für eine Radioshow am frühen Morgen, und dann ein langes Wochenende zum Sightseeing in Kalifornien. Sie wollte ein Auto mieten und den Pacific Coast Highway in Richtung Süden die Küste hinunterfahren. Das war schließlich ihre Urlaubswoche und sie war noch nie in Kalifornien gewesen. Sie wollte sich die Strände ansehen, die alten spanischen Missionen, die Seehunde in La Jolla und ein entspanntes Wochenende in San Diego verbringen.

Doch es fiel ihr schwer, sich für Sightseeing zu begeistern, wenn sie daran dachte, dass Logan in das wichtigste Meeting seines Lebens gehen musste, während das alles wie ein Damoklesschwert über ihm schwebte.

Und die Schuld daran lastete allein auf ihren Schultern.

9

Logan war so nervös wegen seines Meetings mit Elias Gold, dass er sein Hemd durchschwitzte und sich umziehen musste. Elias war ein ganz großer Fisch, der Mann, der ihnen den nächsten Schritt ermöglichen konnte. Nicht nur, weil er das große Geld hatte. Elias hatte Verbindungen; er hatte Einfluss. All das würde ihnen den Weg zu weiterem Wachstum ebnen und vielleicht könnten sie dann die Firma eines Tages an die Börse bringen und richtig Kasse machen. So war sein Bruder Jake zu seinen Milliarden gekommen. Auf der Fahrt zu Elias' Büro in San Francisco ging Logan im Geiste noch einmal die Präsentation durch. Er war bereit.

Seine Gedanken wanderten zu Olivia. Sie würden sich heute Abend zum Essen treffen. Er hatte einen Rubinring für sie gekauft und wollte ein paar Rosen besorgen. Rubin war ihr Geburtsstein. Er glaubte, dass er damit punkten konnte. Es war eine Geste von der Art, wie sie Sabrina vorgeschlagen hatte. Für Sabrina lief es nicht gut. Aus irgendeinem Grund gingen die Attacken auf ihre Praxis und ihr Privatleben weiter. Das grelle Scheinwerferlicht war nicht schön. Jetzt konnte er besser nachvollziehen, warum sie die Aufmerksamkeit erst gar nicht gewollt hatte.

In Elias' Büro angekommen, musste er eine halbe Stunde warten, was furchtbar an seinen Nerven zerrte. Dann wurde er endlich in Elias' riesiges Eckbüro geführt. Große, raumhohe Fenster gaben den Blick frei auf die Skyline der Stadt und die Bucht dahinter.

Elias machte sich nicht die Mühe aufzustehen, sondern lud Logan mit einer Geste ein, auf einem der Ledersessel gegenüber seines eleganten schwarzen Schreibtischs Platz zu nehmen. Elias' Schreibtischstuhl war quasi ein Thron, breit und hochlehnig.

Logan blieb stehen und streckte ihm die Hand entgegen. „Schön, Sie wiederzusehen, Elias." Sie waren einander einmal bei einer Benefizveranstaltung in New York begegnet – und so hatte er auch diesen Termin bekommen.

„Mich auch. Nehmen Sie doch bitte Platz."

Logan war eins fünfundachtzig, doch als er sich setzte, musste er zu Elias, der sich in seinem Thron fläzte, aufblicken. Er nahm an, dass die Besuchersessel ganz bewusst niedriger gewählt waren.

Elias faltete seine Hände auf dem Tisch. „Logan, ich habe diesem Meeting zugestimmt und ich stehe zu meinem Wort, doch ich muss zugeben, dass es Gerede gegeben hat."

Logan wollte nicht vorgreifen, da er nicht sicher war, was er meinte. Die ungerechtfertigten Vorwürfe gegen Ben, er selbst in der Klatschpresse, oder war es vielleicht etwas, wovon er selbst nichts wusste. „Gerede?"

„Sie und eine Frau, die sich als Liebesguru von Hollywood bezeichnet, sind dieser Tage überall, wo man hinklickt. Wenn ich ehrlich bin, brauchen wir diese Art von Klatsch nicht. Der Tratsch der Woche zu sein, ist nicht gerade vertrauenerweckend."

Logan holte tief Luft. „Sabrina war ein bisschen in den Nachrichten, aber ich versichere Ihnen, diese Reporter spekulieren nur. Sie ist eine gute Freundin von zu Hause und ist zu Hause in Connecticut eine angesehene Paartherapeutin. Scheint diesen Monat keine wirklich interessanten Nachrichten zu geben, wenn sich die Medien dermaßen auf sie stürzen."

Elias brummte. „Und ich habe auch von den Anschuldigungen gegen Ben wegen sexueller Belästigung am Arbeitsplatz gehört."

„Diese Vorwürfe waren haltlos. Er ist in allen Punkten entlastet worden."

Elias hob die Hände. „Warum ist er dann heute nicht hier?"

Logans Magen rebellierte. Das war kein guter Anfang. „Ich habe mich bereiterklärt, die Investorengespräche zu führen. Er hält zu Hause die Stellung. Wie sie wissen, sind wir ein Zwei-Mann-Betrieb.

„Aber Sie sind der Mann hinter der Software. Er kümmert sich um die Finanzen."

„Wir teilen uns diese Rollen."

Elias lächelte, ein kühles Lächeln, das Logan in die Defensive trieb. „Dann programmiert Ben auch?"

Er schaffte es, ruhig zu klingen. „Nein, aber ich tue beides."

Elias lehnte sich in seinem Thron zurück und legte seinen Knöchel auf sein Knie. „Klingt nicht sonderlich effizient."

Logan begann zu schwitzen und wünschte sich ein bisschen zu spät, Ben wäre mitgekommen, doch Ben hatte befürchtet, dass die Anschuldigungen gegen ihn – auch wenn sie widerlegt worden waren – den Verhandlungen schaden könnten. Logan war der Ansicht gewesen, jegliche Bedenken anzusprechen und mit entsprechenden Argumenten zu entkräften, doch Ben hatte sich immer noch nicht von der Sache erholt und fühlte sich bei dem Gedanken, die Firma in Meetings zu vertreten, nicht wohl. „Ich kann meinen Job nur gut machen, wenn ich ein

Verständnis dafür habe, wo unsere finanziellen Prioritäten liegen."

Elias stellte seinen Fuß wieder auf den Boden und beugte sich vor. „Solche Scheiße macht Aktionäre nervös."

„Bis jetzt haben wir noch keine Aktionäre."

„Aber die werden Sie eines Tages haben. Oder ist das nicht das Ziel. Das Geschäft aufbauen, Kasse machen und dann das nächste Geschäft aufbauen. So gehen die meisten Technologie-Start-ups vor."

Er legte seine Hände auf Elias' Schreibtisch und beugte sich ebenfalls vor. „Ben und ich sind Checkin. Für uns ist es kein Sprungbrett zu etwas anderem. Mein Ziel ist es, Investoren zu finden, um Checkin weiter aufzubauen. Wir wollen Vertriebspersonal und ein Marketingteam einstellen und ein Upgrade für unsere Software schreiben, um es auch mit der urzeitlichsten Personalsoftware kompatibel zu machen. Können wir uns jetzt über die Zahlen unterhalten? Denn ich bin davon überzeugt, dass Ihnen das Wachstumspotential gefallen wird."

Elias klatschte mit der Hand auf den Tisch. „Dann zeigen Sie mir die Zahlen."

Logan atmete erleichtert auf, holte den Bericht hervor, reichte ihn Elias und fing an, Schritt für Schritt zu erklären, wie sie angefangen hatten, Backgroundchecks für andere Technologieunternehmen in den USA und Kanada durchzuführen, und ihr Angebot langsam auf andere Sektoren ausgeweitet hatten. Doch es gab noch so viele Sektoren, die sie angehen wollten. Er hatte auch ein Video dabei, das die Software demonstrierte, doch das wollte er erst im Teammeeting benutzen, wenn er so weit kam. Elias war ein Zahlenmensch. Er hatte ihm schon im Vorfeld gesagt, dass er sein Team nur dann hinzu rufen würde, wenn er der Meinung war, dass es ihre Zeit wert war.

Zwanzig Minuten später feuerte Elias eine Frage nach der anderen ab und Logan konnte so gut wie alle beantworten. Und auf die eine Frage, die er nicht wirklich beantworten konnte – ob sie das Geschäft auch nach

Europa ausweiten wollten –, antwortete er, dass sie darüber nachdenken würden, jedoch noch keine konkreten Pläne dahingehend hatten.

Elias schrieb eine Zahl auf ein Stück Papier und schob es Logan über den Schreibtisch zu. „Das ist mein Angebot."

Logan riss die Augen auf. Elias hatte ihm gerade das Doppelte von dem angeboten, was sie von ihm gewollt hatten. Vierzig Millionen Dollar. Einen Moment lang war er sprachlos.

„Ich will einen Sitz im Vorstand und ein Stimmrecht bei allen künftigen Geschäftsentscheidungen."

Logan strahlte und die Anspannung fiel von ihm ab. Er hielt nicht nur ein großzügiges Angebot in Händen, er wusste auch, dass die anderen Investoren dadurch ihre Angebote womöglich auch anpassen würden. „Danke für dieses großzügige Angebot. Ich habe noch ein paar andere Meetings und würde mich spätestens am Mittwoch wieder bei Ihnen melden."

Elias runzelte die Stirn. „Sie wollen das noch anderen Investoren vortragen? Logan, Sie kennen meinen Ruf. Mein Angebot ist auf dem Tisch, doch es läuft mit Ende des Geschäftstages aus."

Logan war geschockt. Scheiße. Was sollte er wegen der anderen Meetings unternehmen? Hingehen, auch wenn er wusste, dass er bereits eine Entscheidung getroffen hatte? Sie absagen, bevor er überhaupt die Gelegenheit dazu bekam, zu hören, was sie anbieten würden?

Andererseits … Vierzig Millionen Dollar. Ben würde ihm sagen, dass er das Angebot annehmen sollte. Logans Instinkt riet ihm jedoch, zu warten und zu sehen, wie es mit den anderen Investoren lief, Spannung aufzubauen und einen Riesenerfolg einzufahren.

Elias sah ihn ruhig an. Er wollte sich definitiv beteiligen, was bedeutete, dass er ein begeisterter Partner wäre.

Logan streckte ihm die Hand entgegen. „Deal."

Elias ergriff sie und drückte fest zu. „Ausgezeichnet. Ich freue mich."

„Ich bin noch bis Mittwoch hier, falls Sie möchten, dass ich mich mit Ihrem Team treffe."

„Montagmorgen, pünktlich um neun Uhr."

„Großartig." Er stand auf. „Dann sehen wir uns am Montag."

Elias nahm den Telefonhörer in die Hand und warf Logan einen *Was machen Sie denn immer noch hier* Blick zu. Er war Geschäftsmann durch und durch, keine Zeit für soziales Geplänkel. Und Logan störte sich nicht daran. Sie hatten ein überaus großzügiges Angebot von einem Mann, der eine große Bereicherung für ihre Firma sein würde. Das Gespräch hätte nicht besser laufen können.

Er schaffte es zu warten, bis er draußen vor dem Gebäude angekommen war, bevor er einen Luftsprung machte. Er ging zu seinem Wagen, und sein kurzer Moment der Freude machte dem Bedürfnis Platz, in Angriff zu nehmen, was er tun musste. Er musste Ben anrufen, die anderen Investorenmeetings absagen und – oh Scheiße – die Sache mit Olivia stand ihm auch noch bevor.

Doch erst die Arbeit.

～

Sabrina war spät am Donnerstag mit dem letzten Interview fertig. Es war das leichteste von allen gewesen. *Chat* war genau, wie es sich anhörte, ein netter Plausch mit vier Moderatorinnen. Sie hatte sich beinahe so wohl gefühlt wie im Kreis ihrer Freundinnen. Die Fragen waren viel weniger Fragen gewesen, sondern eher Feststellungen, wie großartig ihre Arbeit war und wie wichtig es war, dass Frauen sich für das, was sie in einer Beziehung wollten, einsetzten. Natürlich war sie ganz ihrer Meinung gewesen.

Sie verließ das Studio durch einen ruhigen Gang,

immer noch ein bisschen überwältigt, dass sie alle Auftritte diese Woche so gut gemeistert hatte. Die Radioshow am Morgen war kurz und knapp gewesen, ein Kinderspiel. Morgen würde ihr Urlaub anfangen. *Pacific Coast Highway, morgen komme ich!* Sie hatte dafür einen Jeep gemietet, da sie schon immer mal einen hatte fahren wollen.

Auf dem Weg aus dem Studio ignorierte sie die Paparazzi und die Reporter und stieg ruhig in den wartenden Mercedes. Fragen über ihre Qualifikation, darüber, dass sie am Altar sitzengelassen worden war, und ihre Beziehung zu Logan perlten an ihr ab. So mussten sich echte Stars fühlen. Zuerst war all die Aufmerksamkeit einschüchternd, dann wurde es einfach normal. Sie holte ihr Handy aus der Tasche, um ihre Nachrichten zu lesen. Wow. Ihre Büronummer hatte einen ganzen Haufen Nachrichten. Sie hörte die erste ab. *Hi Sabrina, Patty Mercer. Ich möchte unseren Termin absagen. Wir brauchen keinen neuen. Danke.*

Seltsam. Sie hatten wirklich Fortschritte gemacht. Aber am Ziel waren Patty und ihr Mann noch nicht gewesen.

Nächste Nachricht. *Hi, Warren Pitt hier. Bitte canceln sie alle unsere Termine.*

Okay, was war los? Sie hörte den Rest der Nachrichten mit wachsendem Unwohlsein ab. Fünfzehn Absagen. Was zum …? Sie war eine Woche weg und hatte die Hälfte ihrer Klienten verloren?

Sie rief Patty zurück und bemühte sich, professionell zu klingen. „Hi Patty, ich habe Ihre Nachricht bekommen. Ich habe mich nur gefragt, warum Sie abgesagt haben. Haben Sie und Matt Ihre Meinungsverschiedenheiten beigelegt?"

„Wir schlagen eine andere Richtung ein", antwortete Patty knapp.

„Sie trennen sich? Ich dachte, wir haben echte Fortschritte gemacht–"

„Wir haben uns für die BeziehungsBeraterin entschieden. Uns gefällt ihr Ansatz und sie ist ziemlich bekannt. Sie hat dieses Buch geschrieben. Ich bin nicht zu ihr gegangen, weil sie in der Stadt war, aber sie verbringt jetzt mehr Zeit in ihrem Büro in Connecticut, darum haben wir uns einen Termin bei ihr geben lassen. Tut mir leid, Sabrina. Wir mögen ihren Ruf und glauben, dass sie besser zu uns passt."

„Wie haben Sie von ihr gehört?"

„Ich kannte ihr Buch schon, doch dann habe ich ihre Anzeige überall gesehen – online, im Briefkasten, in den Lokalnachrichten. Sie klingt fantastisch und verspricht schnelle Erfolge. Und die Postwurfsendung hatte einen Coupon für 50% Rabatt für die erste Sitzung."

Sabrina legte auf, zitternd vor Wut. Sie musste sich beruhigen, zurück ins Hotel und alle ihre Klienten anrufen, um ihnen zu versichern, dass sie die richtige Therapeutin für sie war.

Es lief nicht gut.

Sie saß am Schreibtisch in ihrem Zimmer und arbeitete mit wachsender Verzweiflung die Absagen durch. Keiner ließ sich davon abbringen.

Sie ließ den Kopf in ihre Hände sinken. All die Publicity war vollkommen nach hinten losgegangen. Anstatt das Geschäft anzukurbeln und ihrer Karriere auf die Sprünge zu helfen, hatte sie alles kaputtgemacht. Galle stieg ihr in den Hals und sie rannte ins Bad. Sie würgte, doch nichts kam heraus. Sie drehte das Wasser auf und spritzte es sich ins Gesicht.

Sie starrte sich im Spiegel an. Jetzt war nicht die Zeit, den Kopf hängen zu lassen. Es war Zeit zu kämpfen.

Sie ging zurück an den Schreibtisch, nahm ihr Handy und rief Claire an, die ihren Anwalt dazu holte. Der Anwalt versicherte Sabrina, dass er sich alles genau ansehen würde, und riet ihr, Tara nicht zu kontaktieren, bis er wusste, was genau vor sich ging. Sabrina bedankte sich und legte auf. Mit dem letzten Telefonat war sie an ihre Grenze gestoßen und brach in Tränen aus. Alles kotzte sie an und sie konnte nichts dagegen tun.

Schließlich verkroch sie sich im Bett und sah fern. Von der Realität hatte sie die Nase voll.

Am Freitagmorgen lagen Sabrinas Nerven immer noch blank. Sie sollte ihr wohlverdientes Wochenende in San Diego genießen, doch sie schaffte es nicht, sich auch nur ein bisschen dafür zu begeistern. Sie war hilflos, unfähig, ihr Klientenproblem zu beheben, durfte Tara nicht konfrontieren, zum Warten verurteilt. Und sie hasste warten. Und Olivia, Logans dämliche eifersüchtige Freundin, hatte es auch nicht für nötig gehalten, sie zurückzurufen. Ganz gleich, wo sie hinblickte, sie sah nichts als Scherbenhaufen.

Sie redete sich gut zu, dass das alles auch bis Montag warten konnte. Dass sie sich einfach ein schönes Wochenende machen sollte. Sie ging in ihrem Zimmer auf und ab. Vielleicht sollte sie anstatt am Sonntag erster Klasse nach Hause zu fliegen, das erstbeste billige Ticket buchen und heute nach Hause fliegen. Entspannen konnte sie sich sowieso nicht. Nein, das käme einer Kapitulation gleich. Sie würde es bereuen, diese seltene Gelegenheit nicht zum Sightseeing genutzt zu haben. Sie sollte sich das bisschen Glück gönnen.

Sie packte ihren Jeep, machte sich auf den Weg den Pacific Coast Highway hinunter und redete sich ein, dass sie sich besser fühlen würde, sobald sie an ihrem Ziel angekommen war.

Kurz darauf, immer aufgewühlter, machte sie kehrt und fuhr in umgekehrter Richtung zurück. Es gab nur ein Problem, das sie sofort angehen konnte. *San Francisco, ich komme!*

Es war an der Zeit zu kitten, was sie für Logan kaputtgemacht hatte.

Zeit, sich mit Olivia zu unterhalten.

10

Sabrina hatte eine Mission und hielt auf der sechsstündigen Fahrt nach San Francisco nur einmal an. Sie hatte alles geplant. Sie würde sagen, dass sie wegen einer großzügigen Spende von Claire Jordan mit Olivia reden musste – ja, sie würde den Namen ihrer berühmten Freundin benutzen, um in Olivias Büro zu gelangen und sich ruhig und rational mit ihr zu unterhalten. Sie würde ihr sagen, dass Logan schon eine ganze Weile mit ihr befreundet war und dass sie seiner Schwester Mad nahestand. Sie würde ihr erklären, dass der Klatsch über Sabrina und Logan nicht mehr als Klatsch war und dass sich ihr Anwalt bereits darum kümmerte. Sie würde ihr sagen, dass sie Logan eine Chance geben sollte, weil er es verdient hatte. Er war ein guter Mann.

Die Fahrt verlief ruhig, was Sabrina bestätigte, dass sie auf dem richtigen Weg war. Es herrschte kaum Verkehr und sie fand eine Tiefgarage nicht weit vom Büro der Slater Foundation.

Im Gebäude angekommen, nahm sie den Aufzug in den vierten Stock, ging an den Empfang und nannte der Empfangsdame, einer Mittfünfzigerin mit schwarzem

Bob, den Grund ihres Besuchs. Die Frau erklärte, dass Olivia in einem Meeting war und sie warten musste.

Sabrina nahm im Wartebereich Platz und blätterte in einem Magazin, während sie die Geräusche aus dem Großraumbüro dahinter überbewusst wahrnahm. Eine halbe Stunde verging. Es war halb fünf. Es schien ein Büro zu sein, an dem die Leute um fünf nach Hause gingen, besonders an einem Freitag.

„Könnten Sie Olivia bitte sagen, dass ich mit ihr reden muss?", sagte sie zur Empfangsdame. „Ich kann nicht viel länger bleiben." Das stimmte nicht, denn sie musste nirgendwo hin, doch sie musste *heute* mit Olivia reden. Logan hatte gesagt, dass er sich heute Abend mit Olivia zum Abendessen treffen würde, und Sabrina wollte das Problem bis dahin aus der Welt geschafft haben.

Die Empfangsdame warf einen Blick auf den Bildschirm und blickte auf. „Tut mir leid. Miss Slater hat jetzt den ganzen Nachmittag geblockt. Ich kann eine Nachricht für sie entgegennehmen oder wir können etwas für Montag arrangieren."

„Ich bin nur bis Sonntagmorgen in der Stadt. Ich warte. Bitte lassen Sie mich wissen, sobald sie frei ist."

Sie wandte sich wieder ihrem Magazin zu und ihr Plan B war nun, Olivia beim Gehen abzufangen, auch wenn ihr Olivias Büro für die Unterhaltung lieber gewesen wäre. Von der Webseite der Slater Foundation wusste sie, wie Olivia aussah. Sie war schön, mit glänzenden, langen schwarzen Haaren, blauen Augen und einem makellosen Porzellanteint. *Eine Frau ganz nach Logans Geschmack,* dachte sie. So sehr Sabrina sich auch wünschte, dass dem nicht so war, hatte ihre Erfahrung sie gelehrt, dass Männer in erster Linie vom Aussehen einer Frau angezogen wurden. Wenn man von der reinen Biologie der Anziehung eines geschlechtsreifen Mannes absah, fand Sabrina das ungerecht. Es gab viele wunderbare intelligente, liebevolle Frauen, die ausgezeichnete Partnerinnen abgeben würden, jedoch keine Beachtung fanden. Nicht, dass sie verbittert war. Zumindest nicht sehr.

Sie holte ihr Handy hervor. Keine Nachrichten vom Anwalt oder Claire, doch ein paar Voicemails aus ihrem Büro. Sie fürchtete sich davor, sie abzuhören. Wenn sie noch mehr Klienten verlor … nein, daran wollte sie gar nicht denken. Sie würde sie abhören, wenn sie hier fertig war. Eine Krise nach der anderen.

Die Empfangsdame verließ ihren Schreibtisch und nahm einen Schlüssel mit einem überdimensionierten Schlüsselanhänger, wahrscheinlich, um die Toilette im Flur zu benutzen.

Sabrina sprang auf und schoss durch die Tür in das Großraumbüro dahinter. Sie straffte ihre Schultern und ging weiter, als gehörte sie hierher, ging an Büros mit Glastüren und offenen Bürowürfeln in der Mitte vorbei. Sie nahm an, dass Olivia als Direktorin der Stiftung das große Eckbüro hatte.

Sie nickte zufrieden, als sie das Eckbüro erreichte und ein Messingnamensschild mit Olivias Namen darauf an der Tür fand. Niemand hatte sie auch nur eines Blickes gewürdigt. Die Tür war geschlossen. Sollte sie anklopfen oder einfach reingehen? Sie sah sich nach den beschäftigten Angestellten um. Wenn sie anklopfte, könnten sie daraus schließen, dass sie nicht hierhergehörte. Doch wenn sie nicht anklopfte, würde Olivia vielleicht erschrecken und laut fragen, wer sie war.

Sie klopfte leise an. Keine Antwort.

Jetzt oder nie. Sie öffnete leise die Tür und schloss sie sofort wieder hinter sich. Vor ihr lag ein großes Büro mit einem modernen Schreibtisch aus hellem Holz und Metall mit einem weißen Ledersessel dahinter, zwei weißen Gästestühlen, ebenfalls aus Leder, und in der Ecke ein runder Tisch mit Stühlen, aber keine Olivia. Hm … vielleicht war sie ja in einem Besprechungszimmer.

Sabrina ließ sich auf einem der Stühle vor Olivias Schreibtisch nieder. Sie musste ja irgendwann hierher zurückkommen. In ein Besprechungszimmer voller Leute konnte Sabrina schlecht hereinplatzen.

Ein Geräusch und ein leises Lachen sagten ihr, dass sie nicht allein war. Sie sah sich um und bemerkte eine Tür. Vielleicht hatte Olivia ein en-suite Badezimmer in ihrem Büro. Wie nett.

Die Tür ging auf. Olivia kam lachend heraus, das Gesicht gerötet, die Haare zerzaust. Sie war damit beschäftigt, ihre rosa Bluse in ihren Hosenbund zu stecken, und blickte zu einem Mann – einem attraktiven Inder – auf, dessen weißes Hemd aufgeknöpft war. Sein Gürtel hing offen herunter und der Knopf seiner Hose war ebenfalls offen. Heilige Scheiße.

Er knöpfte seine Hose zu und schloss seinen Gürtel. Dann begegnete er Sabrinas Blick. „Ähm … wir haben Gesellschaft", sagte der Mann mit dickem Akzent zu Olivia.

Olivias Blick fiel auf Sabrina und sie schrie: „Wer sind Sie und was machen Sie in meinem Büro?"

Sabrina sprang auf. „Ich bin Sabrina, Logan Campbells Freundin. Und wer ist das?"

„Logan hat Sie geschickt, um hier reinzuplatzen und mir hinterherzuspionieren?", keifte Olivia.

Sabrina starrte den Mann an. Er knöpfte sein Hemd zu und ging zur Tür, wo er stehenblieb und in seine eleganten Brogues schlüpfte. „Bis später, Livvie", sagte er und ging.

Sabrina wandte sich Olivia zu und starrte sie mit gerechtfertigter Entrüstung an. „Logan weiß nicht, dass ich hier bin. Ich bin hergekommen, um Sie zu bitten, ihm zu vergeben, Ihnen zu sagen, dass wir wirklich nur Freunde sind und dass Sie dem Tratsch keine Beachtung schenken sollen, doch jetzt … ich kann nicht fassen, was ich gerade gesehen habe."

Olivia sah sie finster an. „Sie können nicht einfach in mein Büro hereinplatzen. Ich rufe den Sicherheitsdienst." Sie eilte zu ihrem Schreibtisch.

„Warten Sie! Ich bin nur hergekommen, um zu helfen. Ich gehe."

„Einen Moment." Olivia musterte Sabrina einen Moment lang. „Ich erinnere mich an Sie – von all den Klatschseiten. Der Liebesguru von Hollywood. Suchen Sie sich einen eigenen Mann."

Sabrina biss die Zähne aufeinander. Sollte sie Logan sagen, was sie gesehen hatte? Es würde ihm das Herz brechen. Doch sie konnte ihn einfach nicht auf die andere Seite des Kontinents ziehen lassen für eine Frau, die ihn nicht verdient hatte!

Olivia holte eine Bürste aus ihrer Schreibtischschublade und bürstete ihre Haare. „Ich treffe mich heute Abend mit Logan zum Dinner, Sie hätten nicht vorbeikommen müssen. Sie finden sicher selbst hinaus."

„Wollen Sie mit Logan zusammen sein oder mit diesem Mann?" Sie deutete zu der Tür, durch die der andere gerade verschwunden war.

Olivia verdrehte die Augen. „Nicht, dass es Sie etwas anginge, doch Anil wird diesen Sommer eine arrangierte Ehe eingehen, die Vereinigung zweier sehr reicher Familien. Er ist ein Freund."

Für wie dumm hielt sie Sabrina eigentlich? Sie hatten offensichtlich Sex gehabt. Und dann ergab alles einen Sinn. „Kein Wunder, dass sie so eifersüchtig waren, als sie erfahren haben, dass ich Logans Freundin bin. Weil *Sie* ihn betrügen. Natürlich. Man neigt immer dazu, andere dessen zu beschuldigen, wessen man sich selbst schuldig gemacht hat."

Olivia warf die Haarbürste in die Schreibtischschublade und blickte leicht gereizt drein, wenn auch zu selbstgefällig, um Sabrina ernst zu nehmen. „Ich habe die Sache mit Anil beendet. Das war unser Abschied."

Oh, ganz sicher nicht! „Logan wollte hierher ziehen um eine Zukunft mit Ihnen aufzubauen, und Sie betrügen ihn die ganze Zeit und machen ihm was vor?"

„Ich habe ihn nicht betrogen. Er ist doch noch nicht hier, oder?"

„Aber Sie haben eine Fernbeziehung, oder nicht?"

Olivia ließ sich in ihren Schreibtischstuhl fallen. „Und wenn schon. Ich muss mich vor dir nicht rechtfertigen!"

Sabrina zählte schnell eins und eins zusammen. „Sie haben ein doppeltes Spiel gespielt. Sie haben Logan benutzt, um Anil unter Druck zu setzen, und das hat nicht funktioniert, denn Anil wird heiraten."

Olivia sprang auf. „Fick Anil und fick dich!"

Sabrina wirbelte herum und stürmte zur Tür. Das war so falsch, falsch, falsch. Logan hatte so viel mehr als dieses durchtriebene Miststück verdient. Sie war gerade an der Tür, als Olivia ihre letzte Spitze abfeuerte.

„Wenn du Logan von Anil erzählst, werde ich es leugnen. Dann steht mein Wort gegen deins!"

Sabrina drehte sich um und öffnete den Mund, um ihr zu erklären, dass sie es Logan ganz sicher berichten würde, als Olivia in viel ruhigerem Ton fortfuhr: „Logan hat mir an der Uni einen Antrag gemacht. Damals haben die Umstände nicht gepasst, doch jetzt tun sie das. Sei ihm also eine gute Freundin und halt deine Klappe."

Sabrina ließ sich den Schock nicht anmerken. Er hatte ihr einen Antrag gemacht? Doch er hatte Sabrina gesagt, dass es ihm schwer fiel sich vorzustellen, sich für immer zu binden, wenn alle Umstände gegen einen sprachen. War Olivia der Grund dafür? Wollte Olivia Logan heiraten, um es Anil unter die Nase zu reiben?

„Du kannst jetzt gehen", sagte Olivia kühl.

Sabrina stand da und musterte diese schöne Frau, die sich als manipulierende, betrügende Lügnerin herausgestellt hatte. Eine furchtbar schlechte Partnerin für Logan.

Olivia nahm den Hörer des Telefons auf ihrem Schreibtisch ab. „Ich rufe den Sicherheitsdienst."

Sabrina ging, ohne ein weiteres Wort zu sagen.

Als sie das Gebäude verließ, überlegte sie, ob sie Logan anrufen und ihm erzählen sollte, was sie gerade erlebt hatte, entschied sich jedoch schnell, dass sie ihm das persönlich sagen musste. Es war eine heikle Situation, die sie behutsam angehen musste. Logan war in Claires Haus, darum bat sie Claire per SMS um die Adresse. Sabrina hielt es für besser, hinzufahren und ihm zu sagen, dass sie mit ihm reden musste, als dass er sich Sorgen machte, bis sie kam. Sie musste ihn nur sehen, bevor er sich mit Olivia zum Abendessen traf.

Ein paar Minuten später war sie mit Claires Segen auf dem Weg. „Schnapp ihn dir!"

Logan fuhr in Richtung Norden zu Claires Strandhaus, einem überraschend bescheidenen Vierzimmerhaus im Cape Cod Stil, das allein wegen seiner Lage Millionen wert war. Er hatte Claires Angebot, dort zu übernachten, hauptsächlich darum angenommen, weil sie ihn gebeten hatte, nach dem Rechten zu sehen. Sie hatte zwar einen Hausverwalter, der zweimal im Monat das Haus besuchte, doch sie hatte sichergehen wollen, dass auch wirklich alles in Ordnung war. Zwischenzeitlich nahm er allerdings an, dass sie ihn einfach nur gut untergebracht wissen wollte. Seit sie seinen Bruder Jake geheiratet hatte, veranstaltete sie einen wahren Tanz um alle Geschwister. Als er gestern angekommen war, hatte der Hausverwalter den Kühlschrank für ihn aufgefüllt, frische Handtücher aufgehängt und jedes Bett im Haus mit frischen, superweichen Laken bezogen. Als er gestern Abend angekommen war, hatte er sich für das große Doppelbett in der Mastersuite entschieden und konnte nicht leugnen, dass er sich in Claires Haus besser entspannen konnte als es in einem Hotel möglich gewesen wäre.

Er tippte den Code für das schmiedeeiserne Tor ein und fuhr auf das Anwesen. Die Sicherheitsmaßnahmen hier waren nicht so streng, wie er sie erwartet hatte. Es gab eine hüfthohe Ziegelmauer mit einem Tor auf der

Straßenseite, doch ein wildentschlossener Fan konnte sie leicht überwinden oder einfach von den Nachbargrundstücken über den Privatstrand auf die Terrasse des Hauses gelangen. Natürlich gab es Sicherheitskameras, und wenn Claire hier war, wohnte ihr Bodyguard im Gästehaus auf dem Grundstück. Das großzügige Wohnzimmer mit hoher Decke, weißen Wänden und hellem Parkettboden ging nahtlos in die Küche über. Teppiche mit bunten, geometrischen Mustern definierten zwei Sitzbereiche und einen Essbereich. Auf den beigefarbenen Sofas und Sesseln lagen bunte Kissen. Alles wirkte gemütlich und anheimelnd und nicht schick und glamourös, wie er es erwartet hatte. Er ging durchs Wohnzimmer in die Gourmetküche mit den Edelstahl-Einbaugeräten, weißen Schränken und graubeigen Granitarbeitsflächen, warf sein Jackett und seine Krawatte über die Lehne eines der Drehstühle an der Plücheninsel und legte seinen Laptop auf den Tresen. Er nahm eine Flasche Wasser aus dem Kühlschrank und trank einen langen Schluck. Er hatte Ben bereits auf der Fahrt von Elias' großzügigem Angebot und den damit verknüpften Bedingungen berichtet. Ben war natürlich begeistert gewesen und hatte einen minutenlangen Freudentanz aufgeführt.

Jetzt gab es wirklich nichts für ihn zu tun außer zu feiern. Claire hatte eine Flasche Champagner mit der Notiz *Zum Feiern* im Kühlschrank deponiert. Sie war so ein süßes Ding und ihr Vertrauen in sie war grenzenlos.

Er lehnte sich an den Tresen. All die Anspannung, all die Sorge und der Stress und die Vorbereitung, und jetzt das Resultat – Erfolg. So fühlte sich Erfolg an. Erhebend, befriedigend, doch seltsam still.

Er wünschte sich, Ben wäre hier, um mit ihm feiern zu können. Er überlegte, den Champagner später mit Olivia zu trinken, doch aus irgendeinem Grund wollte er das hier nicht mit ihr feiern. Sie wusste nicht, wie viel Arbeit er in dieses Meeting gesteckt hatte. Sabrina wusste es. Sie hatte ihm zugehört, als er ohne Punkt und Komma darüber geredet hatte, doch sie war in L.A. Vielleicht sollte er ihr eine SMS mit den guten Neuigkeiten schicken. Sie hatte sich von ihm verabschiedet, doch eine SMS war nichts zu Persönliches, und sie hatten telefoniert, als ihrer beider Namen wieder durch die Klatschpresse gegangen waren.

Gerade, als er sein Handy aus der Tasche holte, hörte er einen gedämpften Gong, wie das Klingeln einer stumm geschalteten Türglocke. Er steckte das Handy wieder weg und ging zur Tür. Vielleicht war es der Hausverwalter, der nachsehen wollte, ob Logan irgendetwas brauchte. Er warf einen Blick auf den Bildschirm an der Tür, doch da war niemand.

Er ging nach draußen und sah einen roten Jeep am Tor. Als er darauf zuging, fuhr die Scheibe der Fahrertür hinunter und Sabrina steckte den Kopf heraus und winkte ihm zu. „Hi, ich bin's! Kannst du mich reinlassen?"

Er starrte sie geschockt an. „Sabrina! Ich dachte, du wärst in L.A.!"

Sie deutete aufs Tor. Er nickte, ging zurück ins Haus und drückte den Knopf. Claire hatte ihm erklärt, wie er einen Besucher hereinlassen konnte, für den Fall, dass er Olivia einladen wollte. Doch es war Sabrina. Er konnte immer noch nicht fassen, dass sie hier war. Jetzt musste er nicht allein feiern. Sie parkte in der Auffahrt hinter seinem schwarzen Miet-BMW.

Er hielt die Haustür auf. „Komm rein! Was machst du hier?"

Sie trug eines ihrer professionellen Outfits – eine bordeauxrote Spitzenbluse mit kurzen Ärmeln, eine cremefarbene Hose und beigefarbene, flache Schuhe. Er selbst hatte noch die graue Anzugshose, ein weißes Hemd und schwarze Lederschuhe an, die er für das Meeting mit Elias ausgewählt hatte. Er hatte sich nicht umgezogen, da das Outfit für das schicke Restaurant, in dem Olivia einen Tisch reserviert hatte, angemessen war.

Seltsamerweise lächelte Sabrina ihn nicht an wie sonst.

Sie kam mit zügigen Schritten auf ihn zu und trat mit ernster Miene ein. „Claire hat mir gesagt, dass du hier bist, darum dachte ich, ich komme vorbei."

„Bist du okay?", fragte er. „Wie war die Fahrt?"

„Ich bin okay." Ihr Ton hellte sich auf. „Die Fahrt war gut."

„Ich wollte gerade zur Feier des Tages ein Glas Champagner trinken. Wir haben ein unglaubliches Angebot von Elias bekommen. Wir haben einen Deal."

Sie strahlte und es war, als ginge die Sonne auf. „Oh Logan! Das ist wunderbar. Ich freue mich so für dich und Ben."

Er erwiderte ihr Lächeln, glücklich, das mit ihr teilen zu können. „Danke. Willst du auch ein Glas?"

Sie wurde ernst. „Viellcicht sollten wir uns erst unterhalten."

Er runzelte besorgt die Stirn. „Ist irgendwas passiert? Belästigt dich diese Frau immer noch? Was für ein Miststück." Sabrina hatte mit all der Medienaufmerksamkeit einiges durchgemacht.

Sie biss sich auf die Lippe. „Wie viel Zeit hast du, bevor du dich mit Olivia zum Abendessen triffst?"

Er warf einen Blick auf sein Handy. „Etwa eine Stunde." Er sah sie eindringlich an. „Was ist?"

Sie ging zu dem flauschigen Sofa und klopfte auf den Platz neben sich.

Er setzte sich und sah sie erwartungsvoll an. „Und?"

Sie holte tief Luft und faltete die Hände auf ihrem Schoß. Als sie anfing zu reden, war es in ihrem reservierten Therapeutentonfall. „Ich habe da so eine Theorie, dass Leute sich am meisten über Dinge aufregen, derer sie selbst schuldig sind."

„O-kay", sagte er langsam, da er nicht wusste, worauf sie hinauswollte. Er hatte nichts getan, weswegen er sich schuldig fühlte.

„Scheiße." Sie presste ihre Finger an ihre Stirn und schloss die Augen.

„Was?"

Sie sah ihm in die Augen. „Mir ist gerade bewusst geworden, dass das auch auf mich zutrifft. Ich habe was gegen Beziehungsphobiker –", sie legte ihre Hand aufs Herz, „–dabei bin ich selbst einer. Darum hatte ich seit Jahren keine Beziehung. Gott. Welche Ironie. Ich bin der Mensch, vor dem ich die Leute warnte."

Er neigte den Kopf. „Was? Nein. Dein ganzes Leben dreht sich darum, Paaren zu helfen, sich zueinander zu bekennen. Das ist dein Ding."

Sie seufzte. „Was andere angeht schon, doch was mich angeht … Ich hatte keine feste Beziehung mehr, seit mich mein Ex am Altar hat sitzenlassen." Sie hielt inne, und als sie fortfuhr, war ihre Stimme aufrichtig und verletzlich. „Logan, es war so erniedrigend, ich, im Hochzeitskleid, unsere Familien und Freunde da, und dann ist er einfach aus der Hintertür der Kirche marschiert und hat sich nicht einmal umgedreht."

„Drecksack", entfuhr es ihm. Er wollte dem Typen eine reinhauen.

Sie lächelte ihn angespannt an. „Danke." Sie zögerte, bevor sie fortfuhr. „Ich glaube, es hat mich mehr mitgenommen, als mir bewusst gewesen ist. Ich habe mich nach einer Beziehung gesehnt, doch ich habe nichts getan, um eine tiefe Bindung aufzubauen, die eines Tages dazu führen könnte."

Er runzelte verwirrt die Stirn. „Dann bist du den ganzen Weg von L.A. hierhergefahren, um zu gestehen, dass du Beziehungsphobikerin bist? Fühl dich deswegen nicht schlecht. Offensichtlich weißt du, was du anderen in einem solchen Fall rätst. Jetzt kannst du denselben Rat auf dich selbst anwenden."

Sie starrte geradeaus. „Ich war bei der Slater Foundation."

Ein unbehagliches Gefühl breitete sich in ihm aus. Olivia musste Sabrina in der Luft zerrissen haben. „Du warst …?"

Sie drehte sich zu ihm um. „Ich wollte kitten, was ich für dich kaputtgemacht habe. Ich wollte Olivia versichern, dass sie sich wegen dir und mir keine Sorgen machen muss."

Er schnitt eine Grimasse. „Ich nehme an, dass es nicht gut gelaufen ist."

„Nein, ganz furchtbar schlecht." Sie sprach langsam, als wollte sie sich vorsichtig auf gefährliches Gebiet vortasten. „Ich … was ich sagen will, ist … meine Theorie, dass sich Leute am meisten über das aufregen, wessen sie selbst schuldig sind …" Sie hielt inne und sah ihn eindringlich an, bevor sie schließlich sagte: „Also, das könnte auch auf Olivia mit ihrer Eifersucht zutreffen."

Er las zwischen den Zeilen. „Du meinst, ihre Eifersucht und ihre Anschuldigungen kommen daher, weil sie mich betrügt?"

„Ja", sagte sie leise. Sie sah ihn mitfühlend mit großen Augen an. „Ich bin in ihr Büro gegangen und sie war mit einem Mann in ihrem en-suite Badezimmer. Sie kamen halbnackt raus, offensichtlich haben sie … Sie hat quasi zugegeben–"

„Das reicht." Er stand auf und ging ein paar Schritte. Konnte das sein? Olivia ging fremd, nach all dem Theater, das sie wegen seiner Freundschaft zu Sabrina gemacht hatte? Olivia war diejenige gewesen, die wieder Kontakt zu ihm aufgenommen hatte. Warum würde sie so etwas tun, wenn sie bereits in einer Beziehung war?

„Da ist noch mehr, was du wissen solltest."

Er schüttelte den Kopf. „Ich rufe sie an, kläre das und dann trinken wir Champagner. Wenn du Hunger hast, im Kühlschrank ist Essen."

Er ging zur Treppe, um Olivia allein anzurufen, als Sabrina ihm hinterherrief: „Sie hat dich benutzt, um ihren Freund Anil unter Druck zu setzen, seine arrangierte Hochzeit abzusagen. Ich bin nicht sicher, ob du ihr Plan B warst oder ob sie sich erhofft hat, dich zu heiraten und es ihm unter die Nase zu reiben. Vielleicht beides."

Er schloss einen Moment lang die Augen. Er hatte die ganze Zeit geglaubt, dass sie etwas Echtes hatten, dabei hatte sie nur mit ihm gespielt. Wenn das, was Sabrina sagte, wahr war. Er musste mit Olivia reden und es direkt von ihr hören. Er hob eine Hand, um Sabrina zu signalisieren, dass er verstanden hatte, und ging nach oben ins Schlafzimmer. Er schloss die Tür und rief Olivia an.

„Hallo", schnurrte sie. „Ich kann es kaum erwarten, dich heute Abend zu sehen. Es ist viel zu lange her."

„Olivia, Sabrina hat mir alles erzählt. Du bist mit Anil zusammen und hast mich benutzt, um ihn dazu zu bringen, seine arrangierte Hochzeit abzusagen. Doch das hat er nicht getan. Bitte, sag mir, dass das nicht wahr ist."

„Ich habe es beendet. Ich schwöre es. Ich war ein Narr, mit ihm zusammen zu sein. Du bist meine Zukunft."

Er rieb sich die Nasenwurzel. Verdammt. Er konnte nicht fassen, dass er mit ihr so weit gegangen war. Er war bereit gewesen, seine Familie und Freunde zurückzulassen und Tausende von Meilen weit wegzuziehen, um eine Beziehung zu festigen, die gar keine war. Er hatte der Bindung, die sie an der Uni gehabt hatten, viel zu viel Gewicht zugemessen.

„Logan, bitte, du und ich haben nie gesagt, dass das zwischen uns exklusiv ist."

„Warum zum Teufel bist du dann ausgeflippt, als du von Sabrina gehört hast?" Er atmete scharf aus. „Es ist aus, Olivia. Ich will dich nicht mehr sehen." Er legte auf, mehr als wütend. Dann löschte er Olivias Kontaktinformationen von seinem Handy. Eine kleine Rache.

Er blieb einen Moment stehen, um sich zu sammeln, bevor er wieder nach unten ging. Er fand Sabrina in der Küche, wo sie ein paar Weintrauben wusch. Er wartete, bis sie das Wasser abgestellt hatte, dann sagte er: „Hey."

Sie wirbelte herum. „Bist du okay?"

„Ja." Er hob die Hände. „Ich habe Schluss gemacht."

Sie legte die Weintrauben auf ein Küchentuch und

trocknete sich die Hände ab. „Das tut mir so leid. Ich weiß, du hast gehofft, dass es ganz anders laufen würde."

Er presste die Lippen aufeinander, immer noch wütend, dass er sich so von Olivia an der Nase hatte herumführen lassen. „Ja … naja."

„Ich konnte dich einfach nicht ins offene Messer laufen lassen, nachdem ich die Wahrheit gesehen habe", sagte sie in sanftem Ton.

Er nickte. „Danke. Du hast mich vor einem riesigen Fehler bewahrt. Wollen wir uns betrinken?"

11

„Lass es uns machen", sagte Sabrina und wurde sofort rot.

Logan musterte sie. Moment, wurde sie rot, weil es sich schmutzig anhörte? Stand sie vielleicht doch auf ihn?

Sie wedelte verlegen mit der Hand. „Ich meine, ich hatte eine wirklich beschissene Woche. Ich habe ehrlich gesagt überlegt, ob ich den Schwanz einziehen und früher nach Hause fliegen soll."

Er wusste, dass es die ganze Woche böse Gerüchte gegeben hatte. Doch natürlich verdrehte sein schmutziger Verstand ihre Worte.

Er ging um sie herum, als suchte er etwas. „Habe noch nie bemerkt, dass du einen Schwanz hast."

Sie lachte. „Du hast das viel besser aufgenommen, als ich dachte. Ich hatte Angst, dass du am Boden zerstört sein würdest."

Er sah sie an und bemerkte, wie besorgt sie war. Er war ihr offensichtlich nicht egal. „Du bist eine gute Freundin."

Sie wandte den Blick ab und wurde erneut rot. „Ich versuche es."

Als er den Champagner aus dem Kühlschrank holte und die Flasche öffnete, hallte der Plopp in dem großen

Raum wider. Der Anfang einer Feier. Sabrina stellte zwei Champagnerflöten, die sie im Küchenschrank gefunden hatte, auf den Tresen. Er füllte sie und hob sein Glas. „Auf Elias."

Sie hob ihr Glas. „Auf Checkin und all die harte Arbeit, die du und Ben investiert habt."

Sie stießen an und tranken. Verdammt, das war guter Champagner. Typisch für Claire, das gute Zeug zu spendieren.

Er hob erneut sein Glas. „Auf gute Freunde."

Sie lächelte, ein warmes, zärtliches Lächeln, das ihn mitten in die Brust traf. Er konnte sich glücklich schätzen, sie auf seiner Seite zu wissen. „Auf *großartige* Freunde."

Darauf tranken sie.

Sabrina stellte ihr Glas auf die Arbeitsfläche hinter sich und setzte sich auf den Tresen. „Erzähl mir von deinem Meeting heute. Ich will jedes Detail wissen."

Er setzte sich ihr gegenüber auf die Kücheninsel und erzählte ihr alles, was passiert war, angefangen bei seinem durchgeschwitzten Hemd.

Sie klatschte auf den Tresen. „Wohoo! Ich wusste, dass du die Sache rocken würdest", johlte sie und führte einen kleinen Freudentanz im Sitzen auf.

Er zog einen Mundwinkel hoch. Sie ging selten so aus sich heraus. Musste am Champagner liegen. Sie hatte ihr Glas ausgetrunken, während er erzählt hatte. Er füllte ihr Glas auf, trank seines aus und schenkte sich ebenfalls nach.

Er stieß mit ihr an. „Aufs Rocken."

„Darauf trinke ich!" Sie trank, wischte sich den Mund mit dem Handrücken ab und schenkte ihm ein strahlendes Lächeln. Sabrina errötete, entspannt und glücklich war schön anzusehen. Eine Vision einer befriedigten Sabrina im Bett, die langen, dunkelblonden Haare auf dem Kissen ausgebreitet, die ihn entspannt anlächelte, blitzte vor seinem inneren Auge auf.

Sie rollte mit den Schultern. „Ohh! Ich fange an, den Champagner zu spüren."

„Ja? Gut." Er klang heiser. Gott, er würde sich nicht an seine Freundin heranmachen, nur weil er jetzt ein freier Mann war.

Er war ein freier Mann.

Sabrina war Single.

Nein. Sie sendete kein Signal. Sie war nur ein bisschen beschwipst.

Gewisse Dinge konnte man nicht rückgängig machen.

Er kehrte zu seinem Platz auf der Mücheninsel zurück. „Jetzt bist du dran. Ich will alles über deine Talkshows wissen. Den Kram von den Klatschseiten kenne ich ja schon, mach dir deswegen bitte keine Sorgen."

Sie verzog das Gesicht. „Aber ich bin stinkwütend. Die Hälfte meiner Klienten hat abgesagt. Tara hat zu Hause Anzeigen geschaltet und stiehlt sie mir weg. Sie will mich ruinieren."

„Heilige Scheiße. Die Hälfte? Du hast einen Anwalt darauf angesetzt, oder? Und ich wette, Claire ist auch dran."

Sie starrte zu Boden und ließ die Schultern hängen. „Ja, aber es ist trotzdem Scheiße."

Seine Brust schmerzte vor Mitgefühl. Er ließ sein Glas auf der Arbeitsfläche stehen, ging zu ihr und hob ihr Kinn. „Wir lassen uns davon unsere Feier nicht kaputtmachen. Ich hab die Sache heute gerockt. Du hast die ganze Woche lang L.A. gerockt. Du hast vielleicht ein paar Klienten verloren, aber es kommen neue nach. Zehnmal so viele."

Ihre Brauen schossen in die Höhe und sie sah ihn mit großen Augen hoffnungsvoll an. „Glaubst du wirklich?"

„Das weiß ich. Zeit für Feiermusik." Er holte sein Handy hervor und rief seine Workout-Playliste auf mit überwiegend schnellen Popsongs wie „Pump It" von den Black-Eyed Peas.

Sie lachte. „Was ist das denn?"

Er schmunzelte. „Musik, die mich durch mein Morgen-workout bringt."

Sie sprang vom Tresen, hob die Arme und begann zu tanzen. Er tanzte mit, ergriff ihre Hand und wirbelte sie herum. Sie lachte. Als er sie zurückwirbelte, verlor sie die Balance und stolperte gegen seine Brust. Wie ein Blitz schoss das Bewusstsein ihrer weichen Kurven durch ihn hindurch. Seine Hände wanderten zu ihren nackten Armen, warm und seidig weich.

„Sorry", sagte sie, tätschelte seine Brust und wich zurück.

Die Musik dröhnte weiter, doch sein Fokus lag auf Sabrina, die sich wieder auf den Tresen setzte und mit glänzenden Augen und rosigen Wangen an ihrem Champagner nippte. Das intensive Bedürfnis, ihr näher zu kommen, rang die Gründe, aus denen er Abstand halten musste, nieder. Er trank seinen Champagner aus und beobachtete sie, sein Verstand benebelt, sein Körper warm. Dann drehte er die Musik leiser und ging zu ihr.

Er setzte sich auf den Tresen neben sie, kein Abstand zwischen ihnen, sein Oberschenkel direkt an ihrem. Sie blieb, die Wangen hochrot. Es musste an ihm liegen, dass sie rot wurde, nicht an ihrer Schüchternheit, was bedeutete … sie wollte ihn. Er atmete ihren süßen Duft, Honig und Blumen und sexy Frau. Er musste nicht mehr so tun, als bemerkte er es nicht. Wenn sie nicht die distanzierte Therapeutin war, war sie unglaublich sexy, warm, offen und weich.

Er senkte die Stimme und sagte heiser: „Ich habe dich diese Woche vermisst."

Abrupt hob sie den Kopf und sah ihn überrascht an. Ihre Stimme war flüsterzart. „Ich habe dich auch vermisst."

Er lächelte. „Weißt du, jetzt gibt es keinen Grund mehr für mich, nach San Francisco zu ziehen. Ben und ich können fast alles online erledigen und hier und da mal eine Geschäftsreise, um ein paar Details zu konkretisieren.

Sieht aus, als hättest du mich weiter in Connecticut an der Backe. Wie findest du das?"

Sie lächelte. „Das freut mich."

„Dann musst du dich nicht von mir verabschieden." Er stieß ihre Schulter an. „Du kannst wieder Hallo sagen."

Sie lachte. „Hallo."

Er blickte ihr in die Augen. „Hallo."

Sie seufzte. „Ich bin jetzt so entspannt." Sie sprang vom Tresen und zeigte auf ihn. „Ich koche dir Abendessen. Gern geschehen."

„Das musst du nicht. Wir könnten Essen gehen."

Sie ging zum Kühlschrank. „Ich koche gern und du hast so viel Essen da." Sie öffnete die Kühlschranktür und fing an, Sachen herauszuholen. „Du kannst den Salat machen. Und, lass uns sehen ... ich mache ..." Sie stapelte Gemüse auf die Arbeitsfläche. Dann fand sie die Speisekammer und öffnete die Tür, bevor sie sich zu ihm umdrehte. „Ich mache Zitronenhühnchen, Röstkartoffeln und Karotten."

„Klingt gut."

Sie strahlte. „Perfekt. Such dir eine Salatschüssel und ein Sieb. Oh, und wenn du mit dem Salat fertig bist, kannst du den Tisch decken?"

„Sicher."

Sie wackelte mit den Hüften. „Und dreh die bekloppte Musik wieder auf."

„Bekloppt?!"

Sie lachte. „Ich mag Musik beim Kochen."

„Was hörst du so?"

„Ich bin ein großer Adele-Fan."

„Ich habe nur *echte* Rockmusik auf meinem Handy."

Sie winkte ab. „Bla bla."

Er scrollte durch seine Playlist auf der Suche nach etwas Stimmungsvollem. Er hatte keine romantischen Songs. Er war nicht sentimental, aber ... Sabrina. Sie machte sich die Mühe, ihm Abendessen zu kochen. Sie war entspannt vom Champagner und der Moment schien richtig zu sein, um einen ersten Schritt zu wagen.

Er schrieb Claire. *Sabrina ist hier und kocht Abendessen. Hast du irgendein Soundsystem?*

Claire: *Ja! Die Fernbedienung ist im Sitzbereich im weißen Schrank. Viel Glück!*

Er starrte sein Handy an und antwortete schnell: *Viel Glück?*

Claire: *Ciao!*

Wollte Claire etwa, dass er mit Sabrina zusammenkam? Er hatte ihr noch nicht einmal erzählt, dass er mit Olivia Schluss gemacht hatte. Oder hatte Sabrina Claire anvertraut, dass sie auf ihn stand?

Er warf Sabrina einen verstohlenen Blick zu. Sie war damit beschäftigt, mit einem Fleischklopfer auf eine Hühnerbrust einzuschlagen.

Sie sah ihn an und lächelte. „Das ist wie Therapie."

„Wenn du meinst." Er ging ins Wohnzimmer, um sich auf die Suche nach der Fernbedienung zu machen.

„Dein Salat wartet auf dich!", trällerte sie.

„Ich will nur die Musik einschalten. Claire sagt, die Anlage ist hier drin."

„Okeydokey."

Er schmunzelte. Sie war wirklich süß, wenn sie beschwipst war. Ein paar Minuten später plätscherte langsame Jazzmusik aus den Lautsprechern. *Oh yeah.* Stimmungsmusik.

Er kehrte in die Küche zurück, und Sabrina zeigte auf das Sieb auf dem Tresen. „Salat waschen, trocknen und in mundgerechte Stücke rupfen."

„Jawoll, Boss."

Sie wischte sich mit dem Unterarm die Haare aus dem Gesicht, die Hände mit Mehl bestäubt, mit dem sie das Hühnchen paniert hatte. „Der Chefkoch herrscht über die Küche, Küchenjunge."

Er ging zu ihr hinüber und strich ihr eine Strähne hinters Ohr, bevor er sich hinunterbeugte und flüsterte:

„Schon verstanden. Ich habe auch an und an gerne das Sagen."

Sie wirbelte mit großen Augen herum. „Sprichst du gerade etwa von einem, ähm, anderen Zimmer im Haus?" Am Ende des Satzes war ihre Stimme hoch und quietschig.

Er lehnte sich an den Tresen neben sie. „Hast du je über dich und mich nachgedacht?"

Sie wandte sich ab und starrte mit geröteten Wangen das Hühnchen an. „Du etwa?"

„Ich fange gerade damit an."

„Oh."

„Also?"

Sie blickte ihm in die Augen. „Ich fange nicht gerade an."

Er richtete sich auf. „Verstanden." Gut, dass er nachgefragt hatte, bevor er eine Grenze überschritten hätte. Das hätte wirklich nach hinten losgehen und ihre Freundschaft ruinieren können. Er ging ans Waschbecken und wusch den Salat.

Sabrina regte sich nicht. Sie stand einfach da und starrte das Hühnchen an.

„Das Hühnchen kocht sich nicht von selbst", feixte er.

Sie schüttelte den Kopf. „Ich war in Gedanken. Laaanger Tag. Zurück ans Werk."

Sie arbeiteten schweigend, die Musik entspannend, nachdem der Champagner schon seine Aufgabe erfüllt hatte. Er ertappte sie ein paarmal dabei, wie sie ihn beobachtete, wahrscheinlich, weil er ihr immer wieder verstohlene Blicke zuwarf. Ein paarmal öffnete sie den Mund und schloss ihn wieder. Wahrscheinlich bemühte sie sich, ihn nicht zu sehr herumzukommandieren, da er sich darüber lustig gemacht hatte. Freunde zu sein war nicht das Schlimmste auf der Welt. Es war nicht, als wäre er verzweifelt oder so etwas. Wenn die Wirkung des Champagner nachließ, würde sie vielleicht wieder zur unnahbaren Porzellanpuppe werden und ihn nicht mehr in Versuchung führen.

Eine Stunde später lud Sabrina das Essen auf zwei Teller und brachte sie in den Essbereich, wo Logan bereits an einem runden Holztisch saß. Sie schalt sich immer noch für ihre trockene Antwort auf Logans Frage. *Hast du je über dich und mich nachgedacht?* Warum hatte sie nicht die Wahrheit gesagt? Ja! Viel zu viel. Auch wenn ihre Antwort nicht gelogen war, sie hatte nichts dazu beigetragen, die Dinge in die richtige Richtung zu schubsen. Sie fing nicht erst an, über Logan und sich nachzudenken, sie hatte darüber nachgedacht, seit Logan das erste Mal ihr Büro betreten, einen muskulösen Arm an den Türrahmen gestützt und gelächelt hatte, als er sich ihr als ihr Nachbar vorgestellt hatte. Sechseinhalb lusterfüllte Monate war das jetzt her.

Warum konnte sie nicht flirten? Es war, als hätte sie null Talent dazu. Leider hatte die Wirkung des Champagners nachgelassen, und ein weiteres Essen unter Freunden mit Logan wartete auf sie. Sie wünschte sich, sie könnte das Thema irgendwie wieder auf sie und ihn zurücklenken. Scheiß drauf. Sie würde ein Glas Wein trinken. Sie musste aufhören, alles überzuanalysieren. Sie war hier. Er war hier. Beide waren Single. Wenn es heute Nacht nicht passierte, würde es nie passieren.

„Sabrina, das sieht toll aus", sagte Logan mit Blick auf seinen Teller.

„Danke. Willst du Wein dazu?"

„Sicher, wenn du auch welchen trinkst."

„Oh ja." Sie ging in die Küche, wo sie einen kleinen Weinkühlschrank entdeckt hatte.

„O mein Gott", hörte sie Logan laut sagen.

Sie erstarrte. „Stimmt was nicht?"

„Das ist umwerfend! Ich wusste nicht, dass du so kochen kannst. Das ist besser als im Restaurant!"

Sie strahlte. „Freut mich, dass du es magst."

Er schob sich den nächsten Bissen in den Mund. „Mag? Ich liebe es."

Sie lächelte in sich hinein und ging zum Weinkühlschrank. Zumindest das hatte sie richtig gemacht. Ein paar Minuten später kam sie mit einer offenen Flasche eines sehr teuren Sauvignon Blanc und zwei Weingläsern zurück. Sie goss Wein in die Gläser und setzte sich.

„Claire hat wirklich guten Geschmack, was Wein angeht", sagte sie zu ihm.

Er aß weiter, ohne seinen Wein zu beachten. „Geld zu haben hilft ungemein dabei."

Sie nippte an dem Wein und genoss den ersten Schluck, dann nahm sie einen langen Schluck. *Banause. Und wenn schon.* Eine Menge hing von diesem Abend ab. Sie aß ein Stückchen von ihrem Hühnchen.

Logan schien das Essen wirklich zu genießen, denn er blickte nicht einmal auf, als er sagte: „Du reist am Sonntag ab, oder?"

„Ja. Sonntagmorgen."

„Wenn du willst, kannst du hier bleiben. Hier ist mehr als genug Platz. Vier Schlafzimmer oben." Er blickte auf. „Es sei denn, du hast was anderes vor."

Ich habe vor, dich zu verführen. „Ich hatte einen Trip nach San Diego geplant, aber … ich bin flexibel." Sie trank ihren Wein aus, während er seine Mahlzeit genoss. „Wenn ich hierbleibe, was machen wir dann?"

Er hob abrupt den Kopf. „Was immer du willst."

Mit ihrem Zeigefinger zeichnete sie Kreise auf den Tisch und überlegte, wie sie das Gespräch am besten wieder auf das Du-und-ich-Thema zurücklenken konnte.

Logan trank einen Schluck. „Das *ist* guter Wein. Wenn du noch nie in San Francisco gewesen bist, kann ich dir ein bisschen was zeigen. Ich hab hier studiert."

„Mmm, vielleicht", sagte sie unverbindlich.

„Oder wir könnten einfach hier abhängen. Einen Film ansehen oder sowas."

Sie studierte ihn. Er lächelte kurz und wandte sich wieder seinem Essen zu. Er flirtete nicht. Es war, als hätte er den Versuch aufgegeben und sich wieder aufs Freundeterritorium zurückgezogen. Sie hätte diese respektvolle Reaktion zu schätzen gewusst, wenn sie nicht so wütend auf sich gewesen wäre, weil sie ihre Chance vergeigt hatte.

„Willst du gar nicht essen?", fragte er. „Es ist wirklich gut."

„Tut mir leid. Ich bin anscheinend müder, als ich gedacht habe. Ich habe schon wieder geträumt." Sie schob sich einen Bissen in den Mund.

Logan füllte ihr Weinglas auf und lächelte. „Ich muss zugeben, die beschwipste Sabrina finde ich sehr unterhaltsam."

„Warum? Rede ich etwa dummes Zeug?"

„Nein."

„Dann sag mir doch bitte, was dir an der beschwipsten Sabrina so gefällt." Sie beugte sich über den Tisch und lächelte ihn an. Na bitte, sie konnte flirten.

Er kaute und schluckte. „Du bist viel herzlicher. Normalerweise bist du eher wie eine unnahbare Porzellanpuppe."

Verletzt lehnte sie sich zurück. „Oh." *Unnahbar.* Vielleicht war das der Grund, warum sie so lange nicht mit einem Mann zusammen gewesen war. Sie wirkte unnahbar. Dieser Stempel tat weh. Wahrscheinlich, weil der eine Mann, von dem sie wirklich berührt werden wollte, es gesagt hatte. Diese Flirtatmosphäre vorhin war nur entstanden, weil beide beschwipst gewesen waren. Jetzt war Logan nüchtern und hielt sie für … unnahbar.

„Sabrina, ich wollte dir nicht wehtun."

Sie schüttelte den Kopf, starrte auf ihren Teller und versuchte, es sich nicht zu sehr zu Herzen zu nehmen. Dann hielt er sie eben für unnahbar. Und wenn man es im großen Ganzen betrachtete? Nein. Es gab kein großes

Ganzes, in dem sie dieser Einschätzung etwas Positives abgewinnen konnte. Es war einfach bescheiden.

„Hey", sagte er sanft. „Vielleicht kenne ich dich einfach nicht gut genug. Ich sehe dich ja fast immer nur im Büro."

Sie biss die Zähne aufeinander. Sie war überaus nahbar. So vieles sprach für sie – ein liebendes, mitfühlendes Naturell, gute Freunde, eine Karriere, die vielen Leuten half. Beim Gedanken an ihre Karriere und die Tatsache, dass sie die Hälfte ihrer Klienten verloren hatte, verlor sie die Beherrschung. Genug!

Sie trank einen großen Schluck Wein und zeigte mit dem Finger auf ihn. „Und hier ist, was ich von dir denke."

Er pochte sich mit der Faust an die Brust. „Immer raus damit."

„Vergiss es", sagte sie leise und wandte den Blick ab. Sie sollte ihre Frustration nicht an ihm auslassen. „Ist nicht freundlich."

Er lachte. „Wunderbar! Bitte beleidige mich, damit ich aufhören kann, mich wie ein Idiot zu fühlen, weil ich dich Porzellanpuppe genannt habe – die können übrigens sehr hübsch sein, nur dass das mal gesagt ist. Nicht, dass ich je eine hatte." Er hob einen Finger. „Aber gesehen habe ich schon welche."

„Ja, aber wenn man mich als Porzellanpuppe bezeichnet, dann finde ich, dass das negativ besetzt ist." Sie atmete scharf aus. „Willst du es wirklich wissen?"

Er breitete die Arme aus. „Ich will es wirklich wissen."

Sie verschränkte die Arme. „Ich dachte, du wärst ein Beziehungsphobiker."

„Oh, Junge. Nummer eins auf deiner schwarzen Liste."

Sie nickte. „Aber dann habe ich das mit Olivia erfahren."

Er spießte eine Karotte auf. „Dann schätze ich, dass wir beide einander falsch eingeschätzt haben."

„Wohl wahr." Sie seufzte, aß einen Bissen und trank ihren Wein aus. Sie war gerade beschwipst genug, um der verpassten Chance von vorhin nicht mehr nachzutrauern. Es war nicht zu spät. Sie musste nur einen Schritt in die richtige Richtung machen, ein erotisches Signal senden und ihm beweisen, dass sie nicht die unnahbare Porzellanpuppe war. Sie war sicher, dass er sich die Gelegenheit nicht entgehen lassen würde. Hatte er nicht angedeutet, dass er im Schlafzimmer gern der Boss war? Das musste er gemeint haben, als er gesagt hatte, dass er ab und an gerne mal das Sagen hatte. Warum hätte er es sonst mit einer so heiseren Stimme geflüstert, die ihr heiße Schauer über den Rücken gejagt hatte? Sie hoffte wirklich, dass er sich darauf bezogen hatte, denn dann wäre es so viel leichter für sie. Sie müsste sich nicht so sehr stressen und fragen, ob sie alles richtig machte. Außer ihrem Ex hatte sie keinen anderen Mann gehabt. Mit keinem anderen Mann war es auch nur zu einem zweiten Date gekommen. Natürlich hatte sie ihre Dates geküsst, geschmust, doch im Bett war sie nicht gelandet. Das lag an ihr. Sie hatte Angst gehabt vor einer echten, tiefen Verbindung. Jetzt war sie bereit. Und sie vertraute Logan.

Sie beobachtete, wie er den letzten Bissen herunterschluckte und sich den Mund mit einer Serviette abwischte. Er hatte alles aufgegessen.

Er sah sie an und schenkte ihr ein Lächeln, das ihr Herz einen Sprung machen ließ. „Das war absolut köstlich. Mein Lob an den Küchenchef. Und da du gekocht hast, mache ich den Abwasch. Ich meine natürlich, dass ich das Geschirr in den Geschirrspüler stellen werde." Er zwinkerte ihr zu.

Sie lachte. „Vollkommen okay."

Er stand auf und nahm ihre Teller. „Bleibst du heute Nacht hier?"

Jetzt oder nie. „Ja."

„Schön. Warum suchst du dir nicht oben ein Zimmer aus? Alle Betten sind frisch gemacht."

„Okay, danke."

„Danke Claire", sagte er und ging in Richtung Küche.

„Danke, Claire", trällerte sie.

Er starrte sie an. „Bist du wieder beschwipst?"

„Ein bisschen", gab sie zu. „Ich versuche, mein Image als unnahbare Porzellanpuppe loszuwerden."

Er sah sie zerknirscht an. „Das hätte ich nicht sagen sollen."

Sie schüttelte den Kopf. „Mach dir deswegen keinen Kopf. Ich gehe meinen Koffer holen."

Ein paar Minuten später kehrte sie damit zurück, ging nach oben und streifte durch die Zimmer, bis sie das Zimmer fand, in dem sein Koffer stand. Sie ging hinein. Vielleicht war ihr Koffer genug der Kommunikation? Haha. Sie holte ihr Handy aus der Tasche und stornierte ihre Hotelreservierung. Gut. Keine Alternativen. Nächster Schritt: Bereit machen zur Verführung. Sie holte ihre Kulturtasche aus ihrem Koffer, ging ins en-suite Bad und machte sich frisch.

Tief durchatmen und los!

Sie ging nach unten und setzte sich an die Kücheninsel, von wo aus sie ihn beim Aufräumen beobachtete. Es gab nichts, was sexier war, als einem Mann beim Putzen der Küche zuzusehen. Im Ernst, das grenzte für sie fast schon an Pornografie. Seinen breiten Rücken in seinem weißen Hemd zu sehen, seine schlanke Taille und sein sexy Po in einer perfekt geschnittenen Anzughose beim Laden der Geschirrspülmaschine zu sehen, weckte in ihr den Wunsch, ihm die Kleider vom Leib zu reißen.

Als er fertig war, drehte er sich zu ihr um und stemmte die Hände in die Hüften. „Bist du müde?"

Müde? Nicht die Bohne. Wild entschlossen? Gott ja. „Ich bin keine Puppe, Logan. Ich bin nicht zerbrechlich. Ich gehe nicht kaputt."

Er rieb sich den Bart. „Das weiß ich jetzt."

Sie fuhr fort, um das Bild ein für alle Mal aus seinem Kopf zu verbannen. „Ich bin in einem Loft in Manhattan aufgewachsen, umgeben von erotischen Gemälden von Paaren und flotten Dreiern." Sie hob die Hände. „Das war meine Kindheit. Wenn ich … ich weiß nicht … reserviert wirke … dann ist das meine Rebellion gegen die peinlichen Aktionen, die meine Mutter abgezogen hat."

Er ging zur Kücheninsel, stützte eine Hand auf die Rückenlehne ihres Stuhls und sah sie lächelnd an. „Hast du irgendwas dadurch gelernt?"

Sie erschauerte. „Mehr, als ich je wissen wollte."

„A-ha", sagte er gedehnt. „Und hast du es je ausprobiert?" Ein Lächeln umspielte seine Lippen, während seine braunen Augen amüsiert glitzerten. Gott, roch er gut. Er roch immer frisch und sauber, doch heute war da noch ein holziges Parfum, weswegen sie ihn am liebsten von Kopf bis Fuß abgeleckt hätte.

„Der Punkt ist …" Sie hatte einen Punkt, oder? Ihr Verstand wollte in seiner Nähe und nach zu viel Wein nicht so recht arbeiten. „Ich bin nicht meine Mutter. Gott sei Dank."

„Amen", sagte er. „Nicht, dass ich deine Mutter kenne. Vielleicht ist sie ja eine sehr nette Frau. Aber sag, waren das Dreier mit zwei Frauen und einem Mann oder zwei Männern und einer Frau?"

Sie kniff die Augen zusammen. „Ist das wichtig?"

„Natürlich", sagte er. *Und wie.*

„Zwei Männer und eine Frau. Ich glaube, es war ihre Fantasie."

„Oder ihre Realität."

Sabrina hob die Hand. „Themenwechsel! Lass mich dir erzählen, was ich sonst noch von dir gedacht habe." Fast da. Sie arbeitete sich langsam vor.

„Raus damit. Ich liebe die ungefilterte Sabrina."

„Ich dachte, du wärst ein Hasardeur."

„Es ist nicht so, als würde ich aus Flugzeugen springen. Dafür ist Ty zuständig." Sein Bruder Ty hatte eine Weile als Stuntman gearbeitet.

„Mir ist bewusst geworden, dass ich dich da falsch eingeschätzt habe", sagte sie lächelnd, in der Hoffnung, dass es offensichtlich war, dass sie ihn jetzt, wo sie ihn besser kannte, noch mehr wollte. „Genauer betrachtet bist du recht stabil und auf angenehme Weise risikoavers."

Er runzelte die Stirn, als verstünde er nicht, worauf sie hinauswollte. „Okay."

Plötzlich fragte sie sich, wie es ihm mit der Sache mit Olivia ging. Es war *gerade* erst passiert. „Du musst es deiner Ex wirklich zeigen wollen", bemerkte sie.

Er schmunzelte. „So rachsüchtig bin ich nicht. Ich bin eher jemand, der einen Schlussstrich zieht und nie wieder zurückblickt."

„Stimmt nicht. In ihrem Fall hast du zurückgeblickt." Nicht, dass dieses lügende, betrügende Miststück ihn verdient hätte.

Er lächelte wehmütig. „Ich bin nicht nachtragend. Vielleicht war ich an einem Punkt in meinem Leben, an dem ich für eine Beziehung bereit war, und der Gedanke, es wieder aufleben zu lassen, war so einfach."

Ding, ding, ding! Sieger. „Warum bist du jetzt für eine Beziehung bereit?"

Er ging um sie herum und setzte sich neben sie an die Kücheninsel. „Zuvor habe ich mir den Arsch abgearbeitet, und jetzt kann ich das Licht am Ende des Tunnels sehen. Ich habe es fast geschafft. Ich schätze, mein Verstand hat den Sprung zum nächsten Schritt gemacht. Ich habe einen analytischen Verstand, der dazu neigt, alles zu organisieren und dann umzusetzen."

„Das ergibt einen Sinn. Bei der Arbeit nimmt für dich alles Gestalt an und jetzt bist du bereit, dein Privatleben auf die Reihe zu bekommen."

Er nickte. „Es war nicht so ausformuliert, aber ja, sowas in der Art. Und was ist mit dir? Willst du es deinem Ex zeigen?"

Sie klatschte mit der Hand auf die Arbeitsfläche. „Absolut. Ich würde *ihm* zu gerne eine Hochzeitseinladung schicken. Kannst du dir vorstellen, dass er mir eine geschickt hat? Das hat mich dazu gebracht, den Bye-bye Beziehungsphobiker-Artikel zu schreiben."

„Wie rachsüchtig von dir", feixte er.

„Eine Rachehochzeit", sagte sie, als sich eine neue Idee in ihrem Kopf festsetzte. „Lass uns so tun, als ob wir heiraten."

Er neigte den Kopf. „Wie bitte?"

Sie fuhr mit wachsender Begeisterung fort. Das war genau, was ihre Freundinnen mit dem falschen Verlobten vorgeschlagen hatten, und würde Logan sicher dazu bringen, seinen Schritt zu wagen. Schließlich ging mit einer fingierten Hochzeit auch ein fingierter Honeymoon einher. „Wenn wir so tun, als ob wir heiraten, repariert das ein für alle Mal meinen Ruf, und ich bin nicht mehr die einsame, ungebundene Beziehungstherapeutin. Und darüber hinaus ist es ein gigantisches *fickt euch* an deine und meinen Ex. Es gibt sowieso schon so viele Spekulationen über unsere Beziehung. Wäre das nicht verfickt–" *Ups.* Das mit dem *verfickt* war ihr einfach so herausgerutscht. Sie hatte da im Kopf den einen oder anderen Schritt übersprungen. Erst küssen, dann ficken. Sie starrte seinen Mund an; seine Lippen sahen so verdammt einladend aus. Sein sorgfältig getrimmter hellbrauner Bart trieb sie in den Wahnsinn, wenn sie sich vorstellte, wie er sich an ihren Fingern, ihren Lippen, ihrem nackten Körper anfühlen würde. Ein heißer Schauer lief bei diesem Gedanken durch sie hindurch.

Er sagte nichts. Vielleicht war er verwirrt, weil sie den Satz nicht beendet hatte. Ihr Blick fiel auf die zwei offenen Knöpfe seines Hemdes, die die männliche Brust darunter erahnen ließen. „Ich meine, verdammt großartig", sagte sie. „Das könnte Spaß machen."

Sie begegnete seinem Blick und benetzte ihre Lippen. „*Viel* Spaß."

Er drehte ihren Hocker zu sich um, sein Blick plötzlich lodernd. Ihr Magen machte einen Sprung und ihr wurde heiß. Seine Stimme war tief und leise. „Du weißt, dass eine fingierte Rachehochzeit mit gewissen Konsequenzen einher geht."

Sie starrte seinen Mund an. „Ja", hauchte sie. „Mit einer fingierten Hochzeitsreise."

Seine Lippen verzogen sich langsam zu einem sexy Lächeln.

Sie hielt den Atem an.

Seine Hand glitt unter ihre Haare in ihrem Nacken und er zog sie an sich, bevor seine Worte heiß über ihre Lippen strömten. „Sabrina, war das etwa ein erotisches Angebot?"

12

„Ein Versuch", flüsterte Sabrina mit unverhohlenem Verlangen in den Augen.

Eine heiße Welle der Lust schoss durch ihn hindurch. Das war das Signal, das er gebraucht hatte. „Dann nehme ich es an." Er zog sie an sich. „Wir können alles fingieren, doch dieser Teil hier ist sehr, sehr real." Er streifte ihre Lippen kurz, und dann ein zweites Mal. Seufzend öffnete sie den Mund.

Er legte die andere Hand an ihre Wange und hielt sie fest, während er sie leidenschaftlich küsste und seine Zunge mit ihrer tanzen ließ. Er hätte beinahe gestöhnt. Sie schmeckte nach Minze, ihre Lippen waren willig und weich. Elektrische Hitze schoss durch seine Adern, deren Intensität ihn überraschte. Er küsste sie mit wachsender Leidenschaft, wild sogar, doch sie folgte ihm und erwiderte den Kuss mit gleichem Feuer. Fiebrig heiß. Alle Nerven glühten. Ihr süßer Duft, ihr Geschmack. Er brauchte mehr von ihr, er wollte sie *ganz*.

Sie stöhnte tief in ihrem Hals, ein sinnlicher Klang, der ihn steinhart werden ließ. Verlangen pulsierte in ihm, ein animalischer Instinkt. Er wollte sie unter sich spüren, tief in sie eindringen. Von einem Kuss allein hatte er noch nie

jemanden so gewollt. Er musste einen Gang runter-
schalten.

Mit jedem bisschen Willenskraft, das er aufbringen
konnte, unterbrach er den Kuss und ließ die Hand von
ihrer Wange an ihren Hals sinken. „Ich mag, wie sich das
anhört."

Ihre braunen Augen waren glasig vor Lust. Ihre
Stimme war kaum mehr als ein Flüstern, und ihre Lippen
streiften seine, als sie sich zu ihm vorbeugte. „Mehr bitte."

O Gott, sie war so süß. Sie hatte tatsächlich *bitte* gesagt.
Er fühlte sich wie ein Tier, vibrierte vor Verlangen und
kämpfte darum, nicht die Kontrolle zu verlieren. Er ließ
die Finger ihren Hals hinab gleiten und starrte ihren
rasenden Puls an. Sie wollte ihn, doch sie behielt die
Hände bei sich, was ihm sagte, dass er es langsam
angehen lassen musste.

Er ließ die Hand in ihre Haare wandern, grub sie
hinein und bog ihren Kopf zurück. Dann presste er seine
Lippen an ihren Hals, wo ihre Haut warm und weich war
und sie so köstlich schmeckte, als er sich zu ihrem Ohr
empor arbeitete. „Sag mir, was du willst, Sabrina." Er
musste es hören.

„Ich will dich schon so lange."

Er hob abrupt den Kopf und sah ihr in die Augen.
So lange?

Sie packte seinen Kopf und küsste ihn ungestüm und
hungrig. *Ja!* Seine Hände wanderten zu ihrer Taille und
zerrten das Top aus ihrem Hosenbund, auf der verzwei-
felten Suche nach Haut.

Sie riss den Mund von ihm los und zog ihr Top über
ihren Kopf. Sein Mund wurde trocken. Ein roter Spitzen-
BH verhüllte wunderschöne Brüste. Er musste sie an sich
gepresst spüren. Sofort.

Er zögerte nicht, zog sie vom Hocker und in seine
Arme, ihre weichen Kurven an ihn gepresst, als seine
Lippen ihre wieder fanden. Jetzt waren ihre Hände auf
ihm, wanderten über seine Schultern und seinen Rücken

hinab. Gott sei Dank. Es war ihm egal, wo sie ihn berührte, solange sie es nur tat.

Er schob sie an die Wand und küsste sie lange und innig, während er seinen ganzen Körper an sie presste und das Verlangen, sie zu besitzen, immer drängender wurde. Er zog ein Körbchen ihres BHs herunter und strich mit einem Finger über ihren harten Nippel. Sie stöhnte in seinen Mund und fachte damit das Feuer in ihm weiter an. Er beugte sich hinunter, presste die Lippen auf ihre Brust und saugte. Hart. Ihre Finger gruben sich in seine Haare und pressten ihn an sich, während sie leise stöhnte. Ihre sexy Laute trieben ihn an. *Mehr, mehr, mehr.*

Er richtete sich auf und ergriff gierig von ihrem Mund Besitz. Ihre Hände wanderten zu den Knöpfen seines Hemds und sie fummelte hilflos daran herum. Er schob die Hand weg und öffnete den ersten Knopf. Zu viele Knöpfe, um das Hemd schnell genug auszuziehen. Sie zerrte an seinem Gürtel. *Ja!* Nur das Wichtigste. Er ließ von seinem Hemd ab, öffnete ihre Hose und zerrte sie mitsamt ihres Höschens hinunter, bevor er sich bückte, um sie ihr ganz auszuziehen. Als ihm dabei der Duft ihrer Erregung in die Nase stieg, wäre er beinahe auf der Stelle gekommen.

Er richtete sich auf, packte sie mit der einen Hand bei den Haaren und presste seine Lippen auf ihren Mund, während seine Finger zwischen ihre Beine vorstießen. Sie war so heiß, so feucht. Während er sie liebkoste, klammerte sie sich an seinen Schultern fest und presste sich gegen seine Hand. Mit langsamen, kreisenden Bewegungen arbeitete er sich vor und sie keuchte, als er schließlich ihre Klitoris berührte. Sie wiegte ihre Hüften, wollte mehr von seinen Liebkosungen. Er strich über ihre Scham und im nächsten Moment drang er in sie ein. So eng. *Fuck, fuck, fuck.*

Er hob den Kopf und rang um Beherrschung. Ihr Gesicht war gerötet, sie atmete schwer, und die Lippen waren rot und geschwollen von seinem Kuss. Als er seine

Finger zurückzog, stieß sie einen Protestlaut aus, packte sein Handgelenk und schob seine Hand wieder zwischen ihre Beine.

Er stöhnte. „Sabrina, ich will dich so sehr. Sag mir, wenn es zu viel ist."

„Du spürst doch, wie feucht ich bin", keuchte sie heiser. „Fick mich, oder ich schreie."

Da war es um seine Beherrschung geschehen. Er presste seinen Mund auf ihren, stieß die Finger in sie hinein, pumpte und rieb ihre Klitoris mit dem Daumen. Sie stöhnte in seinen Mund und grub ihre Fingernägel in seine Schultern, während sie ihm die Hüfte entgegenreckte auf der Suche nach mehr. Doch es war nicht genug. Er musste in ihr sein, musste spüren, wie sie kam, wenn er tief in ihr war.

Er riss den Mund von ihren Lippen. Sie riss die Augen auf und rieb sich an seiner Hand. „Ich komme gleich, Logan. Nicht aufhören."

„Ich will dich kommen spüren, wenn ich in dir bin", knurrte er in ihr Ohr.

Sie erschauerte. „Mach schnell."

Er holte ein Kondom aus seinem Geldbeutel, schob seine Boxershorts herunter und rollte es blitzschnell über. Keine Zeit, sich auszuziehen. Er musste sie haben. Sofort.

Er hob sie hoch, ihre Hitze und ihr Duft überwältigend für seine Sinne, und drang langsam in ihre Enge eine. Ihr Körper packte ihn, als ergriff sie von ihm Besitz. *Fuck.* Er wurde noch härter, pumpte langsam in sie hinein und bemühte sich, sie nicht wie ein Tier zu nehmen, denn genau das wollte er tun – in sie hinein rammen, wieder und wieder.

Er schob eine Hand zwischen sie und streichelte ihre heiße, feuchte Weiblichkeit. Sie ließ den Kopf in den Nacken sinken, während ihr Stöhnen ihn vor Verlangen in den Wahnsinn trieb. Er massierte sie, schneller und härter und pumpte tief in sie hinein. Sie rieb sich an ihm, schloss ihre Muskeln um ihn, keuchte seinen Namen. Fuck, er konnte sich nicht länger zurückhalten. Und dann zuckte sie, ihr Körper schloss sich um ihn und sie schrie. Er pumpte härter, während seine Finger sie nun sanfter liebkosten, um sie nicht wieder von ihrem Hoch herunterkommen zu lassen.

Er flüsterte in ihr Ohr. „Komm für mich." Er biss in ihren Hals. Sie zuckte und wimmerte, als er weiter in sie hineinstieß, Stoß um Stoß.

„Logan", flüsterte sie scharf, während ihr Körper ihn fest umklammerte und ihn rhythmisch massierte. Nicht mehr lange. *Ja, fuck, ja.*

Er stieß weiter in sie hinein, während sie kam, tief und hart, begleitet von ihrem spitzen Schrei. Schließlich kam auch er – eine Explosion hinter seinen Augen, eine heiß glühende Welle der Lust, während er in sie hinein stieß und immer wieder erschauerte, bis er schließlich erschöpft war.

Einen Moment später hielt er ihre Wange und küsste sie, ein langsamer, inniger Kuss. Er war noch nicht bereit, sie loszulassen, als er den Kuss unterbrach, und folgte mit dem Blick seiner Hand, mit der er ihre glühende Wange streichelte, dann ihren Hals und ihre nackte Schulter und genoss, dass er sie jetzt so berühren konnte.

Er strich ihr die Haare aus dem Gesicht. „Ist es schlimm, dass ich das ganze Wochenende damit verbringen will, schmutzige Dinge mit dir zu tun?"

Sie lächelte. Ein langsames, befriedigtes Lächeln, das ihn mit Freude erfüllte. „Es ist unser Honeymoon, aber ich bin mir nicht sicher, ob du die Ausdauer dazu hast."

„Oh, ja?" Er biss ihr in die Unterlippe, dann saugte er daran. „Dann finde es doch heraus."

Sie benetzte ihre Lippen, den Blick heiß auf ihn gerichtet, die Haare zerzaust von seinen Händen. *Fuck, ich will sie schon wieder.*

Zu früh. Er hob sie von sich und stellte sie auf ihre Füße, hielt sie jedoch an den Armen fest, als sie schwankte. Er konnte nicht widerstehen, sie mehr zu berühren, mit den Händen ihre Flanken hinunter und über ihre Hüften, bevor er ihr Gesicht in beide Hände nahm. „Vorhin hast du gesagt, dass du nicht anfängst, über uns nachzudenken. Was hat sich verändert? Ist es nur, weil der Wein dich scharf gemacht hat und ich gerade da war?"

Sie schlang die Arme um seinen Hals und presste sich an ihn. „Du bist der heißeste Mann, der je auf Erden gelebt hat, und das ist nicht der Wein, der gerade aus mir spricht."

Er musste lächeln. Es bestand kein Zweifel, sie stand auf ihn. Er schlang seine Arme um sie, ließ seine Hände zu ihrem Po gleiten und drückte.

Mit sanfter Stimme sprach sie gegen seine Lippen. „Ich will alles mit dir."

Alles. Sein schmutziger Verstand wanderte sofort zu all den Arten, auf die er sie haben wollte. Er stöhnte und drückte sie an sich. „Ich auch." Er ließ sie los. „Gib mir eine Stunde." Er rollte das Kondom ab, wickelte es in die Verpackung und zog seine Hose hoch. „Bin gleich zurück."

Sie gab ihm einen Luftkuss, lächelnd, nackt und so verdammt sexy. Seine Brust schmerzte bei diesem schönen Anblick. Er küsste sie hart, drehte sich um und ging eilig die Treppe hinauf, bevor er sich verriet. Denn er empfand viel zu viel für den Moment. Sex bedeutete nicht Liebe. Es konnte nicht so schnell für ihn passiert sein. Er hatte nicht einmal gewusst, dass Sabrina ihn gewollt hatte. Sie waren Freunde gewesen. Ihr leises Geständnis ging ihm nicht aus dem Kopf. *Ich will dich schon so lange.*

Ein wenig schwindelig ging er in sein Schlafzimmer mit dem en-suite Badezimmer. Musste am Stress des Tages liegen. Sein Meeting mit Elias, seine untreue Ex und das unerwartete Ende dieses Abends wären viel für eine Woche gewesen, von einem Tag ganz zu schweigen.

Er schaltete das Licht ein und blieb wie angewurzelt stehen. Sabrinas Koffer stand neben seinem.

Es war nicht nur seine Lust gewesen, die alles angestoßen hatte. Sie hatte *vorgehabt*, ihn zu verführen. Warum sonst hätte sie ihre Sachen in sein Schlafzimmer gebracht?

Er schmunzelte. Das würde ein schmutziges, schmutziges Wochenende werden. Keine Hemmungen. Er würde sie genauso in den Wahnsinn treiben, wie sie es mit ihm tat. Er verdrängte all die romantischen Gedanken von vorhin. Das war nur eine Nebenwirkung von Wein, Lust und Stress.

Später an diesem Abend ging Sabrina mit einem stillen Logan nach oben und redete sich gut zu, sich einfach zu entspannen und zu genießen. Das war nicht die Zeit, um an irgendetwas Dummes zu denken, wie ihre Freundschaft zu ruinieren oder was er wegen der Sache mit seiner Ex dachte. Sie hatte ein bisschen ferngesehen, doch er hatte nicht aufhören können, sie zu berühren, und ihr war es genauso ergangen – auch wenn beide sich wieder angezogen hatten. Darum hatten sie schließlich entschieden, dass ein großes Doppelbett besser war als das Sofa.

Er ging voraus ins Schlafzimmer und schaltete die Nachttischlampe ein. „Ich habe vorhin deinen Koffer gefunden. Sieht aus, als hättest du vorgehabt, mich zu verführen." Er drehte sich um und lächelte. Sein Hemd war bereits aufgeknöpft – das war sie gewesen. Sie hatte es nicht erwarten können, seine nackte Brust zu erkunden. Die Ärmel waren hochgekrempelt und gaben den Blick auf seine muskulösen Unterarme frei.

Sie schwebte geradezu zu ihm hin und schlang ihre Arme um seinen Hals. Jetzt duftete er nach holzigem Parfum und Sex, eine köstliche Kombination. „Jupp."

Sein Lächeln ließ sein schönes Gesicht strahlen, als er ihr Gesicht in seine Hände nahm. „Mit Erfolg." Er küsste sie leidenschaftlich und zog sie mit einem Arm fest an sich.

Ihr Körper summte vor Verlangen. Sein Mund ergriff von ihrem Besitz, seine harte Erektion spürbar an ihrem Bauch. Seine Hand wanderte von ihrem Po zwischen ihre Beine und machte sie wild nach ihm. Sie packte sein Hemd und zog es ihm aus. Sie war immer noch angezogen, doch sie konnte nicht anders, sie musste sich an ihn pressen.

„Ich spüre deine Hitze durch deine Klamotten. Du bist so heiß auf mich", keuchte er gegen ihre Lippen.

„Und so feucht", fügte sie hinzu.

Seine dunklen Augen leuchteten, als er mit den Fingern gegen ihre Weiblichkeit presste.

Sie musste ihn haben. *Jetzt, auf der Stelle.* „Ich brauche dich in mir."

Seine Pupillen waren geweitet, rohes Verlangen loderte in seinen Augen. Er hob sie auf und nahm sie in seine Arme.

Sie schmiegte sich an seinen Hals und genoss das Gefühl seines weichen Bartes und seiner warmen Haut. Er schlug das Laken zurück und legte sie sanft aufs Bett. Sie wartete darauf, dass er sich für einen weiteren harten und schnellen Fick auf sie stürzte, doch er war nicht in Eile. Langsam zog er den Gürtel aus seiner Hose und legte ihn auf den Nachttisch, dann knöpfte er seine Hose auf. Sie hatte lange genug gewartet. Sie setzte sich auf, packte seine Schultern und zerrte ihn herunter.

Lachend fiel er auf sie.

„Du bist fast da, wo ich dich haben will", lächelte sie. „Nur ein Stückchen weiter nach links und dann rein."

„Schuhe." Er kletterte von ihr, zog ihre Schuhe aus und ließ sie vors Bett fallen. Dann setzte er sich auf den Rand der Matratze und löste die Knoten in den Schnürsenkeln seiner Schuhe.

Langsam, langsam, langsam. Sie hatte lange genug gewartet.

„Logan, du bist zu langsam. Ich will ficken, nicht mit Schuhen spielen."

Er zog seine Schuhe aus und kletterte wieder über sie, die Hände neben ihren Kopf gestützt. „Und die ganze Zeit habe ich auf ein klares Signal von dir gewartet." Er sah sie einen langen, heißen Augenblick lang an.

Sie öffnete den Mund. Das Verlangen zerrte an ihr, während sie so unter ihm lag, ohne ihn zu haben. „Bitte."

Er küsste sie mit Nachdruck. *Ja, ja, ja.* Sie öffnete sich ihm und er nutzte es aus, indem er mit seinem Mund von ihr Besitz ergriff, wie ihr Körper es so dringend brauchte. Sie streckte ihm die Hüfte entgegen, eine wortlose Einladung zu mehr.

Er richtete sich auf und zog sie mit sich hoch. „Zieh dein Top aus", befahl er, während er selbst aufstand, um sich auszuziehen.

Sie zog ihr Top über den Kopf und schleuderte es in die Ecke. Dann öffnete sie den Vorderverschluss ihres BHs und warf auch ihn weg.

„Du bist so schön, Sabrina. Ich möchte, dass du dich selbst berührst." Sein Blick klebte an ihren Brüsten, während er sich fertig auszog.

Sie legte ihre Hände auf ihre Brüste und ließ ihre Daumen um ihre Nippel kreisen, während sie genussvoll die Augen schloss.

„Ja, Baby, so ist's gut. Mach weiter." Sie hatte nur einen Moment, um seine muskulöse Brust und seinen Bauch zu betrachten und seine enorme Erektion, die auf sie wartete – der Junge war gut bestückt – bevor er sie bei den Hüften packte und sie zurückzog, sodass sie flach auf ihrem Rücken lag. Sie quietschte überrascht und stöhnte, als sich seine Lippen über ihrer Brust schlossen und saugten, bist ein scharfes Verlangen zwischen ihre Beine schoss. Sie strich mit den Fingern durch sein weiches Haar und hielt ihn an sich gedrückt, während sie die Beine spreizte. Seine Hand wanderte ihre Rippen hinauf zu ihrer anderen Brust und fing an, ihren Nippel zwischen den Fingern zu rollen und zu zupfen, während er seine Zähne sanft um den anderen schloss. Sie bog ihren Rücken durch und grub ihre Finger in sein Haar. Dann wechselte er die Seiten und leckte genüsslich ihren harten Nippel, bevor er zärtlich daran saugte und sie beinahe neckte, während seine Hand die andere Brust liebkoste.

„Logan", stöhnte sie.

Langsam ließ er von ihrem Nippel ab, jedoch nicht, bevor er mit den Zähnen darüber gekratzt hatte. Als er von ihr abließ, packte sie seine Schultern und versuchte, ihn an sich zu ziehen. „Jetzt, Logan", sagte sie eindringlich.

„Langsam, du geiles kleines Ding." Er holte ein Kondom aus der Nachttischschublade und rollte es über. Ihr wurde bewusst, dass er sich mit den Kondomen auf Olivia vorbereitet hatte, doch sie hatte nicht vor, es zu erwähnen. Das war *ihre* Zeit mit Logan, nachdem sie so lange darauf gewartet hatte. Sie genoss seinen Anblick, muskulös, athletisch und oh-so gut bestückt.

„Logan, du bist so schön, du könntest ein Pornostar sein."

Er lachte, biss in ihr Ohrläppchen und zupfte daran, bevor er ihr ins Ohr flüsterte. „Spreiz deine Beine."

Sie gehorchte sofort. Doch anstatt sie zu nehmen, ließ er sich neben ihr nieder und schob seine Hand zwischen ihre Beine. „So feucht", knurrte er.

Sie stöhnte und schloss die Augen.

„Wie lange hast du mich schon gewollt?", fragte er und begann, sie zu liebkosen. Er streichelte sie überall, nur nicht dort, wo sie ihn am meisten brauchte. Sie bog sich seiner Hand entgegen, doch er neckte sie weiter. „Sag es mir, und ich gebe dir, was du willst." Er streichelte ihre Scham; langsam auf und ab, und gab ihr beinahe, was sie brauchte, doch nicht ganz.

Sie öffnete die Augen, nahm sein Gesicht in ihre Hände und sagte die Wahrheit. „Seit wir uns das erste Mal begegnet sind, habe ich dich gewollt."

Er lächelte. „Sabrina, Baby, wie schön, das zu hören."

Sie schloss die Augen und ließ die Hände sinken.

Sofort wurde sie für ihre Ehrlichkeit belohnt, als er kreisend ihre Klitoris massierte, dann zwickte er hinein und ein glühend heißer Blitz ließ sie zusammenzucken. Er presste seinen Mund auf ihren und stieß im selben Moment mit der Zunge hinein, in dem er mit den Fingern in sie eindrang. Sie war fiebrig heiß und ihr Herz pochte in ihren Ohren. Er drehte seine Hand und rieb sie mit dem Handballen. Sie bog den Kopf zurück und atmete keuchend, während er ihren Hals küsste. Sein Bart reizte ihre sensible Haut, während er mit den Fingern weiter in sie hinein stieß und sie massierte und sie zu immer höheren Höhen brachte.

Sie zitterte, rang nach Luft, am Rande des Höhepunkts. Sie konnte ihre Stimme nicht finden, um es ihm zu sagen, doch er schien es zu wissen und stieß schneller und härter zu. Als er ihre Ohrmuschel leckte, stöhnte sie.

Er presste seine Lippen an die sensible Stelle unter ihrem Ohr und sie krallte die Finger in die Laken. Seine Stimme klang leise und tief in ihrem Ohr. „Dich kommen zu sehen, macht mich so hart."

Da explodierte sie und rieb sich schamlos an seiner Hand. Er machte weiter, sanfter nun, und schenkte ihr Wellen der Lust, bis sie regungslos liegen blieb. Er hielt die Hand fest zwischen ihren Beinen, während die Welt langsam wieder in den Fokus kam. Als sie seine Hand wegschob, streichelte er ihren Oberschenkel.

Sie lächelte ihn an, so zufrieden, so glücklich. „Jetzt bist du dran, schöner Mann."

Er ließ sich auf ihr nieder und drang langsam in sie ein. Selbst nach ihrem ersten gemeinsamen Mal war sie immer noch eng.

Er hob seine Hand an ihr Kinn. „Mach auf."

Sie öffnete die Lippen und sein Mund ergriff im selben Moment von ihrem Besitz, wie sein Körper mit einem harten Stoß von ihrem Besitz ergriff, doch der Schock wurde von seinem Kuss gedämpft. Er war tief in ihr und regte sich nicht, sondern küsste sie nur innig. Etwas in ihr brach in diesem Moment auf, rohe Emotion, die sie erschüttert hätte, doch so, wie Logan von ihr Besitz ergriff, tief in ihr, die Hitze und das Gewicht seines Körpers auf ihrem, ergab sie sich dem Gefühl, besessen von ihm, eins mit ihm.

Als er den Kopf hob und ihr in die Augen blickte, geschah eine tiefgründige Kommunikation zwischen ihnen. „Sabrina", sagte er mit rauer Stimme, dann fing er an, sich zu bewegen, langsame, tiefe Stöße, die die Lust in ihr erneut aufwallen ließen. Sie schlang die Beine um ihn und klammerte sich fest, während ihr Körper ihn bei jedem Stoß festzuhalten versuchte.

Er ergriff ihre Hüfte, bog sie empor und stieß tiefer, härter und fester in sie hinein. Schweißnass klatschten sie aneinander, ungezügelt und animalisch. Sie schloss die Augen, keuchend, verloren in einem dunklen, alles verzehrenden Verlangen, das sie zu zerbrechen drohte.

„Sabrina, sieh mich an."

Sie begegnete seinem lodernden Blick. Seine Miene war verbissen, sein Atem keuchend wie ihrer. Dann brandete eine Explosion durch sie hindurch, und sie schrie. Er pumpte weiter in sie hinein, wieder und wieder und erschütterte sie mit Schockwellen der Lust, bevor er selbst stöhnend kam und sich auf sie sinken ließ.

Schwindelig und mit zittrigen Beinen drückte sie ihn an sich.

Nach ein paar Atemzügen hob er den Kopf und küsste sie, seine Hand an ihrer Wange. Sanfter jetzt. Dann hob er den Kopf erneut und blickte auf sie hinab, während er ihr die Haare aus dem Gesicht strich.

Sie schmiegte ihre Wange an seine Hand und lächelte. „Das war wunderschön."

Er sah sie eine ganze Weile lang an, seine Miene unergründlich, bevor er den Blick abwandte. Dann zog er sich aus ihr zurück und rollte von ihr herunter.

Sie wollte ihn berühren, doch er stand auf und sagte: „Gib mir eine Minute."

Einen Moment lang war sie der Panik nahe, dass er ihr die kalte Schulter zeigte, doch dann ging er ins Bad und sie kam zu dem Schluss, dass alles okay war. Er entsorgte lediglich das Kondom.

Sie drehte sich auf die Seite, schläfrig und warm. Sie konnte sich nicht erinnern, sich je so gefühlt zu haben, so befriedigt, so zufrieden. Sie war Logan nicht egal. Er sah ihr in die Augen, wenn sie Liebe machten; er schenkte ihr Lust und Genuss, bevor er sie sich selbst nahm. Er war wunderbar. Pures Glück strömte durch sie hindurch. Auch wenn sie im Scherbenhaufen ihrer Karriere und einer fingierten Ehe saß, pures Glück überstrahlte alles.

Logan entsorgte das Kondom, dann stand er einfach im Bad, denn er brauchte ein paar Minuten für sich. Da war ein Moment gewesen, genau genommen mehr als einer, als er in Sabrinas Augen geblickt hatte und etwas so Starkes empfunden hatte, dass die Emotionen ihm den Hals zugeschnürt hatten. Er konnte nicht so tun, als wäre es der Wein, denn dessen Wirkung war schon vor Stunden abgeklungen, oder es der Lust in die Schuhe schieben, denn er wusste, wie sich das anfühlte, und so war es nicht. Doch wie schnell es geschah, ergab keinen Sinn.

Zu müde, um sich näher damit zu befassen, ging er zurück ins Schlafzimmer, schaltete das Licht auf dem Nachttisch aus, kroch ins Bett neben sie und legte den Arm um ihre Taille.

Er strich ihre Haare aus dem Weg und schmiegte den Kopf an ihren Hals, unfähig, ihrer weichen Süße zu widerstehen. „Du duftest immer wie Honig und Blumen."

„Das ist Heckenkirschen-Seife. Ich liebe den Duft."

Er strich mit der Zunge über ihren Hals, um sie zu kosten. Dann erinnerte er sich an etwas Interessantes, das sie über ihn gesagt hatte, und er musste sie einfach damit aufziehen. „Wer ist der heißeste Mann, der je auf dieser Erde gewandelt ist?"

Sie schob ihm den Po entgegen, antwortete jedoch nicht.

„Du bist auf jeden Fall die heißeste Frau, mit der ich je geschlafen habe."

Sie erstarrte. „Wirklich?"

„Jupp."

„Olivia ist sehr schön."

Er küsste die sensible Stelle unter ihrem Ohr. „Wer ist das?"

„Hältst du mich immer noch für eine unnahbare Porzellanpuppe?" Er konnte das Lächeln in ihrer Stimme hören.

„Oh nein." Er streichelte mit der Hand über ihre Hüfte und genoss es, sie zu spüren, ihre Haut wie warme Seide, glatt und weich. „Im Gegenteil. Du bist sehr nahbar."

Sie stieß einen glücklichen Laut aus, dann sah sie ihn über die Schulter an. „Ich mag unsere Rache", flüsterte sie.

„Welche Rache?"

Sie drehte sich um, ohne zu antworten.

„Sabrina?"

Da kam ihm ein furchtbarer Gedanke. War all das Geficke nur eine Art Rache an ihrem Ex gewesen? Sie hatte vorhin ziemlich aufgewühlt gewirkt.

Und er hatte diese schnulzigen Gedanken!

Andererseits war es nicht so, als wäre Sabrina streitlustig oder rachsüchtig. Aber … sie hatte Olivia konfrontiert. Und wollte sie nicht eine Rachehochzeit? Und er hatte ja gesagt. Warum nicht so tun als ob? Es *wäre* ein großartiges „Fuck you", es würde ihren Ruf wiederherstellen und ihr gemeinsamer Honeymoon gefiel ihm bereits. Und sie hatten noch einen ganzen Tag, bevor sie nach Hause fliegen musste.

Kalifornien war wie eine Oase für sie. Sex, Sex, Sex.

Mit der Realität würde er sich befassen, wenn sie nach Hause kamen.

13

Sabrina erwachte nackt, allein in einem fremden Bett. Welches Hotel? L.A. oder San Diego? Sie rollte auf die Seite, weg vom grellen Sonnenlicht, das durch die Jalousien fiel. Als sie sich die Haare aus dem Gesicht strich, verhedderte sich ihr Ring darin. *Autsch.* Vorsichtig zog sie ihre Finger aus ihren Haaren. Moment. Sie trug keinen Ring.

Sie starrte ihre linke Hand an, an deren Ringfinger ein goldener Ring steckte. Ein Ehering. Ihre Gedanken kreisten. Sie hatte mit Logan Champagner in Claires Haus getrunken und eine Racheehe geplant. Hatten sie Hals über Kopf geheiratet? Gab es ein *sie*? Sie rollte sich auf den Rücken und rief: „Logan!"

Ein paar Augenblicke später stand er in der Tür in einem blauen T-Shirt und Jeans, barfuß, und sah so entspannt aus, wie man nur aussehen konnte. „Hoheit haben gerufen?"

Sie hielt die Hand mit dem Ring in die Höhe, und er hielt seinerseits seine Hand hoch und zeigte den Ring.

„Habe ich was verpasst?", frage sie und stand langsam auf. Sie konnte nicht so betrunken gewesen sein, dass sie ihre eigene Hochzeit verpasst hatte.

Er ging zum Bett und setzte sich auf die Kante. „Ist nicht echt, nur ein kleines *Fuck you* für jemanden, auf das wir uns geeinigt haben. Fingierte Hochzeit, toller Honeymoon." Er beugte sich zu ihr hinunter und küsste sie auf die Wange.

Sie starrte den Ehering an und konnte es immer noch nicht begreifen. „Wann hast du diese Ringe besorgt?" Scheiße. Hatte er die Ringe bereits für einen geheimen Plan, Olivia zu heiraten, gehabt? Uff. Was hatte sie getan? Sie war Logans Freiheitsfick, seine Reboundbeziehung. Schlimmer ging es nicht. Sie wollte ihn aus dem Bett stoßen und sich zu einem Ball zusammenrollen.

Er kletterte zu ihr ins Bett, kroch unter die Decke und lehnte sich an das weiß gepolsterte Kopfbrett, die Beine entspannt ausgestreckt. „Ich hab sie heute Morgen besorgt", antwortete er bester Stimmung. „Ist schon Mittag, Schlafmütze. Musst ganz schön erledigt gewesen sein."

Sie wurde rot, was lächerlich war nach allem, was sie getan hatten. Sie war mitten in der Nacht aufgewacht, hatte sich auf ihn gesetzt und ihn für eine heiße dritter Runde geweckt. In der Dunkelheit war die Leidenschaft noch wilder erwacht als zuvor. Seine schmutzigen Worte hatten sie angefeuert und sie enthemmt. Anschließend hatte sie ordnungsgemäß durchgefickt so tief geschlafen, dass sie selbst von einer Explosion nicht aufgewacht wäre.

Reboundbeziehung.

Er nahm ihre Ringhand und hielt sie hoch, um sie im Sonnenlicht zu betrachten.

Sie zog die Hand zurück und setzte sich auf, den Rücken ans Kopfbrett gelehnt, die Decke bis ans Kinn hochgezogen. „Bereust du, dass du mit mir geschlafen hast?"

„Verstecken brauchst du dich jetzt auch nicht mehr." Er riss das Laken weg und strich mit einem Finger über ihre Brust. „Ich habe dich markiert." Ihr Blick fiel auf eine kleine rote Stelle, ob sie vom Saugen oder von seinen

Zähnen kam, wusste sie nicht. Er hatte sie auf jede erdenkliche Art und Weise berührt, und sie hatte es in vollen Zügen genossen.

Sie schluckte. „Du hast die Frage nicht beantwortet."

Er legte die Hand an ihr Kinn und bog ihren Kopf zu einem Kuss in den Nacken. „Keine Reue."

Sie hätte beinahe vor Erleichterung geheult. Sie wagte nicht, ihn zu fragen, ob er über Olivia hinweg war. Es war genug für den Moment. Offensichtlich war er bereit, ihren Ruf mit einer fingierten Ehe zu reparieren. Mehr konnte sie nicht verlangen.

„Gut", sagte sie.

Er strich ihr die zerzausten Haare hinters Ohr. „Willst du deinen Ex wissen lassen, dass wir geheiratet haben?"

Seltsamerweise hatte sie bis gerade eben nicht einmal an Kevin gedacht. Sie war darüber hinweg – darüber, dass er sie am Altar sitzengelassen hatte, über die wenig taktvolle Hochzeitseinladung und über die begeisterte *meine-Verlobte-ist-so-toll*-Email. Nichts davon war wichtig.

Sie blickte in Logans warme braune Augen, und ihr Herz pochte ihr bis zum Hals. Sie konnte unmöglich sein Freiheitsfick sein, wenn er sie so warm und zärtlich ansah. Sie kannte diesen Mann, und er war einer der Guten. Sie konnte ihm vertrauen. Und sie tat es auch.

„Alles, was zählt, sind du und ich", sagte sie.

„So verdammt süß", knurrte er und küsste sie schnell und hart.

Sie seufzte glücklich und streichelte seinen Bart, wie sie es sich schon so lange vorgestellt hatte.

Er ergriff ihre Hand und küsste ihre Handfläche, den Blick eindringlich auf sie gerichtet. „Lass uns unseren Freunden schreiben. Du sagst Claire, sie soll die Presse informieren, und – Presto! – Sabrinas Ruf ist wiederhergestellt. Bereit?"

Sie nickte. Er schien davon begeistert zu sein, und er hatte sich die Mühe gemacht, Ringe zu besorgen. Das konnte nur helfen, oder?

Er holte ihre Handtasche von der Kommode und brachte sie ihr. Sie zog ihr Handy hervor und schrieb Claire, während er seinen Freunden schrieb. Danach schickte sie eine Gruppennachricht an alle ihre Freundinnen. *Mädels! LOGAN UND ICH HABEN GEHEIRATET!*

Eine ganze Welle von Glückwunschnachrichten schwappte herein. Ein paar Sticheleien, weil sie niemanden zur Hochzeit eingeladen hatten, begegneten sie mit dem Versprechen einer Party.

„Bist du fertig?", fragte er. „Wissen jetzt alle von unserer fingierten Ehe?"

Sie schlug sich die Hand vor den Mund. „Oh Scheiße. Von fingiert habe ich nichts gesagt."

„Kein Problem. Das kläre ich." Er schrieb schnell. „Ich schreibe ihnen, dass wir es heute in Vegas durchziehen. Damit sind jetzt alle auf demselben Stand."

Sie sahen einander an.

Plötzlich wollte sie alles rückgängig machen. Das mit Logan hatte gerade erst angefangen, und diese Lüge konnte sich als riesige Komplikation für ihre gerade erst knospende Beziehung erweisen. Was hatte sie getan? Das war eine furchtbare Idee mit furchtbaren Konsequenzen. Wenn jemand herausfand, dass die ganze Sache erstunken und erlogen war, wäre sie ruiniert, und die übrigen Klienten würden ihr auch noch davonlaufen. Sie würde aussehen wie eine *verzweifelte* Beziehungstherapeutin, die am Altar sitzengelassen worden war und dann eine Ehe fingiert hatte. Das einzige, was noch schlimmer sein konnte, wäre, wenn ihre durchgeknallte Familie ins Rampenlicht springen würde, um über deren lange Geschichte unverbindlicher Nicht-Beziehungen zu reden. Freie Liebe und all der Hippiekram, bevor er überhaupt cool gewesen war. Ihr Magen rebellierte.

Sie schluckte schwer. „Vielleicht sollte ich Claire zurückpfeifen."

„Nein. Diese Psychotussi hat es immer noch auf dich

abgesehen. Das dürfte ihr zumindest den Wind aus den Segeln nehmen. Es macht mir nichts aus, dir zu helfen."

„Aber ich sollte einer echten festen Beziehung verpflichtet sein. Was, wenn die Leute herausfinden, dass es nicht echt ist?" Sie zog die Schultern ein. „Manchmal gewinnt meine rachsüchtige Seite die Oberhand."

Er legte die Hand an ihre Wange und streichelte sie mit dem Daumen. „Lass uns einfach unseren kleinen Wochen-end-Honeymoon genießen. Später können wir eine Scheidung fingieren und dann kehrt alles wieder zur Normalität zurück."

Ihr Magen drohte zu revoltieren. Jemand würde bei der ganzen Sache verletzt werden, und sie hatte das ungute Gefühl, dass sie das war.

„Vielleicht brauchen wir eine Exit-Strategie für nach der Ehe. Du weißt schon, damit keiner dem anderen etwas übelnimmt."

Er ließ die Hand sinken und starrte sie an. „Nach einer fingierten Scheidung?"

Sie versuchte, die Sorge in ihrer Stimme zu unterdrücken. „Eine Exit-Strategie, die klare Grenzen für uns definiert. Es ist ein großer Sprung von wo wir waren zu wo wir jetzt sind. Ich brauche das ehrlich gesagt für meinen Seelenfrieden."

Er sah sie nachdenklich an. „Wie wäre es damit: Du kannst sagen, dass ich insgeheim ein Beziehungsphobiker war und du darum Bye-bye gesagt hast."

„Aber wir sind angeblich verheiratet. Beziehungsphobiker lassen es nicht so weit kommen."

Er rieb sich den Bart. „Okay, dann sag, dass ich ein Arsch war, der anderen Frauen nachgeglotzt hat."

Sie presste die Lippen aufeinander. „Das wirft ein schlechtes Licht auf mich, wenn ich einen Arsch heirate."

„Was dann?"

Sie blickte über seine Schulter hinweg, tief in Gedanken versunken, bevor sie seinem Blick begegnete.

„Wir sagen, dass du schon verheiratest warst und ich nichts davon gewusst habe", schlug sie begeistert vor.

„Nein."

„Dann sagen wir, dass du schwul bist, aber du wusstest es nicht."

„Nein!"

„Also was dann?"

Seine braunen Augen tanzten amüsiert. „Wie wäre es, wenn wir sagen, dass du dich insgeheim in eine Frau verliebt hast und ich euch … dabei zusehen wollte?"

„Logan!"

Er lächelte sie sexy an. „So schlimm anzusehen wäre das nicht."

Sie kaute auf ihrer Unterlippe herum. Sie mussten sich etwas Gutes einfallen lassen.

Logan stand auf und streckte ihr die Arme entgegen. „Okay, Frau Doktor, ich sehe, was wir brauchen. Schließ die Augen, lass dich fallen und ich fange dich auf."

Sie riss die Augen auf. „Eine Vertrauensübung? Ist das dein Ernst?"

„Jupp. Das wird dich gleich beruhigen." Er schmunzelte nicht, doch etwas an seinem Ton war verspielt. Vielleicht, weil er den Psychologen für sie spielte, wo er eigentlich ein Technologie-Nerd war?

Sie zögerte einen Moment, doch dann kam sie zu dem Schluss, dass sie sich wahrscheinlich besser fühlen würde, wenn sie wusste, dass er sie auffangen würde. Es war so ein Ding, wo der Körper eine Nachricht bekommt und der Verstand mit an Bord kommt. Es konnte nicht schaden, besonders so schwummrig, wie sie sich gerade fühlte.

Langsam kroch sie aus dem Bett, nackt, und sein Blick fiel sofort auf ihre Brüste, bevor er an ihrem Körper hinab glitt. Sie hob warnend den Finger. „Konzentrier dich. Wenn du mich fallen lässt, ist die ganze Vertrauensübung umsonst."

Er wich ein paar Schritte vom Bett zurück. „Okay. Wenn du soweit bist?"

Sie ging zu ihm, schloss die Augen und fiel. Und fiel weiter, als Logan sie fallen ließ –

auf den Boden.

In Zeitlupe.

Und dann war er auf ihr, die Arme neben ihre Arme gestützt, und blickte mit funkelnden Augen auf sie herab. Er roch wunderbar, frisch und sauber.

Sie unterdrückte ein Lächeln. Er sah so selbstzufrieden aus. „Das war genau das Gegenteil von dem, was bei dieser Übung passieren sollte", protestierte sie.

Er grinste. „Das war Fallenlassen in Zeitlupe mit überaus befriedigendem Resultat."

Sie presste die Lippen aufeinander. „Wenn du es nicht richtig machst, solltest du es nicht Vertrauensübung nennen."

Ein Lächeln umspielte seine Lippen. „Hat dir schon jemals jemand gesagt, dass du alles viel zu sehr nach Vorschrift machst?"

„Ich hab dir doch gesagt, warum. Meine Familie hat einen Knall. Es ist ein Selbstverteidigungsmechanismus."

Er schmunzelte. „Der erste Schritt zu einer Lösung ist zu erkennen, dass du ein Problem hast."

„Großartig, jetzt psychoanalysierst du mich auch noch." Sie wand sich unter ihm. „Lass mich aufstehen."

„Nein."

„Logan!"

„Entspann dich. Du musst dich locker machen und nicht versuchen, alles zu kontrollieren."

Sie spannte sich an. „Im Augenblick versuchst du mich zu kontrollieren."

„Im Augenblick versuche ich dich zu küssen."

„Oh", flüsterte sie.

„Hast du das wirklich nicht kommen sehen?", feixte er, während er ihr Kinn hielt. Dann küsste er sie zärtlich, bevor seine Lippen zu ihrem Hals weiterwanderten.

„Lass uns wieder ins Bett gehen", flüsterte sie.

Er stand auf und bot ihr seine Hand an, um sie hochzuziehen. „Bessere Idee. Lass uns zusammen duschen."

„Das habe ich noch nie gemacht."

Er sah sie lüstern an. „Gut. Da nimmst du mir ja vielleicht ab, dass alles, was ich mit dir anstellen werde, vollkommen normal ist."

Sie lachte.

Er küsste sie. „Und nach unserer Dusche habe ich das wilde Tier genug gezähmt, um dir San Francisco zu zeigen."

„Bin ich das wilde Tier in diesem Szenario?" Sie lächelte, da ihr die Idee irgendwie gefiel. Besser als die unnahbare Porzellanpuppe.

„Ich bin das wilde Tier in all meiner lüsternen Pracht." Er biss in ihre Unterlippe. „Aber du kannst auch eins sein."

„Okay, gib mir ein paar Minuten allein." Sie nahm ihren Kulturbeutel, eilte ins Bad und schloss die Tür. Nachdem sie die Toilette benutzt und sich die Hände gewaschen hatte, rief sie ihn herein. „Du kannst reinkommen."

Er drehte das Wasser auf und sie nutzte die Gelegenheit, um sich die Zähne zu putzen.

Logan hob die Stimme über das Rauschen des Wassers. „Was hältst du davon, wenn wir später mit der Seilbahn fahren, uns die Golden Gate Bridge ansehen, ein bisschen rumlaufen und dann zum Fisherman's Wharf gehen? Wie hört sich das für dich an?"

„Großartig", lispelte sie mit der Zahnbürste im Mund.

„Großartig." Er zog seine Kleider aus und legte sie auf die lange Marmorablage.

Sie bückte sich, um sich den Mund auszuspülen, und Logan stöhnte. Vielleicht hätte sie sich etwas anziehen sollen. Aber warum? Er würde sie ja sowieso nur wieder ausziehen.

„Ich weiß nicht, was ich mehr will", sagte er mit rauer

Stimme. „dich über die Ablage gebeugt oder gegen die Wand in der Dusche."

Lachend sprang sie in die Dusche.

Er folgte ihr, schlang die Arme um sie und presste seinen Mund auf ihre Lippen. Das war alles, was zählte. Es war gut zwischen ihnen, und sie würde nicht weiter in die Zukunft denken als das.

Sabrina stellte gerade das Geschirr vom Frühstück in die Geschirrspülmaschine, als Logan von hinten an sie heran trat, die Arme um ihre Taille legte und ihren Hals küsste. Hitze rauschte durch sie hindurch. Seine Küsse wurden zu sanftem Saugen und kleinen Bissen. Verlangen sammelte sich in einem pochenden Pulsschlag zwischen ihren Beinen.

„Logan", stöhnte sie. Die Intensität seiner Berührung war anders als alles, was sie je erlebt hatte. Eine einzige Berührung brachte sie zum Schmelzen, ein Kuss ließ ihren Körper singen, ihr ganzes Sein von primitiven Bedürfnissen konsumiert. Ihre Dusche war mehr als eine Stunde her, ein langsames, köstliches Erkunden. Es war, als könnten sie einander nicht nahe sein, ohne gierig zu werden.

Er drehte sie um, damit sie ihn ansah, schob seine Hand unter ihre Haare und hielt ihren Nacken, während er gegen ihre Lippen sprach. „Ich kann nicht fassen, dass ich nicht gesehen habe, was direkt unter meiner Nase war."

„Ich habe meine Lust versteckt", flüsterte sie.

„Warum?"

„Ich wollte deinen sexy Körper, aber das ist nicht genug."

Ein Mundwinkel hob sich. „Es ist ein Anfang."

„Ich dachte, du wärst keine gute Idee, was eine Beziehung angeht."

Er hob seine andere Hand und zeichnete ihr Schlüsselbein nach. „Bisschen vorschnell geurteilt, was?"

Sie drückte seinen Arm, während seine Finger immer noch am Ausschnitt ihres V-Ausschnitt-T-Shirts spielten. „Du hast nie den Eindruck erweckt, als ob du mit irgendjemandem etwas Ernstes hast, und dazu kommt, dass deine Mom nicht für dich da war."

Er ließ die Hand sinken. „Ich habe kaum Erinnerungen an meine Mom. Ich war vier als sie gegangen ist. Für mich war das keine große Sache. Mein Dad war toll; ich hatte ein ganzes Haus voller großer Brüder, die auf mich aufgepasst haben, und eine kleine Schwester, das war alles ziemlich cool."

„Es könnte schon ein paar Probleme verursacht haben." Als er das Gesicht verzog, hob sie die Hände. „Wir alle haben welche. Ich eingeschlossen."

„Vielleicht, aber ich bin ziemlich glücklich. Ich schätze, wenn ich mir ein Problem aussuchen müsste, würde ich sagen, dass die Frau, die mich so lange wollte, mir nicht auch nur ein einziges Signal gegeben hat, dass sie so empfindet." Er kniff die Augen zusammen. „Wir hätten das hier schon vor sechs Monaten haben können."

Sie ging zu ihm, schlang die Arme um seinen Nacken und küsste ihn. „Dann haben wir ja jede Menge verlorene Zeit gutzumachen."

Er hielt ihr Kinn, küsste sie und schob sie langsam zurück, bis sie gegen den Tresen stieß, sein Körper hart an ihren gepresst. Oh fuck. Nicht hier. Hier gab es Fenster; das ganze Erdgeschoss war ein einziger offener Bereich. Als sie den Mund von seinem losriss, wanderte er zu ihrem Hals. Seine Zähne kratzten an ihrer sensiblen Haut, und seine Hand glitt zwischen ihre Beine.

„Logan, lass uns hochgehen", keuchte sie atemlos. „Bitte. Die Fenster."

Er hob den Kopf, sah sich um, und blickte ihr in die Augen. „Hier ist niemand. Zieh deine Jeans aus. Ein Quickie geht."

Sie klatschte ihm mit der Hand auf die Schulter. „Nein." Sie befreite sich aus seinem Griff und ging zur Treppe.

„Nein?", fragte er fassungslos.

Sie warf ihm über die Schulter einen Blick zu und sah, dass er mit entschlossenem Blick auf sie zukam. Sie eilte die Treppe hinauf, dicht gefolgt von Logan. Er holte sie im Flur ein und packte sie von hinten an der Taille. Sie quietschte. Seine Zähne schlossen sich um ihr Ohrläppchen, und er zupfte daran. „Ich weiß, wenn du ganz feucht für mich bist. Du atmest ganz flach, wenn dein Körper mich will."

Sie bebte bei seinen Worten. „Das bin ich. Ich will nur ein bisschen Privatsphäre."

Er drehte sie um, ergriff ihre Hände und presste sie an die Wand. „Privat genug für dich?"

Sie sah sich um. Keine Fenster. „Ja."

Im nächsten Moment fielen ihre Jeans und ihr Höschen zu Boden, nachdem er sie ihr mit einer schnellen Bewegung ausgezogen hatte. Er richtete sich auf und packte sie bei den Haaren, bog ihr Gesicht für seinen Kuss empor, und sein Mund ergriff Besitz von ihr, während seine Finger erneut zwischen ihre Beine glitten und sie fiebrig machten. Oh Gott, dieser Mann. Er wusste, wie er sie schnell zum Höhepunkt brachte und auch, wie er sie langsam quälte. Diesmal war es schnell. Zu schnell. Sie klammerte sich an seine Schultern, ihre Gliedmaßen schwer und schwach. Ein Wimmern, das ihr entfleuchte, wurde von seinem Mund erstickt.

Scharfes Verlangen erfasste sie. Sie packte seinen Po, zog ihn an sich, musste ihn in sich spüren, nicht seine Finger. Er begriff, trat einen Schritt zurück und holte ein Kondom aus seiner Jeanstasche. „Zieh das Top und den BH aus", sagte er, während er sich befreite und das Kondom überrollte.

Sie gehorchte und beobachtete ihn mit trockenem Mund. Im nächsten Moment hob er sie hoch und nahm sie gegen die Wand, entschlossen, hart und heiß. Sie keuchte, grub ihre Nägel in seine Schultern, den Kopf in den Nacken geworfen. Höher, heißer, alles in ihr war zum Zerreißen gespannt und explodierte schließlich. Er stieß weiter zu und löste ein Nachbeben nach dem anderen aus, bevor er selbst einen gutturalen Laut ausstieß, ihr wie ein Tier in den Hals biss und schließlich kam.

Einen Moment später küsste er sie langsam und innig, als könnte er nicht genug von ihr bekommen. Sie verlor sich, betört von dem Kuss, in einem Nebel aus Lust und tiefen Gefühlen. Er unterbrach den Kuss, doch seine warme Hand streichelte ihre Wange, ihren Hals, über ihre Schulter und ihren Arm hinab. Sie liebte es, dass er so zärtlich war, selbst nachdem sie Liebe gemacht hatten. So fühlte es sich an. Nicht wie ficken.

Er strich ihr die Haare aus dem Gesicht. „Ich bin ein Tier. Pfeif auf San Francisco. Ich will dich wieder in meinem Bett."

Sie musste lächeln. Ohne jeden Zweifel lag sein Fokus ganz auf ihr und nicht auf seiner Ex. „Wir sollten ein bisschen Sightseeing machen. Ich weiß nicht, wann ich wieder herkommen werde."

Er ließ die Hand über ihre Rippen gleiten, dann hielt er sie bei den Hüften. „Zwei Stunden Sightseeing und danach will ich dich nackt auf allen Vieren."

„Das ist ziemlich spezifisch", neckte sie ihn. „Klingt, als hättest du darüber nachgedacht."

Er streichelte ihr mit dem Daumen über die Unterlippe. „Seit du dich heute Morgen über das Waschbecken gebeugt hast."

„Warum hast du mich dann nicht gleich da so genommen?" In der Dusche hatte er sie auf andere Weise verwöhnt und damit ihre unsterbliche Liebe zu seinem Mund besiegelt. Und sie hatte den Gefallen erwidert.

Er küsste sie und flüsterte gegen ihre Lippen. „Ich habe die Kontrolle verloren, weil ich dich so sehr wollte."

Seine Hände wanderten zu ihrem Po und er drückte zu. „Jetzt plane ich voraus."

„Ich kann es nicht erwarten", flüsterte sie.

Er stöhnte und hielt sie fest, bevor er sie losließ. „Zwei Stunden." Er hob seine Kleider vom Boden auf und ging ins Schlafzimmer.

~

Nachdem sie sich angezogen hatten – beide strahlend und glücklich, folgte sie Logan hinaus. Sie blieben in der Auffahrt stehen, wo sein BMW vor ihrem Jeep geparkt stand.

„Welches Auto?", fragte er.

„Der Jeep macht vielleicht mehr Spaß."

„Sicher. Macht es dir was aus, wenn ich fahre? Dann kannst du dich auf die Sehenswürdigkeiten konzentrieren."

Sie lächelte, ein wenig gerührt angesichts seiner Aufmerksamkeit. „Klingt gut." Sie grub in ihrer Handtasche nach den Autoschlüsseln. Ein Rascheln in den Büschen ließ sie herumfahren. Ein langes Teleobjektiv war auf sie gerichtet. „Logan", sagte sie leise. „Da ist jemand." Oh Scheiße. Was, wenn sie nicht nach oben gegangen wären? Dann gäbe es jetzt womöglich Sexbilder von ihnen, die überall angeboten worden wären, vielleicht sogar ein Video. Sie hielt sich an Logans Arm fest, schwindelig bei dem Gedanken.

„Hey!", rief er. „Verschwinden Sie hier, das ist Privatbesitz!"

Das Objektiv wurde gesenkt und ihr Vater trat aus dem Gebüsch in die Auffahrt. Ihr Magen zog sich zusammen, als sie Logan losließ und auf ihren Vater zuging. Das einzige, was sie mit ihm verband, war genetisch bedingt. Er hatte nie Teil ihres Lebens sein wollen. Groß und schlank, die dunkelblonden Haare ordentlich gescheitelt, kam er langsam mit der Kamera in der Hand auf sie zu.

Sie würde die Kamera zerstören, doch es war möglich, dass er die Bilder bereits digital über ein anderes Gerät verschickt hatte. Logan stürmte auf ihn zu, als wollte er ihn mit Gewalt vom Grundstück werfen.

„Logan! Das ist mein Dad."

Logan blieb stehen und starrte sie überrascht an.

Sie nickte, die Lippen zu einer flachen Linie zusammengepresst. Jetzt musste sie ihm erklären, dass ihr Paparazzo-Dad seiner eigenen Tochter nachstellte.

Ihr Vater blieb vor ihr stehen. „Hi Sabrina."

Sie streckte die Hand aus. „Lass mich die Kamera sehen. Hast du Fotos von mir und Logan gemacht?"

„Nein, bin gerade erst gekommen." Er zeigte ihr die Aufnahmen von Stars und Sternchen auf seiner Memorykarte. Nichts von ihr und Logan. Er musterte sie einen Moment. „Du siehst glücklich aus."

Sie biss die Zähne zusammen. Bis gerade eben war sie glücklich gewesen. Doch jetzt hatte er eine schöne Zeit in Scheiße verwandelt. „Ist eine Weile her, seit ich dich das letzte Mal gesehen habe." Das letzte Mal war bei ihrer desaströsen Hochzeit vor fünf Jahren gewesen. Bereit zur Vergebung, ganz strahlende Braut, hatte sie ihn eingeladen.

„Die Umstände sind jetzt auf jeden Fall besser." Ihr Vater wandte sich Logan zu. „Hi. Ich bin Charlie. Freut mich, dich kennenzulernen."

„Logan Campbell."

Ihr Dad nickte. „Jupp." Und zu Sabrina sagte er: „Sorry, dass ich mich in den Büschen versteckt habe. Ich war mir nicht sicher, ob du mit mir reden würdest."

Sie verschränkte die Arme.

„Bin der Spur gefolgt – deine Verbindung zu Claire Morgan, Logans Investorengespräche, deine plötzliche Hochzeit. In Kalifornien war ich schon."

„Nette Detektivarbeit", bemerkte sie.

Er nickte. „Wenn ich dich gefunden habe, wird es nicht lange dauern, bevor alle anderen es auch tun. Kann ich bitte ein Foto von euch beiden als verheiratetes Paar machen? Würde mir wirklich helfen, wenn ich das erste Foto bringe."

Sie biss die Zähne zusammen. „Nein."

Logan hob einen Finger. „Nur einen Moment." Er zog sie zurück in Richtung Haus und sagte leise: „Komm, lass es uns tun. Das ist ein fettes *Fuck you* an alle anderen zu unseren Bedingungen. Wenn er das Foto verkauft, brauchen wir uns wegen anderer Paparazzi in den Büschen keine Gedanken mehr zu machen."

Sie runzelte die Stirn. „Mein eigener Dad macht Geld mit mir."

„Und wir lassen es aus gutem Grund zu."

„Er hat sich nie für mich interessiert. Bis ich dreizehn war, wusste ich ja nicht einmal, dass er mein Dad war. Er ist wieder aufgetaucht, als es mit der Kunstkarriere meiner Mom bergauf ging. Er wollte Fotos von ihrer Kunst verkaufen und sie hat nur zu gerne mitgespielt. Damals habe ich geglaubt, dass sie wieder zusammenkommen würden, weil er für ein paar Wochen bei uns eingezogen ist. Doch dann ist er wieder verschwunden. Ich schulde ihm nichts."

„Reichlich beschissen." Er warf ihrem Dad, der an der Kamera herumfummelte, einen Blick zu.

„Meine Leute binden sich nicht."

Logan ergriff ihre Hände und drückte sie. „Bei meinen Eltern hat es auch nicht geklappt."

„Dann sind wir also beide verdorben."

Er lächelte auf sie herab. „Ich sage, lass es uns machen. Schenk ihm ein großes, kitschiges Lächeln und dann machen wir, wonach uns der Sinn steht."

Sie drehte sich zu ihrem Vater um, der sich ein wenig von ihnen abgewandt hatte und ihnen einen privaten Moment gewährte. Logan hatte wahrscheinlich recht. Ein Foto zu ihren Bedingungen war wahrscheinlich besser, als wenn irgendwelche Leute sich auf sie stürzten.

„Okay. Ein Foto", rief sie ihrem Dad zu. „Vor den Büschen da. Ich will Claires Haus nicht mit draufhaben."

„Perfekt." Ihr Dad lächelte, doch sie erwiderte es nicht. Er benutzte sie nur.

Gemeinsam mit Logan ging sie zu den Büschen, wo Logan einen Arm um ihre Schultern legte.

Ihr Dad hob die Kamera und richtete sie auf sie. „Stellt euch so hin, dass ihr euch in die Augen seht und lächelt. Sabrina, leg deine linke Hand auf seine Schulter, damit ich deinen Ehering ins Bild bekomme."

Sie wollte gerade protestieren, als Logan sie zu sich umdrehte, seine Arme um ihre Taille legte und sie an sich zog. Er beugte sich zu ihr hinunter und flüsterte: „Komm, leg deine Hände auf meine Schultern und tu so, als ob du mich magst."

Sie lachte und legte ihre Hände auf seine Schultern. Er lächelte auf sie hinab, und Lachfältchen tanzten in seinen Augenwinkeln. Er sah wirklich glücklich aus und das machte sie glücklich. Eine Welle der Zuneigung für ihn machte es ihr leicht, sein Lächeln zu erwidern.

„Perfekt!", rief ihr Dad und drückte auf den Auslöser.

Mit einem Mal kehrte sie in die Realität zurück und drehte sich zu ihrem Vater um. „Hast du das Bild?"

Er ging die Bilder durch und lächelte. „Ja, schön." Er ging zu ihnen und schüttelte erst Logans Hand, dann ihre. „Vielen Dank, das wird mich für einen Monat in den schwarzen Zahlen halten."

Logan starrte ihn mit harter Miene an. „Sie haben Ihr Foto. Und jetzt schlage ich vor, dass Sie ganz schnell verschwinden. Wir gehen aus, und wenn Sie sich nicht beeilen, könnte jemand anderes Ihnen zuvorkommen."

„Absolut", nickte ihr Dad. „Danke." Er wandte sich zum Gehen, doch Logan packte ihn am Arm. „Ich will nicht, dass Sie uns noch einmal irgendwo auflauern, verstanden? Denn dann rufe ich die Polizei, egal, wer Sie sind."

„Passt schon", sagte ihr Dad und wandte den Blick ab. „Das ist alles, was ich brauche."

„Moment", sagte Logan. „Ich mache das Tor auf, dann müssen Sie nicht mehr über den Zaun klettern."

Ihr Vater wurde rot und warf ihr einen Blick zu, bevor er zu Boden starrte und wartete. Er steckte seine Hand in seine Hosentasche, holte eine Visitenkarte hervor und reichte sie ihr. „Für den Fall, dass du in Verbindung bleiben willst."

Gereizt steckte sie die Karte in ihre Tasche. Er hoffte wahrscheinlich, dass sie sich bei ihm melden würde, damit er das nächste Foto abstauben konnte. „Bye."

Logan drückte die Fernbedienung, um das Tor zu öffnen, und ihr Vater joggte quasi davon.

Logan kehrte zu ihr zurück. „Das ist besser gelaufen, als ich dachte. Bist du böse?"

Sie schüttelte den Kopf. „Ich möchte nur so tun, als wäre das nie passiert. Ich schwöre bei Gott, wenn meine Mutter jetzt auch noch aus der Versenkung auftaucht, sterbe ich."

„Was würde sie schon tun?"

„Versuchen, die Aufmerksamkeit auf sich und ihre Kunst zu lenken. Ihre Arbeit ist nicht mehr en vogue. Kunsttrends kommen und gehen, und sie hat nie von ihrem Lieblingsthema abgelassen."

Er schmunzelte. „Ich würde gerne diese erotischen Bilder sehen."

Sie funkelte ihn böse an. „Ich bin froh, dass du meine peinliche Mutter amüsant findest."

Er zuckte mit den Schultern. „Ich bin nur neugierig."

„Können wir uns jetzt bitte die Sehenswürdigkeiten ansehen fahren?"

Er legte die Hand unter ihr Kinn und küsste sie. „Absolut."

Ein paar Minuten später fuhren sie schließlich mit dem Jeep los. Sie hoffte wirklich, dass jetzt niemand aus ihrer Familie mehr versuchen würde, Profit aus ihr zu schlagen.

14

Logan staunte über Sabrina, jetzt, wo sie sich ihm gegenüber geöffnet hatte, war sie leidenschaftlich und zeigte einen bissigen Sinn für Humor. Sie zögerte nicht, ihm Contra zu geben und durchzusetzen, was sie wollte, darum musste er sich keine Sorgen machen, sie zu überfahren. Sie hatten ein echtes Geben und Nehmen, besser noch als ihre Freundschaft, denn jetzt, wo sie sich nicht wie die kühl-reservierte Therapeutin benahm und mehr sie selbst war, waren sie auf derselben Augenhöhe. Genau genommen hatte sie sogar die Oberhand, auch wenn sie das nicht wusste, denn er war grenzenlos in sie verschossen. Der Sex war umwerfend, sie kochte wie ein Gourmetkoch, und je besser er sie kennenlernte, desto mehr mochte er sie. Es machte ihm ein bisschen Angst, wie viel er so schnell empfand. Er versuchte, es zu rationalisieren – vielleicht war sie seine Reboundbeziehung, vielleicht war es die fingierte Ehe, die eine Bindung versprach, die tatsächlich gar nicht da war. Was auch immer der Grund war, er konnte nicht leugnen, dass er etwas … Tiefes empfand.

Beim Sightseeing hatten sie jede Menge Spaß. Er spielte den Tourguide, und als ihm bewusst wurde, wie viel Spaß sie hatte, ignorierte er die Zwei-Stunden-Grenze, die er gesetzt hatte, und verbrachte den ganzen Tag mit ihr draußen. Sie bewegten sich frei in der Stadt, niemand störte sie und es war, als bewegten sie sich in ihrer eigenen kleinen Blase des Glücks.

Als sie zu Claires Haus zurückkehrten, kochte Sabrina ihm ganz ohne Rezept ein fantastisches Abendessen. Dünn geschnittenes Rindfleisch mit Basilikum, Engelshaar-Spaghetti und Salat. Er aß sogar den Salat, weil sie es schaffte, dass er köstlich schmeckte mit gerösteten Mandelsplittern, Birnenscheiben und einem hausgemachten Dressing.

Jetzt lehnte er sich am Tisch zurück, voll und zufrieden. „Ich kann nicht fassen, dass du das alles ohne Rezept gemacht hast. Du hättest Köchin werden sollen."

Sie lächelte. „Ich koche gerne. Und wenn man es oft genug macht, bekommt man ein Gefühl dafür, was zueinander passt und wie lange man es kochen muss."

„Ich kann kaum eine Tiefkühlpizza backen."

Sie lachte. „Ich bin mir sicher, dass du mehr als das kannst."

„Isst du immer so? Ich meine deine Gourmetspeisen?"

„Das ist nicht Gourmet. Und nein, das mache ich nur zu besonderen Anlässen. Sowas zu kochen dauert länger und das ist auch gut so. Gute Dinge kommen zu jenen, die warten."

Er streckte den Arm über den Tisch und ergriff ihre Hand, dann küsste er ihre Fingerknöchel. Sie öffnete den Mund, den Blick auf die Hand gerichtet. „Ist das deine subtile Art zu sagen, dass ich warten muss, bevor ich dich wieder verführen darf?"

Sie schüttelte lächelnd den Kopf. „Ich meinte das Essen." Sie blickte zurück in die Küche. „Auch wenn wir wahrscheinlich besser die Töpfe und Pfannen spülen sollten, bevor alles kleben bleibt. Und wenn ich sage wir, dann meine ich dich."

Er lachte und drückte ihre Hand. „Okay, den Wink habe ich verstanden."

„Wenn ich alles dazu dagehabt hätte, hätte ich dir ein schönes Dessert gebacken."

Er presste eine Hand auf sein Herz. „Backen kannst du auch?"

Sie warf ihre Haare über ihre Schulter und klimperte mit den Wimpern. „Meine Freundinnen bezeichnen mich als Göttin des Haushalts."

„Das bist du."

„Ich finde es einfach entspannend. Das ist etwas, das ich in meiner Kindheit nicht hatte, frisch gekochte Mahlzeiten oder ein gemütliches Zuhause, darum habe ich gelernt, wie man das umsetzt."

„Ich bin in einem gemütlichen Zuhause aufgewachsen, aber so gut haben wir nie gegessen. Jetzt habe ich ein großes Haus, das so gut wie leer ist."

„Nachdem du aus einem Haus kommst, das immer voller Menschen war, muss es dir doch gefallen, so viel Platz für dich zu haben."

Er grinste. „Ich dachte nur, dass es daran liegt, dass ich zu faul bin, Möbel auszusuchen."

Sie lachte. „Daran könnte es natürlich auch liegen."

Er stand auf und brachte das Geschirr in die Küche. Er stellte alles ins Waschbecken und ließ das Wasser laufen.

Sabrina folgte ihm. „Weißt du, wie man Geschirr abwäscht?"

Er kniff die Augen zusammen. „Bitte. Hältst du mich für vollkommen hilflos?"

„Okay, okay. Ich meine nur, dass du das alles in den Geschirrspüler stellen kannst."

Er fing an, die Maschine zu beladen. „Natürlich, aber ich habe gesagt, dass ich Töpfe und Pfannen schrubben werde, und das werde ich auch tun." Er lud das Geschirr und das Besteck in die Maschine, während Sabrina zusah. „Ich schaff das schon. Du musst mich nicht beaufsichtigen."

„Dir bei Hausarbeiten zuzusehen, macht mich ganz heiß." Er bellte vor Lachen. „Ich habe so das Gefühl, dass du deine umgekehrte Psychologie bei mir anwenden willst, Frau Therapeutin."

„Nein wirklich", beharrte sie. „Mach die Töpfe und Pfannen."

Er schüttelte den Kopf, nicht wirklich überzeugt, doch für den Fall, dass es sie wirklich heiß machte, würde er sie sofort verführen, sobald er mit dem Abwasch fertig war. Er nahm ein Papiertuch und goss Seife darauf.

„Warte." Sie wühlte im Schrank unter dem Waschbecken herum und holte einen frischen Topfkratzer hervor. „Hier, versuch's mal damit."

Er machte sich ans Werk. „Welche Nachspeisen machst du eigentlich so?"

Sie lehnte sich neben ihn an den Tresen. „Hm, das hängt ganz davon ab, wonach dir ist. Kekse, Brownies, mehlfreien Schokoladenkuchen, Schokoladenmousse, Obstkuchen–"

„Whoa, lass uns mit dem Obstkuchen anfangen. Was für Obst?"

„Was immer du magst. Äpfel sind zu dieser Jahreszeit wahrscheinlich am leichtesten zu finden."

„Ja bitte. Was kannst du sonst noch?"

„Was meinst du?"

„Wie weit gehen deine Talente als Haushaltsgöttin?"

Sie zuckte mit den Schultern. „Das ist Ansichtssache. Meine Freundinnen kommen gerne in meine Wohnung. Sie sagen, es duftet immer nach Zimt und Vanille und die Sofas sind so gemütlich. Ich habe bunte Kissen genäht und eine Wolldecke gestrickt."

Er riss die Augen auf. „Ich muss deine Wohnung sehen."

„Also, nach dem hier … sehen wir uns weiter?"

Er erstarrte, überrascht, dass sie dachte, es wäre auf das Wochenende beschränkt. Zugegebenermaßen hatte er gesagt, dass sie ein Honeymoon-Wochenende haben würden, doch er hatte angenommen, dass es beiden genug gefiel, um weiterzumachen. Fuck. Er stellte den Topf ab und drehte sich zu ihr um. „Ich denke, das sollten wir."

„Warum genau?", fragte sie leise.

Er suchte schnell nach einer guten Antwort, bei der er nicht zugeben musste, was er empfand. Er wollte nicht, dass sie wusste, wie süchtig er nach ihr war, denn, wenn das alles nicht echt war und nur der Wiederherstellung ihres Rufs diente, hatte er ein Problem.

„Gegenseitiges Vergnügen."

Sie presste die Lippen aufeinander. „Bis …"

„Ich weiß nicht. Lass uns einfach improvisieren."

Sie nickte, drehte sich um und begann, in den Schränken herumzuscheppern. Er hatte das Gefühl, dass sie wütend war.

„Was ist?", fragte er.

„Nichts. Ich suche nur nach einem Geschirrhandtuch." *Schepper.* „Nicht hier." *Schepper.* „Sie muss doch irgendwo welche haben, oder?"

Er stellte das Wasser ab, trocknete seine Hände an einem Küchenpapier ab und trat neben sie, als sie die fünfte Schranktür zuknallte. Er schlang den Arm um ihre Taille und zog sie an sich, schob seine Hand unter ihre Haare und ließ sie in ihrem Nacken ruhen. „Sabrina."

„Was?", blaffte sie, definitiv angepisst, doch sie starrte seinen Mund an und atmete schneller. Seine Berührung erwiderte sie jedoch nicht.

„Ich weiß, dass wir diese fingierte Ehe spielen, aber ich habe dir gesagt, dass dieser Teil real ist." Er streifte ihren Mund mit den Lippen. „Sei nicht böse." Noch ein flüchtiger Kuss. „Genieß es einfach."

Sie seufzte. „Ich fliege morgen früh zurück und ich muss wissen, wo ich stehe. Wenn wir also beide wieder zu Hause sind und unser fingierter Honeymoon vorbei ist, dann sehen wir uns also zwecks gegenseitigen Vergnügens – wie in: ficken?"

Er wurde hart, als er das Wort aus ihrem süßen Mund kommen hörte, doch ihre braunen Augen schienen in seinen zu suchen, darum sagte er die Wahrheit. „Wie in: mehr als ficken."

Sie schlang die Arme um seine Taille und umarmte ihn. Das Tier in ihm erwachte wieder. Er wollte sie nicht umarmen, er wollte sie über den Küchentresen beugen und tief in sie eindringen. Er hatte Gefühle für sie, doch das intensive Verlangen, wenn sie sich an ihn presste, machte es ihm unmöglich, sich zurückzuhalten. Er grub seine Finger in ihre Haare und zog ihr Gesicht hoch, damit sie ihn ansah.

Ihre Wangen waren rot, der Puls an ihrem Hals pochte schnell. Er streichelte mit den Fingern darüber und genoss ihre Reaktion auf ihn. Er wollte sich gerade zu ihr hinunter beugen und ihren Puls kosten, als sie sagte: „Das Türenzuschlagen war passiv-aggressiv von mir. Ich muss mich entschuldigen. Von jetzt an werde ich besser kommunizieren."

Er schüttelte den Kopf. „Du bist einfach zu süß. Du musst dich nicht dafür entschuldigen, dass du wütend warst."

Sie sah ihm in die Augen. „Ich habe so reagiert, weil es sich angehört hat, als wäre es nur Ficken, doch für mich ist es definitiv mehr. Ich hätte es gleich sagen sollen. Diese Beziehungssache ist immer noch ziemlich neu, aber ich will *wirklich* gut darin werden. Theoretisch bin ich ein Experte, zumindest was andere Leute angeht, doch was mich selbst angeht nicht so sehr."

„So selbstkritisch", neckte er sie. „Wenn du wütend warst, weil du nicht wusstest, wo du stehst, dann verstehe ich das. Für mich musst du kein Experte sein." An ihren Lippen fuhr er fort. „Ich will nur, dass du mit mir zusammen bist." Dann küsste er sie und zeigte ihr, wie sehr er sie wollte; ein fordernder Kuss, der das Feuer zwischen ihnen anfachte. Ihre Zunge tanzte mit seiner, sie legte ihre Arme um seinen Hals, hielt ihn fest und presste ihr Becken gegen seines.

Das Geschirr konnte warten. Er war sich sicher, dass er nie genug von ihr bekommen würde. Es hätte ihm Angst machen sollen, doch dafür war es schon zu spät.

Noch ein Tag fingiertes Eheglück war alles, was ihr blieb, bevor sie nach Hause fliegen musste. Logan würde noch bis Mittwoch bleiben, um im Büro des Investors alles unter Dach und Fach zu bekommen. Sie redete sich gut zu, dass es kein Abschied für immer war. Er würde nach Hause fliegen und sie würden ihre Beziehung in einer neuen Phase fortsetzen. Das Problem war nur, dass sie sich nicht sicher war, welche Phase das war. Sie mochte ihn viel zu sehr, und wenn sie ehrlich war, hatte sie sich über Monate langsam in ihn verliebt. Ein Teil von ihr wollte die Zeit zurückdrehen, um ihm nahe genug zu kommen, bevor er wieder etwas mit Olivia anfangen konnte, bevor sie halb gewollt, halb ungewollt ins Rampenlicht gezerrt worden war. Es gab einfach zu viele Stressfaktoren für eine neue Beziehung.

Es war Sonntagmorgen, und sie hatte bereits gepackt. Alles, was blieb, war, sich von Logan zu verabschieden und ihren Jeep bei der Autovermietung am Flughafen abzugeben.

An der Haustür blieb sie vor ihm stehen. Sie versuchte zu lächeln, doch es gelang ihr nicht. „Also, dann sehe ich dich wohl zu Hause wieder."

Er lächelte schief. „Sei nicht traurig. In drei Tagen komme ich nach. Solange kannst du doch ohne mich im Bett überleben."

Okay, ja, der Sex war phänomenal, doch sie machte sich ein bisschen Sorgen, dass er alles andere in den Hintergrund drängte. Nicht, dass es ihr keinen Spaß machen würde. Er war ein fordernder, doch großzügiger

Liebhaber, und das war okay für sie. Mehr als das. Doch da waren all diese Gefühle, die sich in ihr aufbauten, und sie war sich sicher, dass er nicht dasselbe empfand. Sie brauchte nur einen winzigen Wink, der ihr sagte, dass sie nicht allein in diesen tiefen Wassern war. „Glaubst du, wir sollten zu Hause weiter verheiratet spielen?"

„Klar, ist ja kein Problem."

„Vielleicht sollten wir unseren Freunden die Wahrheit sagen."

„Lass es erst mal bleiben. Wir erzählen es ihnen, wenn sich der Staub gelegt hat und dein Ruf wiederhergestellt ist."

„Aber was, wenn irgendwelche Reporter rumschnüffeln? Meinst du nicht, es sieht seltsam aus, wenn wir nicht zusammenleben?"

Er lachte und zog spielerisch an ihren Haaren. „Du machst dir zu viele Sorgen. Ich bin mir sicher, dass die Aufmerksamkeit bald nachlässt. Du hast keine weiteren Fernsehinterviews geplant. Du gehst wieder an deine Arbeit. Ich mache mich an meine, und wir sehen uns zum Lunch oder *was sonst noch alles geht.*" Er zwinkerte ihr zu.

„Du meinst Sex."

Er hob die Hände. „Was immer du daraus machen willst."

Sie seufzte entnervt.

Er schob die Hand in ihren Nacken und zog sie für einen schnellen Kuss an sich heran. Dann ließ er die Hand sinken. „Gute Reise. Wir sehen uns bald wieder."

Sie regte sich nicht, denn sie wollte nicht, dass diese goldene Zeit in Kalifornien bereits endete.

Er versetzte ihr einen Klaps auf den Po. „Hör auf, mich so besorgt anzusehen. Im Ernst, deine Augen bringen mich um. Du kennst mich, oder?"

„Ja."

„Du vertraust mir."

„Ja."

„Dann ist alles gut. Und jetzt geh, bevor ich dich an Ort und Stelle nageln muss."

Sie schmunzelte. Er schaffte es immer, sie zum Lächeln zu bringen. Er grinste und biss ihr in den Hals.

Sie ging bester Stimmung – und alles dank Logan.

Sie kam in miserabler Stimmung zu Hause an. Erschöpft und mit Jetlag parkte sie spät am selben Abend vor ihrem Apartmentkomplex. Es war dunkel und kalt. Willkommen zurück in Connecticut im Januar! Sie stieg aus dem Wagen, öffnete den Kofferraum, um ihren Koffer herauszuholen, und schrie.

Ein Reporter stand neben ihr. Sie hatte ihn nicht einmal kommen hören. Es war der Typ aus der Stadt mit dem langen dunklen Pferdeschwanz.

Sie warf ihm einen bösen Blick zu und holte ihren Koffer aus dem Kofferraum. Sie war nicht in Stimmung für diesen Blödsinn. „Ich war den ganzen Tag unterwegs und ich möchte nur in Frieden zurück in meine Wohnung gehen." Sie schlug den Kofferraumdeckel zu und schloss ihren Wagen ab.

Der Mann starrte sie an. „Dann leben Sie auch nach der Hochzeit mit Logan Campbell in Ihrem Apartment?"

Sie biss die Zähne aufeinander. Sie hatte angenommen, dass das ein Problem darstellen würde, doch Logan hatte so getan, als wäre es keine große Sache. „Wie ich schon sagte, bin ich gerade zurückgekommen, da hatte ich wohl kaum eine Gelegenheit, bei ihm einzuziehen, doch wir könnten glücklicher nicht sein."

„Ist ziemlich schnell gegangen."

Sie ignorierte ihn und ging in Richtung Haus, doch er folgte ihr. „Irgendein Kommentar zu Willow Clarkes Kunst?"

Sie erstarrte. Das war ihre Mutter.

Er fuhr fort. „Sie hat mir ein Interview in ihrem Studio

gegeben und mir ein paar interessante Dinge über Sie erzählt."

Galle stieg ihr in den Hals. Das konnte sie sich vorstellen. Sie würde wahrscheinlich ein Interview nach dem anderen geben, in dem sie über Sabrinas Kindheit redete und dabei darauf achtete, dass ihre Bilder gut zu sehen waren. „Kein Kommentar."

„Sie sagte, Sie waren ein verträumtes Kind gewesen, das sich immer kunstvolle Alternativwelten ausgedacht hat." Kein Witz. Was hätte sie sonst tun sollen? Sie konnte nicht einmal ihre Freunde nach Hause einladen. Die Eltern ihrer Freunde hätten ihre Kinder nicht in die Nähe von „all diesem Schweinkram" gelassen, und selbst wenn wäre sie vor Scham gestorben.

Sabrina ging weiter. Ihr Dad hatte sie verkauft. Ihre Mom hatte sie verkauft. Als nächstes würde womöglich ihr Halbbruder nackt mit Sci-Fi Bodypainting posieren und darüber reden, für wie seltsam er sie immer gehalten hatte. Oh, welche Ironie.

Die Stimme des Mannes wurde sanfter und er fuhr in verschwörerischem Ton fort. „Hey, ich verstehe es. Meine Familie ist auch nicht perfekt. Vielleicht sind Sie deswegen Beziehungstherapeutin geworden. Willow hat gesagt, dass sich Ihre Familie nicht bindet, und dass es sie überrascht hat, als Sie diesen Karriereweg eingeschlagen haben."

Ihr Magen begann sich zu drehen, doch sie schaffte es weiterzugehen. Sie hielt den Blick stur geradeaus gerichtet und ging die Treppe hinauf.

Er blieb unten stehen und rief ihr hinterher. „Scheint mir ein bisschen betrügerisch zu sein, sich als Beziehungs-expertin auszugeben, wenn man bedenkt, aus welchen Verhältnissen Sie stammen und dass Sie und Logan nicht einmal zusammenleben. Ist die Ehe überhaupt echt?"

Sie stürmte die übrigen Stufen hinauf und schloss mit zitternden Händen die Tür auf. In der Wohnung ange-kommen, schloss sie die Tür von innen ab und ließ sich dagegen sinken, ein paar Augenblicke lang hyperventilierend, bis ihr ein tiefer Atemzug gelang. Schließlich sank sie schluchzend zu Boden, als alle Ereignisse der vergangenen Woche über sie hereinzubrechen schienen.

Nachdem sie sich ausgeweint hatte, setzte sie sich aufs Sofa und dachte ihre Möglichkeiten durch. Sie hatte Logan auf ihrer Seite, sie hatte Claire, sie hatte einen Anwalt – auch wenn der bisher nicht viel getan hatte. Und dann begriff sie es – sie brauchte sie alle nicht. Was sie tun musste, war, diese Psychotussi von einer BeziehungsBeraterin von Angesicht zu Angesicht konfrontieren und der Sache ein Ende setzen. Sie musste diejenige sein, die hinter alledem steckte. Sie konnte sich nicht vorstellen, warum dieser Reporter ihr derart nachstellte und so tief in ihrer Vergangenheit herumstocherte. Die einzige Erklärung, die ihr einfiel, war, dass er dafür bezahlt wurde.

Sie würde Lexi um Hilfe bitten, sie wohnte schließlich nur ein paar Türen weiter. Lexi konnte einen Termin mit der Psychotussi vereinbaren und Sabrina würde an ihrer Stelle hingehen. Sie glaubte nicht, dass Tara sie sonst hereinlassen würde. Sie holte ihr Handy aus der Tasche, um Lexi zu schreiben, in der Hoffnung, dass sie noch wach war. Auf dem Display war eine Nachricht von Logan. *Bist du gut angekommen?*

Sie schrieb schnell zurück. *Ein Reporter hat mir vor meiner Wohnung aufgelauert. Er weiß, dass wir nicht zusammenwohnen, und meine Mom gibt Interviews über mich.*

Ihr Handy klingelte. Logan. Sie nahm den Anruf an und er begann sofort, sie herumzukommandieren. „Lass dir von Ben meine Hausschlüssel geben und zieh ein. Du wohnst bei mir, bis sich der Staub gelegt hat."

„Das werde ich nicht tun." Es war viel zu früh, um zusammenzuleben. Ihre Beziehung würde unter all dem Druck implodieren.

„Nur, um dich zu entlasten."

„Ich kann nicht einfach bei dir einziehen", sagte sie stur. „Wir hatten nur ein Date. Für sowas gibt es eine Reihenfolge."

„Betrachte es als Besuch. Keine große Sache. Mittwoch-abend komme ich nach Hause, dann lassen wir uns was einfallen. Wir sind jetzt ein Team. Du musst nicht mehr mit allem allein fertig werden."

Ihr stockte der Atem. Sie mochte den Gedanken, dass sie ein Team waren. Sie war schon immer der Meinung gewesen, dass die besten Beziehungen echte Partner-schaften waren.

Er atmete hörbar aus. „Muss ich dein Schweigen wieder als passiv-aggressive Reaktion interpretieren?"

Sie presste die Lippen aufeinander. „Nein. Ich habe nur nachgedacht."

„Da gibt es nichts nachzudenken."

„Wie lange würde ich bei dir wohnen?"

„Ich weiß nicht. Bis deine Mom aufhört, über dich zu tratschen, und dein Dad aufhört, Bilder von dir zu verschachern? Bis alle das Interesse an uns verloren haben?" Er senkte die Stimme. „Ich habe das Interview gelesen, das deine Mom gegeben hat. Gott, Sabrina, das war furchtbar. Sie hat wirklich persönliches Zeug über dich ausgeplaudert."

Sie rieb sich die Schläfen. Sie wollte nicht einmal wissen, was ihre Mutter gesagt hatte. Logan war auf ihrer Seite und es wäre dumm, sein Angebot abzulehnen. Wie eine glücklich verheiratete Frau auszusehen, war viel reiz-voller als als Hochstaplerin mit schwieriger Kindheit dargestellt zu werden. „Okay, ich ziehe ein."

„Großartig. Kochst du dann auch für mich?"

Sie rang einen Anflug von Panik nieder, dass er sie in seinem Bett und in seiner Küche wollte – in dieser Reihen-folge. „Ja, ich werde kochen. Jeden Abend."

„Verdammt. Das wird ja immer besser."

„Ich muss auflegen. Danke, Logan."

„Kein Problem, bis dann."

Sie legte auf. Es war nach zehn. Sie schrieb Lexi, die sofort antwortete. *Komm rüber.*

Sabrina öffnete vorsichtig die Tür ihrer Wohnung und

sah sich um, um sicherzugehen, dass der Reporter weg war, bevor sie zum anderen Ende des Flurs ging, wo Lexi wohnte.

Sie klingelte. Lexi öffnete die Tür und hieß sie mit ausgebreiteten Armen lächelnd willkommen. Ihre braunen Haare hatte sie zu einem Pferdeschwanz gebunden, und sie trug ein langes Tanktop und Yogahosen, als hätte sie gerade Yoga gemacht. „Herzlichen Glückwunsch!" Sie zog Sabrina in ihre Wohnung und umarmte sie.

Sabrina drückte sie. „Danke, aber dieses Hochzeitstrara war nur für die Presse. Das bleibt jetzt zwischen uns, ja? Wir sind nicht verheiratet."

Lexi runzelte die Stirn. „Oh, das tut mir leid." Dann lächelte sie wieder. „Irgendwie freut es mich aber, weil ich traurig war, dass ich die Hochzeit verpasst habe." Sie deutete auf ihr dunkelgrünes Sofa. „Setz dich. Willst du ein Glas Wein?"

„Nein, danke. Ich wollte dich nur um einen Gefallen bitten, bevor ich schlafen gehe."

„Was immer du brauchst."

Ihre Augen brannten. Sie hatte wirklich gute Freunde. Sie waren die Familie, die sie sich ausgesucht hatte. „Danke." Sie wartete, bis Lexi sich zu ihr aufs Sofa gesetzt hatte, dann berichtete sie von dem Reporter und erklärte, dass sie glaubte, dass Tara hinter alledem steckte.

„Was für ein Miststück!", entfuhr es Lexi.

„Meine Rede. Ich will von Angesicht zu Angesicht mit ihr reden und allem ein Ende setzen."

„Aber was, wenn es hässlich wird? Sie könnte das, was du sagst, gegen dich benutzen. Du hast gesagt, dass sie schon mit ihrem Anwalt gedroht hat."

„Mein Anwalt kriegt es nicht gebacken, dem Ganzen ein Ende zu setzen, dann muss ich es wohl tun."

Lexi beugte sich mit glitzernden Augen vor. „Wie sieht dein Plan aus? Willst du einfach in ihr Büro marschieren?"

„Das ist dein Stichwort. Ich wollte dich bitten, einen

Termin in ihrem Büro in Fieldridge zu machen, die Zeit ist ganz egal. Sie macht auch Einzelberatungen. Und ich gehe an deiner Stelle hin. Eine Sitzung dauert eine Stunde. Das gibt mir genug Zeit, zu sagen, was ich ihr zu sagen habe."

Lexi runzelte besorgt die Stirn. „Vielleicht sollte ich mitkommen. Als Zeuge sozusagen."

„Nein, danke, das mache ich lieber allein mit ihr aus."

„Dann nimm es wenigstens mit deinem Handy auf. Zu deinem eigenen Schutz. Vielleicht gibt sie ja alles zu, was sie getan hat."

„Gute Idee."

Lexi rieb sich die Hände. „Der zeigen wir es schon. All das schlechte Mojo, das sie in die Welt gesetzt hat, wird ihr bald gehörig selbst in den Arsch beißen."

Sie lächelte. Lexi zögerte nicht, mit harten Bandagen zu spielen. „Ich bin froh, dich auf meiner Seite zu haben, Tiger."

Lexi machte eine Geste, die an eine zuschlagende Pfote erinnerte, und fauchte.

„Sag mir Bescheid, sobald du einen Termin mit ihr vereinbart hast."

„Mache ich."

Sie stand auf. „Danke, ich weiß es wirklich zu schätzen."

Lexi blickte mit zusammengekniffenen Augen zu ihr auf. „Was geht mit Logan? Wir haben uns alle so für dich gefreut. Es schien nur natürlich, dass aus eurer Freundschaft eines Tages mehr wird."

Sie ließ sich wieder auf das Sofa fallen. „Ich weiß nicht. Es war alles so verrückt." Sie berichtete ihr von der Situation mit Olivia und ließ auch den Sex, den sie in derselben Nacht gehabt hatten, nicht aus.

Lexi knuffte sie. „Immer ran, Mädel."

Sie seufzte. „Diese ganze Sache mit der fingierten Ehe sollte helfen, meinen Ruf wiederherzustellen, doch jetzt bereue ich es, weil dadurch all diese Komplikationen entstehen, die sich negativ auf unsere Beziehung auswirken könnten. Dabei stehen wir doch erst ganz am Anfang."

Lexi nahm ihr Handy vom Tisch und scrollte zu Sabrinas peinlicher SMS in Großbuchstaben: *HEY LEUTE! LOGAN UND ICH HABEN GEHEIRATET!*

Du hast dich so glücklich angehört", dachte Lexi. „Ich finde es lustig. Davon abgesehen habt ihr sechs Monate Zeit gehabt, um euch kennenzulernen. Ich würde sagen, dass ihr die Anfangsphase hinter euch habt."

„Morgen ziehe ich in sein Haus", platzte sie heraus.

Lexi klatschte mit der Hand auf Sabrinas Arm. „Was!"

„Au!", protestierte Sabrina und rieb ihren Arm.

„Ich dachte, du hast gesagt, alles sei fingiert."

Sie berichtete ihr vom Reporter und ihrer peinlichen Mutter. „Er ist nur nett und hilft mir." Sie beugte sich vor und sprach endlich ihre wirkliche Sorge aus. „Lex, ich mach mir ein bisschen Sorgen. Ich glaube, ich liebe ihn."

Lexi sah sie mitfühlend an. „Oh Süße, das weiß ich. Du bist quasi schon seit eurer ersten Begegnung verliebt in ihn. Er ist ein guter Mann. Da gibt es nichts, worüber du dir Sorgen machen müsstest."

„Gibt es schon!" Alle ihre Sorgen drängten an die Oberfläche. „Ich bin ein Anfänger, was Beziehungen angeht, und er hat gerade mit einer Frau Schluss gemacht, wegen der er auf die andere Seite des Kontinents ziehen wollte, da ist jede Menge Druck wegen all des Medieninteresses, ganz zu schweigen von dem Druck, nach einem Wochenende voll heißem Sex plötzlich zusammenzuziehen. Er sagt, ich solle mir keine Sorgen machen, du sagst, ich solle mir keine Sorgen machen, aber ich mache mir Sorgen, Lex! Ich weiß aus meiner Praxis, wie schwer es für Paare ist, sich zueinander zu bekennen und daran festzuhalten." Sie rieb sich die Schläfe, denn sie spürte den Anflug einer Migräne. „Ich glaube, ich bin das alles falsch angegangen, und ich kann nicht einfach die Zeit zurückdrehen und es richtig machen."

Lexi tätschelte Sabrinas Schulter. „Okay, ich verstehe dich klar und deutlich."

„Was meinst du?"

„Ich verstehe vollkommen, wenn jemand unsicher ist, was Beziehungen angeht. Das ist die Geschichte meines Lebens. Darum lasse ich jetzt auch die Finger davon."

„Ich bin nicht unsicher." Oder doch? Sie wusste, wie viel sie für Logan empfand. Dessen war sie sich sicher. Und ja, er war ein guter Mann, doch das bedeutete noch lange nicht, dass er dasselbe für sie empfand wie sie für ihn. Oh Scheiße, Lexi hatte recht. Alles andere – all diese anderen Sorgen – waren Nebensache. Sie hatte Angst und war verunsichert, weil sie ganz tief drinsteckte.

Sie liebte ihn.

Ihr Herz pochte, als es ihr bewusst wurde. Verdammt, Lexi würde auch eine gute Therapeutin abgeben. „Vielleicht hast du recht", sagte sie.

Lexi knuffte sie erneut. „Natürlich habe ich das. Du wirst dich schon wieder einkriegen, wenn du dir seiner sicherer bist. Und lass mich nur sagen, die meisten Typen würden eine Frau nicht so einfach bei sich einziehen lassen. Das ist ein riesiger Schritt in jeder Beziehung."

Sie winkte ab. „Das ist nur, bis sich der Staub gelegt hat."

„Wenn du meinst."

„Ich denke, er will mich nur zum Kochen und wegen meines Körpers", sagte sie halb im Scherz, halb besorgt. „Jedes Mal, wenn ich für ihn koche, bekommt er fast einen Orgasmus."

Lexi lachte. „Das liegt aber auch an deinem Körper."

„Im Ernst, es ist, als könnte ich mich nicht einmal mit ihm unterhalten, ohne dass er mich berührt, und bis wir es wieder tun, vergeht eine geradezu *peinlich* kurze Zeit."

Lexi schüttelte den Kopf. „Ich kann nicht fassen, dass ich dir das erklären muss, Fräulein Beziehungsexpertin, aber das ist kein Problem. Tob dich aus! Sei glücklich!"

Sabrina seufzte. „Ich *bin* glücklich. Ich bin nur … naja, ich schätze, wir werden sehen."

„Wie ist der Sex?", wollte Lexi wissen.

„Ähm …" Sie zögerte, über die intimen Details zu reden. Was zwischen ihr und Logan ablief, war sehr privat für sie.

„Okay, okay. Skala von eins bis zehn", sagte Lexi. „Dabei ist eins so lala und zehn Fierce-Trilogie heiß." Das war die erotische Buchreihe, die alle im Buchclub so liebten.

„Zig Millionen Mal besser als die Fierce-Trilogie", gab sie zu und spürte, wie ihre Wangen zu glühen begannen.

Lexi gab ihr ein High Five. „Yay, Logan!"

„Woher weißt du, dass es an ihm liegt? Vielleicht bin ich ja diejenige, die es großartig macht."

„Klar, okay." Sie schmunzelte. „Liegt wahrscheinlich an euch beiden."

Es *war* schwerpunktmäßig Logan, der im Schlafzimmer die Führung übernahm, aber trotzdem. Sahen ihre Freundinnen sie etwa auch als unnahbare Porzellanpuppe? Sie sollte erklären, warum sie ein ruhiges, stabiles Leben brauchte, doch sie war jetzt einfach nicht in Stimmung dazu. Das aufregende Wochenende und der lange Flug waren nicht spurlos an ihr vorübergegangen. „Okay, aber jetzt muss ich ins Bett." Sie stand auf und ging zur Tür.

„Letzte Nacht als alleinstehende Frau."

Sie blieb stehen und warf Lexi einen Blick über die Schulter zu. Ihre Freundin zwinkerte ihr zu.

Sabrina schüttelte lächelnd den Kopf und ging in der Hoffnung, dass sich Lexis Einschätzung von Sabrinas neuer Beziehung als richtig erweisen würde.

15

Logan kehrte am Mittwochabend furchtbar angespannt nach Hause zurück. Es war nicht wegen der Arbeit – da lief alles glänzend – oder weil Sabrina vorübergehend bei ihm eingezogen war. Der Grund war das, was er ihr sagen musste. Er saß in seinem Auto in der Garage und überlegte, wie er die Nachricht am besten überbringen sollte. Er wollte ihr nicht wehtun. Die Wahrheit war, dass sie gerade am Anfang ihrer Beziehung standen, und er war sich nicht sicher, ob sie noch eine wollte, wenn sie gehört hatte, was er zu sagen hatte.

Okay, beweg deinen Arsch aus dem Wagen. Er musste es ihr sagen, die Situation erklären und hoffen, dass sie es verstehen würde. Er selbst war immer noch geschockt.

Er stieg aus dem Wagen, holte sein Gepäck aus dem Kofferraum und ging ins Haus. Als er die Küche betrat, erwartete er beinahe, sie voller seltsamer Gerätschaften und mit ländlichen Motiven dekoriert vorzufinden, doch alles sah aus wie zuvor. Die dunklen Granitarbeitsflächen waren poliert und frei von Gerümpel. Doch es duftete gut, als hätte Sabrina Abendessen gekocht – irgendetwas mit Fleisch.

Er stellte seinen Laptop auf die Kücheninsel und setzte

sein Gepäck ab. Er wollte gerade nach ihr sehen gehen, als sie hereinkam, die langen dunkelblonden Haare zu einem niedlichen hohen Pferdeschwanz gebunden. Sie trug ein langärmeliges rosa Pyjamaoberteil und eine rosa Pyjamahose mit Blümchendruck. Sie war barfuß und ihre Zehennägel waren rosa lackiert. Sie sah aus, als lebte sie hier und entspannte sich im Schlafanzug. Gott, er hatte sie vermisst. Die drei Tage hatten sich wie eine Ewigkeit angefühlt.

„Hi", sagte sie beinahe schüchtern. „Ich habe Schmorbraten gemacht."

„Danke, ich habe im Flugzeug gegessen, aber ich nehme mir morgen gerne was davon als Mittagessen mit."

Sie nickte und verschränkte die Arme. Einen Moment lang machte sich Panik breit, denn ihre Miene glich sehr der unnahbaren Therapeutin, die sie früher in seiner Gegenwart gewesen war. Hatte sie etwas gehört?

Er öffnete die Arme und sie ging zu ihm und umarmte ihn. Nicht unbeholfen, aber ein bisschen steif.

Er ließ sie los und räusperte sich. „Ich muss mit dir reden."

Sie wurde rot. „Diese Geschichte war von Claire. Sie hat sie durch ihre Kontakte verbreitet, um der schlechten Presse entgegenzusteuern. Du weißt schon, du und ich, glückliches, frisch verheiratetes Paar in unserem Liebesnest."

Er nickte. Gott sei Dank hatten sie Claire. Sabrinas Mutter gab immer noch ein Interview nach dem anderen und war heute Morgen im Frühstückfernsehen in der Show des größten Konkurrenten von *Sunshine America* aufgetreten. Es war ihm lieber, keine Mutter zu haben, als eine, die derart Profit aus ihm schlug, wie Sabrinas Mutter es tat. Und die Storys, die ihre Mutter erzählt hatte … diese Frau kannte keine Grenzen. So hatte sie zum Beispiel erzählt, dass Sabrina Zeit mit ihren Stofftieren verbracht hatte, wie andere Kinder Zeit mit ihren Freunden verbrachten; dass sie so getan hatte, als hätte sie Pyjamapartys mit ihnen – in einem Alter, in dem die meisten Mädchen zu echten Pyjamapartys gingen. Er las zwischen den Zeilen und stellte sich eine sehr einsame junge Sabrina vor, doch die meisten Leute mussten sie für seltsam halten.

„Das ist es nicht", sagte er.

Er nahm ihre Hand und führte sie zum Sofa im Wohnzimmer. Sobald sie sich gesetzt hatte, sah er ihr in die Augen. „Du bist mir wichtig. Sehr sogar. Das will ich erst einmal vorausschicken."

Ihre Augen glänzten, als würde sie gleich weinen, was ihm die Stimme verschlug, denn er spürte, dass die tiefen Gefühle, die er für sie empfand, auf Gegenseitigkeit beruhten. Verdammt. Es fing gerade erst zwischen ihnen an und das, was er gleich sagen würde, könnte ihre Beziehung im Keim ersticken.

„Du mir auch", flüsterte sie. „Sehr sogar."

Er seufzte. „Olivia hat mich heute angerufen und gesagt, dass sie schwanger ist. Sie sagt, das Kind sei von mir."

Sie schlug sich die Hand vor den Mund und riss die Augen auf.

Er fuhr sich mit der Hand durchs Haar. „Ich habe verhütet, aber ich weiß, dass das keine Garantie ist. Ich habe vor zwei Monaten mit ihr geschlafen, darum ist es möglich."

Sabrina ließ die Hand sinken. „Glaubst du ihr? Ich meine, sie hat dich betrogen. Vielleicht ist es von dem anderen Typen. Ihn erwartet eine arrangierte Hochzeit. Vielleicht wusste sie, dass sie von ihm nichts zu erwarten hat."

„Sie hat gehört, dass wir geheiratet haben. Ich glaube nicht, dass sie das aufgehalten hätte. Ich habe ihr gesagt, dass ich einen Vaterschaftstest will. Ich habe herausgefunden, dass sie ab nächster Woche einen machen kann. Nicht invasiv. Sie macht einen Bluttest; ich einen Wangenabstrich. Ich fliege zurück nach Kalifornien, sobald sie einen

Termin bekommt. Ich wollte dich nur auf die Möglichkeit vorbereiten."

Sabrina starrte ihn mit großen Augen suchend an. „Was bedeutet das für uns? Wirst du nach San Francisco ziehen, um mit ihr zusammenzuziehen?"

„Nicht, um mit ihr zusammenzuziehen, aber wenn es wahr ist, wenn das mein Kind ist, möchte ich Teil ihres oder seines Lebens sein. Ein großer Teil. Darum, ja. Ich würde für das Kind dorthin ziehen, nicht für sie."

Sie stand abrupt auf.

„Wo gehst du hin?"

Sie sah ihn nicht an. „Ich … ich gehe nach Hause. Es macht keinen Sinn, so zu tun, als wären wir verheiratet. Sie erzählt wahrscheinlich schon überall herum, dass es dein Baby ist, während du mit mir verheiratet sein sollst, und die ganze Sache ist so schäbig." Sie verschränkte die Arme vor ihrem Bauch. „O Gott, mir wird schlecht."

Sie rannte ins Bad neben der Küche.

Er zuckte zusammen, als er sie würgen hörte. Die Situation war beschissen, aber welche Wahl hatte er schon? Sein Kind niemals kennenzulernen? Sein Vater hatte ihm vorgelebt, was ein guter Vater war, nicht nur für seine eigenen Kinder, sondern auch für die Kids, die er durch die Police Athletic League unter seine Fittiche genommen hatte. Logan konnte unmöglich ein Ferienvater in der Ferne sein. Er hatte nicht so schnell damit gerechnet, Vater zu werden, doch wenn dem jetzt so war, musste er der Rolle gerecht werden.

Sabrina spülte sich den Mund aus und ging nach oben, um ihren Koffer zu packen. Ihr Magen rebellierte immer noch, sie bekam kaum Luft und ihre Augen brannten. Sie hätte wissen müssen, dass es zu gut gewesen war, um wahr zu sein. Natürlich würde Logan ein guter Vater sein wollen, doch zu wissen, dass er auf der anderen Seite des

Kontinents der Vater des Kindes einer anderen Frau war, war mehr, als Sabrina ertragen konnte.

Sie war froh, dass sie nicht viel mitgebracht hatte. Das machte es leichter. Als ob ihr ein Abschied von Logan jemals leichtfallen würde. Sie ging in sein Schlafzimmer, dem Raum, von dem sie geglaubt hatte, dort Zeit in seinen Armen zu verbringen, doch jetzt wollte sie nur so schnell wie möglich von ihm wegkommen. Sie zog Socken und Schuhe an, zu aufgewühlt, um sich umzuziehen. Sie würde einfach ihre Winterjacke über ihren Pyjama ziehen.

Logan kam herein. „Sabrina, ich weiß, es ist ein Schock. Ich bin selbst noch ganz geschockt, aber das heißt nicht, dass du gehen musst."

Sie rang nach Luft. „Ich kann nicht. Tut mir leid, aber das ist einfach zu viel für mich." Sie hob die Hand und versuchte, Distanz zwischen ihnen zu halten. „Es ist nicht deinetwegen oder unseretwegen, es ist … die Situation."

Sie holte ihren Koffer aus dem Kleiderschrank und legte ihn aufs Bett.

„Bedeutet das dann, dass unsere fingierte Ehe vorbei und es zwischen uns aus ist?", fragte er leise.

Ihre Unterlippe zitterte. „Ich glaube, wir brauchen Zeit allein."

„Ich will das nicht."

„Ich aber." Schnell leerte sie die eine Schublade, die sie benutzt hatte, und warf alles in den Koffer.

„Du könntest mit mir kommen, wenn es da ist. Eine Praxis in San Francisco eröffnen."

Sie zerrte am Reißverschluss ihres Koffers, Tränen in den Augen. Der Reißverschluss klemmte und sie fluchte, während sie daran riss.

Seine Hand schloss sich über ihrer und er zog sie in seine Arme.

Sie stieß ihn weg. „Ich muss gehen."

„Ich möchte nicht, dass du gehst, wenn du so aufgewühlt bist."

Sie hob das Kinn und bemühte sich, stark zu sein. „Mir geht's gut."

„Dir geht es nicht gut."

Eine Träne lief ihr über die Wange, und sie wischte sie hastig weg. „Okay, du willst die Wahrheit wissen? Bevor du mir die tolle Neuigkeit überbracht hast, hatte ich gerade meinen Mut zusammengekratzt, um dir zu sagen, dass ich dich liebe. Da, es ist raus. Ich liebe dich. Und dann kommst du damit, dass du umziehen willst, um der Vater des Kindes einer Frau zu sein, die dich nie verdient hatte, und das tut weh. Okay? Es tut verdammt weh und ich muss gehen, damit es aufhört."

„Okay." Er ließ sie los, schloss den Reißverschluss ihres Koffers und stellte ihn vor das Bett.

Sie nahm den Griff und ging auf zittrigen Beinen, während die Übelkeit in ihrem Hals aufstieg. Nicht nur wegen Olivia und Logans Kind, das war schlimm genug. Sondern weil er ihr Geständnis, dass sie ihn liebte, nicht erwidert hatte.

Sabrina war nicht überrascht, als sie am darauffolgenden Tag die Enthüllungsstorys über ihre fingierte Ehe auf den Klatschseiten sah. Claire hatte es so gedreht, dass Sabrina und Logan die Unterlagen nicht korrekt ausgefüllt hatten, sodass ihre Eheschließung nicht rechtskräftig war, doch die Schlagzeilen über eine fingierte Hochzeit zogen einfach besser. Doch nach der Granate von Olivia war das alles egal.

Gestern Nacht hatte sie es nach Hause geschafft, ohne zusammenzubrechen, doch sobald sie ihre Wohnung betreten hatte, hatte sie sich die Augen ausgeheult. Dann hatte sie ihren Freundinnen geschrieben und ihnen gesagt, dass sie und Logan durch waren und warum. Es war nicht nur eine Beziehungspause, die Beziehung war vorbei. Ihr Leben war zu demselben Zirkus geworden, der ihre Kindheit gewesen war, mit chaotischen Beziehungen, unehelichen Kindern und viel zu viel Drama.

Sie konnte das alles nicht noch einmal durchmachen.

Am nächsten Tag stellte sie ihre Google Alerts ab, nachdem eine Klatschseite einen wirklich bösen Artikel über das Liebesdreieck zwischen dem Liebesguru von Hollywood (ihr), ihrem falschen Ehemann und dessen schwangerer Ex gebracht hatte. Nur Olivia konnte die Neuigkeit von ihrer Schwangerschaft ausgeplaudert haben. Sabrinas Freundinnen hätten nie Benzin ins Feuer gegossen. Und Logan auch nicht. Doch warum würde Olivia wollen, dass die Welt wusste, dass sie schwanger von einem Mann war, der in einer Beziehung mit einer anderen Frau war? Es musste pure Bösartigkeit gegenüber Sabrina gewesen sein.

Sie quälte sich durch den Arbeitstag, da sie es nicht wagte, die verbliebenen Termine abzusagen, ganz gleich, wie bitter sie sich dabei fühlte. Es sollte nicht so schwer sein, eine Beziehung zu führen. Liebe sollte den Weg ebnen. Doch wenn es keine Liebe gab oder die Liebe nicht erwidert wurde, dann war da nichts.

Am Freitagabend fuhr sie nach der Arbeit nach Hause, froh, dass ihr Logan nicht im Gebäude über den Weg gelaufen war. Sie war ins Gebäude gehuscht und den ganzen Tag in ihrem Büro geblieben, um jeder Zufallsbegegnung aus dem Weg zu gehen. Er würde wahrscheinlich bald nach Kalifornien fliegen, um den Vaterschaftstest zu machen.

Was, wenn es nicht sein Kind war?

Was, wenn Olivia nicht einmal schwanger war? Was, wenn sie gelogen hatte, um sich an Logan zu rächen, weil er sie abserviert hatte? Oder um sich an Sabrina zu rächen, weil sie Logan gesagt hatte, dass Olivia fremdgegangen war?

Es gab einen Weg, das herauszufinden. Warum hatte sie nicht früher daran gedacht? Zu Hause angekommen, kramte sie in ihrer Tasche nach der Visitenkarte, die sie hineingeworfen hatte. Gut, dass sie ihre Tasche nicht aufgeräumt hatte, sonst hätte sie ihre Verbindung zu dem einen Mann, der ihr helfen konnte, weggeworfen – dem Mann, der darauf spezialisiert war, mit zweifelhaften Methoden an Fotos heranzukommen, und der ihr etwas schuldig war für den dicken Gehaltsscheck, den sie ihm kürzlich beschert hatte – ihrem Vater.

Zwei Tage später, am Sonntagabend, hielt Sabrina Fotobeweise in der Hand. Ihr Dad, der zum Glück noch in Kalifornien gewesen war, hatte ihr Fotos von Olivia und Anil geschickt – der Mann, mit dem Olivia in ihrem Büro Sex gehabt hatte. Und was taten sie? Sie kauften Babykleidung ein. Sie musste schwanger sein, wenn sie Babysachen kaufte, und dass Anil der Vater war, ließ sich nicht ausschließen, zumindest benahm er sich so. Auf dem Foto hielt er einen Strampelanzug in die Höhe und Olivia strahlte ihn an.

Sie schickte Logan das Foto und rief ihn an, um ihm zu sagen, dass sie glaubte, dass Anil der Vater war.

Er blieb jedoch stur. „Ich bin erst zufrieden, wenn ich das Ergebnis des Vaterschaftstests sehe."

„Hattest du schon einen Termin mit ihr?"

„Nein. Sie sagt, sie hat noch keinen Termin bekommen."

Sabrina knirschte mit den Zähnen. Olivia hatte wahrscheinlich noch nicht einmal versucht, einen Termin zu bekommen. Vermutlich hielt sie beide Männer hin und genoss all die Aufmerksamkeit und das Drama.

Logan fuhr fort. „Ich weiß, es ist nicht angenehm, auf den Test zu warten, doch es dauert so oder so neun Monate, bis das Baby kommt. Und ich ziehe nicht um, bis das Baby da ist."

„Sieht es für dich nicht so aus, als wäre sie jetzt mit

Anil zusammen? Vielleicht hat sie ihm gesagt, dass das Baby seines ist, und er will mit ihr zusammen sein."

„Er interessiert mich nicht. Mich interessiert nur das Baby."

„Ich weiß. Ich habe nur gehofft."

„Ich vermisse dich. Du solltest herkommen oder ich kann zurückkommen."

Sie war still. Sie vermisste ihn auch, aber diese Situation war einfach zu sehr außer Kontrolle.

„Schau", sagte er. „Es gibt nur zwei mögliche Ergebnisse. Möglichkeit eins, das Baby ist nicht meins und alles kehrt zur Normalität zurück. Möglichkeit zwei, das Baby ist von mir, ich ziehe um und du musst dich entscheiden, ob du bereit bist umzuziehen, um mit mir zusammen zu sein."

Ihr ruhiges, stabiles Leben verlassen? Ihre Praxis, die sie aus dem Nichts aufgebaut hatte, aufgeben? Ihre Freundinnen, die wie eine Familie für sie waren? Es würde genauso sein wie in ihrer Kindheit – immer die Außenseiterin – nur schlimmer, weil sie sich mit der Tatsache abfinden müsste, dass Logan für immer an Olivia gebunden wäre.

„Sabrina?"

„Was?", antwortete sie leise.

„Du hast gesagt, dass du mich liebst. Wenn man jemanden liebt, lässt man denjenigen nicht im Regen stehen."

Sie wurde wütend. „Gib bloß nicht mir die Schuld daran. Das ist *dein* Drama."

„Es ist ja nicht so, dass du *kein* Drama gehabt hättest", blaffte er. „Und ich habe dir da hindurch geholfen."

Sie holte tief Luft. „Ich will, dass du Olivia fragst, ob Anil der Vater ist."

„Ich traue ihrem Wort nicht. Ich will die Testergebnisse. Was weiß ich, womöglich hat sie ihn und mich an der Nase herumgeführt. Doch wenn sie Babyklamotten einkauft, ist wenigstens die Schwangerschaft nicht erlogen."

„Dass sie euch beide an der Nase herumführt hat, habe ich mir auch gedacht."

„Und all das hat nichts mit uns zu tun."

„Doch, das hat es."

„Da bin ich anderer Meinung."

Sie nahm das Handy vom Ohr und starrte es an. Hatte er einen Knall? Sah er das Problem etwa nicht? Das war eine Riesensache. Sie hielt das Handy wieder an ihr Ohr. „Es ist jetzt vier Tage her, seit ich dir davon erzählt habe. Ich habe dir Zeit gegeben, doch zwischenzeitlich solltest du dich beruhigt haben. Können wir nicht alles durchsprechen? Ist das nicht dein Spezialgebiet?"

Eine Welle von Emotionen schwappte durch sie hindurch, Wut, Empörung, Sprachlosigkeit. Wirklich? Sie sollte sich beruhigt haben? Als ob das keine lebensverändernden Nachrichten gewesen wären! Und dann rieb er ihr auch noch ihren Beruf unter die Nase. *Ist das nicht dein Spezialgebiet?* Als würde sie sich nicht an ihren Teil des Beziehungsversprechens halten! Dabei war er derjenige, der eine andere Frau geschwängert hatte. Vielleicht. Gott, sie war sowas von verwirrt.

Er sprach weiter. „Vielleicht brauchen wir eine Beziehungsberatung von jemand anderem."

Sie keuchte. „Zu wem sollten wir gehen? Zu dieser Psychotussi, die es auf mich abgesehen hat? Das wäre passend. Warum sollte ich mir wegen meines verrückten Lebens nicht von einer Psychopathin Rat einholen?"

„Hat Lexi einen Termin mit ihr gemacht?" Sie hatte ihm von ihrem Plan, Tara zu konfrontieren, geschrieben, bevor das Olivia-Drama ausgebrochen war.

„Ja. Nächsten Donnerstag."

„Ich will mit dir hingehen. Nicht zur Beratung. Nur um sicherzugehen, dass sie keine linken Dinger versucht."

Sie biss die Zähne aufeinander. „Nein. Das muss ich allein tun."

Er atmete scharf aus. „Ich habe dir gesagt, wir sind ein Team, doch alles, was du tust, ist mich wegstoßen. Du bist wirklich nicht gut in Beziehungen."

Sie starrte das Handy an. Glühende Wut stieg in ihr auf und sie legte auf. Das war zu viel. Er kannte die Geschichte ihrer Familie, wusste von ihren fehlgeschlagenen Beziehungen und wie sehr sie eine gute Beziehung mit ihm *wollte*, und dann rammte er ihr ein Messer ins Herz.

Du bist wirklich nicht gut in Beziehungen? Das ging zu weit. Er rief sie zurück, doch sie ließ den Anruf auf ihre Mobilbox schalten.

Liebe sollte nicht so wehtun.

16

Der einzige Lichtblick in Sabrinas Leben war ein aufgeregter Anruf von ihrer Agentin ein paar Tage später. Sie hatte das Buch für fünfhunderttausend Dollar an einen Verlag verkauft. Zumindest stimmte es sie zuversichtlich, dass ihre Praxis wieder florieren würde, sobald das Buch erschien. Natürlich würde es bis dahin ein gutes Jahr dauern und ihre Begeisterung, das Buch zu schreiben, war deutlich abgeflaut. Wie konnte sie begeistert sein, was feste Beziehungen anging, wenn ihre eigene ein solches Desaster war? Sie hatte nicht von Logan gehört und ihn auch nicht im Büro gesehen. Nicht, weil sie ihm aus dem Weg ging. Sie ging davon aus, dass er fertig mit ihr war; dass er es leid war, sich mit jemandem zu befassen, der so schlecht in Beziehungen war. Doch was sollte sie tun, wenn so viel in der Luft hing? Wie sollte sie ihre Beziehung mit Logan vorantreiben, wenn sie nicht wusste, in welche Richtung sein Leben ging?

Am Donnerstag, dem Tag nach der Nachricht über ihren Buchdeal, machte sie sich auf den Weg zu Lexis Termin im Büro von Psycho-Tara. Sabrina hatte genau geplant, was sie sagen würde. Sie war sich sicher, dass sie über alles reden konnten. Sie hatten ein gemeinsames Ziel – Paaren zu helfen, stabile Beziehungen zu führen.

Sabrina kam fünf Minuten vor ihrem Termin in Taras Büro und nahm im leeren Wartebereich Platz. Sie trug ihre „Arbeitskleidung", eine blassrosa Seidenbluse, dazu eine schwarze Hose und Pumps. Sie ging davon aus, dass ihr seriöses Outfit ihr helfen würde, ihr professionelles Image zu unterstreichen und das Gespräch auf einem gewissen Niveau zu halten. Sie ging in Gedanken ihre Rede durch und warf einen Blick auf die Zeit auf ihrem Handy. Jeden Moment jetzt. Sie drückte gerade den Aufnahmeknopf auf ihrem Handy, als die Tür zum Wartezimmer aufschwang und Logan hereinkam.

Sie keuchte. Das waren ein Meter fünfundachtzig entschlossener Mann, die direkt auf sie zukamen. Einen kurzen Moment lang dachte sie, er würde sie hochheben und über seine Schulter werfen, um sie wie ein sexy Höhlenmensch zurück in sein Bett zu bringen. Doch stattdessen setzte er sich wortlos neben sie. Sie inhalierte seinen vertrauten frisch-maskulinen Duft und sehnte sich danach, ihn wieder zu berühren. Er trug seine übliche Bürokleidung – langärmeliges schwarzes Hemd, Jeans und Sneakers. Ihre Gedanken schossen sofort zu den fein definierten Muskeln seiner Schultern und Arme, seiner Brust … und mehr. Sie blickte auf, überrascht über sich selbst. Vielleicht würde sie nach allem, was sie miteinander getan hatten, nie wieder in der Lage sein, ihn anzusehen, ohne sich an das zu erinnern, was unter der Kleidung lag.

Sie musterte sein attraktives Profil, seine kurzen, hellbraunen Haare, seine Nase mit dem leichten Stups, seine sexy Lippen, seinen sorgfältig getrimmten Bart. Einen Moment lang vergaß sie, dass sie nicht zusammen waren. Dann sah er ihr mit ernster Miene in die Augen, und alle Erinnerungen kamen wieder hoch. Genauso hatte er sie angesehen, als er ihr von dem Baby erzählt hatte.

„Was machst du hier?", flüsterte sie. Sie hatte ihm gesagt, dass sie das allein erledigen wollte.

„Ich will für dich da sein", sagte er leise. „Lexi hat mir die Adresse und die Uhrzeit gegeben."

Sie knirschte mit den Zähnen. *Dafür wirst du bezahlen, Lexi.*

„Verschwinde", zischte sie. „Das ist ein Einzeltermin, keine Paartherapie."

Er flüsterte ihr direkt ins Ohr. „Du weißt nicht, wozu diese Frau fähig ist. Sie hat bereits bewiesen, dass sie rachsüchtig ist, dass sie ausgezeichnet darin ist, Leute zu manipulieren, und bedroht hat sie dich auch."

Sie stieß gegen seine Schulter. „Geh."

„Ich glaube wirklich, dass wir eine Beziehungsberatung brauchen", sagte er ohne die geringste Spur von Humor in der Stimme.

„Hier holen wir sie nicht ein!"

Die Tür zu Taras Büro ging auf. Sie sah aus wie auf dem Foto, die blonden Haare stufig geschnitten, ihr kantiges Gesicht hart und dünn. Ihre blauen Augen loderten. „Sie!", spie sie aus und kniff die Augen zusammen, als sie Sabrina sah. „Ich habe gesehen, dass Ihr Buch einen größeren Vorschuss bekommen hat als meines. Wagen Sie nicht einmal zu *versuchen*, mir weiszumachen, dass Sie mich nicht aus dem Geschäft drängen wollen!"

Logan stand auf. „Immer langsam, wir können das alles in Ruhe besprechen."

Sabrina hob die Hand in Logans Richtung und ging hinüber zu Tara. Die Frau strahlte pure Gehässigkeit aus, ihre blauen Augen voller eiskalter Wut.

„Tara, ich bin heute gekommen, um mit Ihnen zu reden, von Therapeutin zu Therapeutin. Wir beide haben dasselbe Ziel, Paaren zu helfen, zueinander zu stehen, und es gibt mehr als genug–"

„Ich bin die BeziehungsBeraterin!" Tara gestikulierte wild. „Das ist mein Ding. *Ich* habe es markenrechtlich schützen lassen. *Sie* haben es gestohlen. Genau das haben

Sie nämlich in den letzten Wochen gemacht, die Früchte meiner harten Arbeit gestohlen. Haben Sie eine Ahnung, wie schwer es war, da hinzukommen, wo ich heute bin? Jetzt sehe ich aus wie ein abgehalfterter Star und Sie sind der hübsche, junge, neue Trend."

„Ich bin mir ziemlich sicher, dass Sie wissen, dass das nichts mit Alter oder Aussehen zu tun hat. Unsere Arbeit hängt einzig und allein von unserer Qualifikation ab, von der Zufriedenheit unserer Klienten–"

„Oh, halten Sie die Klappe. Sie sind ein Idiot, wenn Sie das glauben."

Logan trat neben Sabrina. „Wagen Sie es nicht, so mit ihr zu reden."

Tara verzog die Lippen zu einem bitteren Lächeln. „Na, wenn das nicht der falsche Ehemann mit der schwangeren Ex ist. Danke, dass Sie es mir so verdammt leicht gemacht haben. Ich musste nur einen Typen bezahlen, um den Ball ins Rollen zu bringen, und ihr zwei habt den Rest erledigt."

Sabrina horchte auf. „Dann geben Sie also zu, dass Sie jemanden bezahlt haben, negative Storys über mich zu schreiben?"

Tara lächelte böse. „Nur ein paar. Für den Rest haben Sie ganz allein gesorgt, so blöd wie Sie sind."

Sabrinas Wut brach durch ihre gefasste Fassade. „Und Sie haben meine Klienten gestohlen mit ihrer Fünfzig-Prozent-Abwerbeaktion. Ich habe die Hälfte meiner Klienten an Sie verloren! Das ist ein ernsthafter Einkommensverlust."

Tara schmunzelte. „Ich bin mir sicher, dass Ihr Buchdeal das wieder wettmachen wird."

Sabrina blickte finster drein. „Meine Klienten bedeuten mir alles."

„Ihre Klienten sind Idioten", schnaubte Tara. „Ich habe sie so leicht hierher bekommen, eine Sitzung mit ihnen gehalten und ihnen gesagt, dass sie geheilt sind. Sie haben mein Büro in dem Glauben verlassen, dass Sie sie grundlos monatelang hingehalten haben, um ihnen das Geld aus der Tasche zu ziehen. Sowas spricht sich schnell rum. Haben Sie in letzter Zeit mal Ihre Online-Reviews angesehen?"

Sabrina sah rot. Sie ballte ihre Hände zu Fäusten. „Du elendes Miststück!"

Tara ging auf sie zu. „Oh, jetzt bist du wütend, was? Komm, schlag zu. Dann ist das der letzte Nagel in deinem Sarg."

„Sabrina, nein. Lass uns gehen", sagte Logan leise.

Sie biss wütend die Zähne zusammen. Tara machte eine wegwerfende Geste.

Als Sabrina sich umdrehte, versetzte Tara ihr von hinten einen Stoß, der sie stolpern ließ, doch Logan fing sie auf.

Sabrina wirbelte herum. Tara lächelte triumphierend. Noch nie in ihrem Leben hatte Sabrina einen derartigen Drang verspürt, jemanden zu schlagen. *Nein, du bist besser als das. Denk an das große Ganze.* Mit der Aufnahme auf ihrem Handy hatte sie alles, was sie von Tara brauchte, vernichtende Beweise für alles, was sie getan hatte.

„Sie werden von meinem Anwalt hören", zischte Sabrina und wartete nicht auf eine Antwort, bevor sie aus dem Büro stürmte. Logan folgte ihr und zog die Bürotür hinter sich zu.

Tara riss die Tür auf und belegte Sabrina mit Schimpf-wörtern, doch Logan stand im Flur und verhinderte, dass Tara zu Sabrina gelangen konnte.

„Gehen Sie wieder in Ihr Büro, Tara", sagte Logan ruhig. „Das wird Ihrem Fall nicht helfen."

Sabrina ging weiter, zittrig, jetzt, wo der Adrenalin-pegel wieder sank. Tara waren ihre Klienten egal. Sie interessierte sich nur für Glanz und Ruhm – für ihre dümmliche, markenrechtlich geschützte Namensschöp-fung und ihren alten Bestseller. Als Therapeutin war diese Frau nicht geeignet.

Sie bewegte sich wie im Nebel, ging zu ihrem Wagen

und setzte sich ans Steuer. Die Beifahrertür ging auf und Logan stieg ein.

„Fahr", sagte er.

„Aber dein Auto ist hier."

„Ich kann später zurückkommen, um es zu holen. Ich will mit dir reden und ich will nicht, dass diese Verrückte uns von ihrem Büro aus zusieht."

Sie fuhr vom Parkplatz, froh, von Tara wegzukommen „Ich bin gerade ein bisschen durch den Wind."

„Du warst der Hammer da drin. Wie wäre es mit deiner eigenen Namensschöpfung? Cool Counselor?"

Sie lachte, auch wenn ihr eigentlich nicht zum Lachen zumute war. Doch Logan schaffte es immer, ein Lächeln auf ihr Gesicht zu zaubern.

Er drückte ihre Schulter. „Ich weiß, dass du mich nicht dabeihaben wolltest, doch ich hatte kein gutes Gefühl, was diese Frau angeht. Und ganz ehrlich, ich dachte, du könntest einen Zeugen bei der Sache gebrauchen."

„Ich habe alles mit meinem Handy aufgenommen."

„Ich auch."

Sie warf ihm einen Blick zu. „Danke."

„Kannst du bitte beim Park nach der Ampel anhalten?"

Ein paar Minuten später parkte sie auf dem leeren Parkplatz vor einem großen, ebenfalls leeren Park. Der Schnee war geschmolzen und alles war grau und braun und fahl. Manche Leute betrachteten den Park als tot, doch sie hatte es immer für einen Winterschlaf der Natur gehalten. Der Park wartete nur auf seine glorreiche Wiedergeburt im Frühling. Sie war ein unverbesserlicher Optimist und das hatte sie an diesen Punkt ihrer Karriere gebracht, wenn man vom jüngsten Drama einmal absah. Nur irgendwie hatte sie es nie geschafft, diesen Optimismus auf ihre Beziehungen zu übertragen.

Logan ergriff ihre Hand. „Ich habe dich jetzt eine Woche nicht gesehen, und ich vermisse dich so sehr, dass ich mit dem Kopf durch die Wand rennen könnte."

„Ich vermisse dich auch", sagte sie mit einem dicken Kloß im Hals.

„Ich weiß, dass wir mit all dem Mist um uns herum keine konventionelle Beziehung haben–"

„Das ist ein furchtbarer Start für jede Beziehung."

„Das stimmt. Wir müssen noch einmal ganz von vorn anfangen."

Sie fürchtete sich, die Frage auszusprechen, und der Druck auf ihrer Brust machte es ihr schwer zu atmen. „Freunde?"

Er atmete scharf aus. „Nein. Wir können nicht mehr Freunde sein. Ich weiß, wie du nackt aussiehst. Ich weiß, dass du schmeckst wie–"

„Logan!" Gott steh ihr bei, er hatte sie am Haken. Aber was war mit Olivia und dem Baby?

Er ergriff ihre Hände, und als er ihre Fingerknöchel küsste und sein weicher Bart ihre Haut streifte, schoss ein warmes Prickeln durch sie hindurch. „Daten. Wir müssen daten. Irgendwann wirst du mir genug vertrauen, um über deine Bindungsphobie hinwegzukommen. Ich weiß, dass das der wahre Grund ist, warum du die Flucht ergriffen hast."

Sie starrte ihn geschockt an.

Er ließ ihre Hand los und beobachtete sie.

Stimmte das? Sie hatte gedacht, dass sie das überwunden hatte, nachdem sie die Grenze der Freundschaft mit ihm überschritten hatte. Oh Scheiße, er hatte recht. Sie war die ganze Zeit mit einem Fuß aus der Tür gewesen. Wie konnte sie je erwarten, eine tiefe Bindung zu entwickeln, wenn sie Angst hatte, abserviert zu werden oder schlimmer – sich ungeliebt zu fühlen, wie sie sich als Kind gefühlt hatte?

„Ich arbeite daran", sagte sie schließlich.

„Olivia war eine alte Liebe, die ich loslassen musste, und das habe ich getan, okay?" Er nahm ihr Gesicht in seine Hände. „Ganz gleich, was passiert, du bist die einzige, die ich will. Du bist die, die ich liebe, und daran wird sich nichts ändern. Ich weiß, die Situation ist bescheiden, aber ich verspreche dir, dass meine Liebe *real* ist."

Sie holte scharf Luft.

Er fuhr fort. „Die Liebe war schon die ganze Zeit über da. Sie ist gewachsen, während wir einander als Freunde kennengelernt haben." Er küsste sie, kurz und entschlossen. „Ich hatte befürchtet, dass es zu schnell passiert, doch dann … als du gegangen bist, hat sich mein Haus so leer angefühlt. Kalt und tot. Was keinen Sinn ergibt, denn wir haben nicht einmal zusammengelebt, doch ich konnte nicht aufhören, dich mir vorzustellen, wie du in der Küche herumwirbelst und kochst, dich neben mir auf dem Sofa zusammenrollst oder in meinem Bett." Er senkte seine Stirn auf ihre. „Sabrina, du gehörst zu mir."

Ihr Herz pochte und ihr Magen flatterte, denn plötzlich konnte sie seine Liebe *spüren*. Sie war tief und sie war real.

„Ich liebe dich", presste sie heraus. „Ich habe nie damit aufgehört."

„Dann bist du auch der Meinung, dass du zu mir gehörst?"

Sie nickte und Tränen stiegen in ihre Augen.

„Ich liebe dich auch. Und ich will dich in meinem Leben haben." Er musste schlucken und trieb ihr damit noch mehr Tränen in die Augen. Er hob ihr Kinn und sah ihr in die Augen. „Was auch immer passiert. Sei einfach bei mir. Das ist alles, was ich brauche. Den Rest kriegen wir schon zusammen hin."

Er wartete nicht auf eine Antwort, sondern küsste sie zärtlich. „Ich will, dass du wieder bei mir einziehst, doch wenn es dir zu schnell geht, dann kann ich warten." Seine Stimme war heiser, seine warmen, braunen Augen eindringlich auf sie gerichtet. „Ich glaube nicht, dass es lange dauern wird, bevor du bereit sein wirst, mit mir den nächsten Schritt zu gehen."

Ihr Atem stockte. „Und der wäre?"

„Mich zu heiraten."

Sie versetzte ihm einen Klaps gegen die Brust, und

erneut stiegen ihr die Tränen in die Augen. „Ich meine es ernst."

Sie grub ihre Hände in sein Hemd. „Aber du hast gesagt, dass es dir so schwerfällt, dir vorzustellen, dich für immer zu binden, wenn sich die Welt gegen eine erfolgreiche Ehe verschworen hat."

Er löste ihre Hand von seinem Hemd und hielt sie fest. „Wann habe ich das gesagt?"

„Als wir Freunde waren und in meinem Büro zum Mittag gegessen haben."

„Ah, da ist deine Antwort. Das war, bevor wir eine wirkliche Bindung hatten." Mit der anderen Hand strich er ihr die Haare aus dem Gesicht und hielt ihre Wange. „Bevor ich wusste, dass du meine Seelenfreundin bist. Bevor ich wusste, wie tief Liebe gehen kann, wie stark der Drang sein kann, für immer mit einem Menschen zusammen zu sein. Das bist du für mich, Sabrina. Du bist mein für immer."

Sie brach in Tränen aus, brabbelte etwas von Reihenfolge, unsicherer Zukunft und was er sich dabei dachte.

„Wir können all die chaotischen Details besprechen." Er umarmte sie und wischte ihr die Tränen vom Gesicht, bevor er ihr ins Ohr flüsterte. „Sag mir, wenn du bereit bist, mich zu heiraten. Ich kann es kaum erwarten, unser gemeinsames Leben anzufangen."

Sie hob ihre Hand an seine Wange und antwortete mit zittriger Stimme. „Du erfährst es als erster."

Am Montag nach seiner großen Aussprache mit Sabrina flog er nach Kalifornien. Er verlangte, dass Sabrina einen Termin für einen Vaterschaftstest vereinbarte, und weigerte sich zu gehen, bis sie es getan hatte. Sabrina brauchte es für ihren Seelenfrieden und ihm ging es nicht anders.

Der Termin fand noch am selben Tag statt und er flog

sofort im Anschluss daran nach Hause. Drei Tage später waren die Ergebnisse da. Er war nicht der Vater. Olivia gestand Logan, dass sie nicht gewusst hatte, ob das Baby seins oder Anils war, darum hatte sie es beiden gesagt, um zu sehen, wie sie reagierten. Sowohl er als auch Anil hatten am Leben des Kindes teilhaben wollen, doch Anil war es, den sie die ganze Zeit geliebt hatte. Sie vertraute Logan auch an, dass sie sich Sorgen machte, denn ihre Eltern waren alles andere als glücklich bei der Vorstellung von Anil als ihrem Ehemann, da er ein Hindu war – und seine Eltern waren alles andere als einverstanden mit ihr, weil sie *kein* Hindu war. Doch nichts davon interessierte Logan. Er war wirklich über sie hinweg. Darum wünschte er ihr alles Gute und riet ihr, sie solle Anil sagen, dass es sein Baby war, und sehen, was passieren würde.

Am nächsten Tag schickte Olivia Logan eine glückliche SMS, dass sie und Anil gerade nach Las Vegas durchgebrannt waren und noch am selben Tag heiraten würden. Logan freute sich für sie. Natürlich war er immer noch angepisst, dass sie ihn durch diese Achterbahn der Gefühle geschleift hatte, doch er hatte nicht vor, auch nur eine Unze Energie darauf zu verschwenden, sich um sie zu scheren.

Seine Zukunft war mit Sabrina.

EPILOG

Zwei Wochen nach der Aussprache, die Sabrina jetzt als ihr *Liebesgespräch* bezeichnete – in der Logan ihr gestanden hatte, wie viel sie ihm bedeutete –, ging sie glücklich mit ihm zum Clover Park Valentinstagstanz. Logan zu daten, war wunderbar. Sie verbrachten die Wochenenden mal in ihrer, mal in seiner Wohnung, doch den Rest der Zeit lebten sie noch getrennt. Ihr war nicht bewusst gewesen, wie sehr sie diese Stabilität und Routine brauchte, um sich sicher genug zu fühlen, um ihr Herz zu öffnen und es offen zu halten. Zwei Wochen von Logans stetiger Liebe, eine kurzlebige fingierte Hochzeit und Monate echter Freundschaft waren alles, was Sabrina brauchte, um bereit zu sein für eine echte Bindung. Jetzt wäre sie tatsächlich mit ihm nach Kalifornien gegangen, damit sie zusammen sein konnten. Zum Glück war das nicht nötig.

Ihr Leben war endlich wieder in der Spur. Langsam baute sie ihre Praxis wieder auf, nachdem ihr Anwalt dank Sabrinas und Logans Aufnahmen jeglichen weiteren Rufmord durch Tara unterbunden hatte, und sie hatte angefangen, an ihrem Buch *Romantische Rebellin* zu schreiben. Der Titel gefiel ihr immer besser, denn sie war eine Rebellin, wenn man betrachtete, wie sie ihre eigene Beziehung führte. Sie verstand jetzt, wie tief Bindungsprobleme gehen konnten, und hatte neues Mitgefühl für Bindungsphobiker. Schließlich war sie selbst eine gewesen.

„Willst du einen Liebespunsch?", fragte Logan sie, und als er seine Hand von ihrem Nacken ihren Rücken hinuntergleiten ließ, hinterließ er ein warmes Prickeln. „Ich habe gehört, da ist Alkohol drin."

Sie lächelte zu ihm auf und streichelte über seinen Arm. Sie liebte es, wie sich der weiche Stoff über seinen harten Muskeln anfühlte. Er trug einen dunkelblauen Anzug, der ihn noch heißer aussehen ließ als sonst, ganz Mann von Welt. Sie hatte sich auch schick gemacht und trug ein Kleid, das sie speziell für diesen Anlass gekauft hatte. Es war eng und schwarz und Logan konnte nicht die Hände von ihr lassen. Das Kleid hatte einen V-Ausschnitt und niedliche Fransen am Saum, die ein ganzes Stück oberhalb ihres Knies endeten. Dazu trug sie ihre silbernen geflügelten Sandalen. „Gerne, danke."

Er sah sie zärtlich an, bevor er sich ihrer Freundin zuwandte. „Und du, Lexi?"

„Ich nehme einen Doppelten, danke."

Logan nickte und ging die Getränke holen.

Lexi strich mit den Händen über den dunkelblauen Satin ihres Cocktailkleides und sah sich unsicher im Raum um. Sabrina hatte ihr bereits gesagt, dass sie umwerfend aussah. Ihre dunkelbraunen Haare waren zu einem eleganten Knoten hochgesteckt, das Kleid mit dem weißen Revers und dem tiefen V-Ausschnitt war super sexy. Das würde sicher eine romantische Nacht für Lexi werden. Liebe lag in der Luft.

Sabrina legte einen Arm um Lexi und drückte sie. Lexi hatte nicht mitkommen wollen, da sie nicht die einzige Singlefrau unter einem Haufen von Paaren sein wollte. Als Sabrina gesagt hatte, dass auch Hailey kommen würde, hatte Lexi geschnaubt: „Sie ist in einer Beziehung mit ihrem Hund."

Das zu leugnen, war schwer. Hailey hatte Rose die

letzten sechs Wochen mit einem Hundetrainer zu einem Therapiehund ausbilden lassen, damit sie Rose überall mit hinnehmen konnte. Nicht, dass sie Rose nicht auch so schon in ihrer rosa Tragetasche überall mit hinnahm, doch sie wollte Rose herauslassen und sie die Gegend erkunden lassen.

Logan kehrte ein paar Minuten später zurück und reichte ihnen den Punsch. „Ich habe deinen probiert", sagte er zu Sabrina. „Ziemlich stark."

„Perfekt", sagte Lexi und trank einen großen Zug.

„Ich gehe mir ein Bier holen", sagte Logan. „Bin gleich zurück."

Die Garner's Sports Bar & Grill caterte das Event und sie hatte Josh vorhin beim Aufbauen gesehen. Er hatte Personal mitgebracht, und zu ihrer Überraschung war er hinter der Bar hervorgekommen, um sich ein bisschen unter die Gäste zu mischen. Vielleicht würde er sogar tanzen, doch Sabrina musste davon ausgehen, dass er es wahrscheinlich nicht mit Lexi tun würde. Nicht, weil Lexi kein toller Mensch war, sondern weil er magisch von einer gewissen Rotblonden angezogen wurde, die im Moment jedoch bis über beide Ohren in ihr Schoßhündchen verliebt war.

Sie wandte sich wieder Lexi zu, die mit grimmiger Miene den Blick durch den Raum schweifen ließ. „Lexi, deine Zeit wird kommen", sagte Sabrina sanft. „Hab einfach Geduld. Vielleicht passiert es schon heute Nacht."

Lexi seufzte. „Willst du die Wahrheit hören? Ich glaube, die Idee, uns selbst zu heiraten, war richtig. Wer braucht schon einen Mann? Ich habe eine tolle Karriere, tolle Freundinnen, ein schönes Apartment, schöne Urlaube und … und … jede Menge großartiges Zeug. Es ist nur komisch, wenn ich von Paaren umgeben bin. Nichts für ungut."

„Schon gut", murmelte Sabrina. Sie wusste, wie schwer es war zuzusehen, wie alle Freunde um einen herum ihre ewige Liebe fanden und man selbst nicht weiter kam als bis zum zweiten Date. Sie war sich nicht einmal sicher, ob Lexi je über das erste Date hinaus gegangen war. Die meisten Männer genügten einfach nicht ihren Anforderungen.

Hailey winkte ihnen zu und kam in ihrem tiefroten, schulterfreien Kleid, das ihre Figur perfekt umspielte, auf sie zu. Dazu trug sie rote Ballerinas mit Seidenbändern um die Fesseln. Selbst mit ihrer rosa Hundetragetasche über der Schulter sah sie aus wie eine Schönheitskönigin.

„Eins schwöre ich dir", zischte Lexi leise. „Wenn Hailey noch einmal versucht, mich mit jemandem zu verkuppeln, drehe ich den Spieß um. Mal sehen, wie ihr das gefällt."

„Sie meint es doch gut", flüsterte Sabrina.

Hailey begrüßte beide mit einer Umarmung. „Alles Liebe zum Valentinstag! Das ist so ein romantischer Tag, nicht wahr? Zu schade, dass ich dieses Jahr keine Valentinstagshochzeit hatte, auch wenn es mich nicht überraschen würde, wenn wir heute den einen oder anderen Antrag sehen." Als sie das sagte, sah sie Sabrina direkt an.

Sabrina lächelte ruhig. „Vielleicht." Sie zweifelte, dass Logan ihr einen Antrag machen würde, doch sie wollte Haileys romantischen – wenn auch unrealistischen – Hoffnungen nicht zunichtemachen.

„Heilige Scheiße", kicherte Lexi. „Seht euch das an."

Sie drehten sich zur Tanzfläche um, wo Joe Campbell langsam mit Haileys Mom Brandy tanzte. Sie bewegten sich kaum, aneinandergeschmiegt, Wange an Wange.

Sabrina und Lexi tauschten überraschte Blicke aus. Hailey erschauderte.

„Ich wusste nicht, dass sie zusammen sind", sagte Sabrina, die nur gehört hatte, dass Joe Brandy zu einem Date eingeladen hatte, doch nach all dem Drama in ihrem Leben hatte sie den Klatsch und Tratsch in Clover Park ein bisschen vernachlässigt.

„Etwas anderes höre ich gar nicht mehr", sagte Hailey und verdrehte die Augen, dann senkte sie die Stimme.

„Und sie hört gar nicht auf, davon zu schwärmen, wie gut er im Bett ist." Wieder erschauderte sie. „Widerlich."

Sabrina sah sich nach Logan um und begegnete dem Blick seines älteren Bruders Josh. Sie winkte ihm zu und dachte, wie gut er aussah in seinem weißen Hemd und grauer Stoffhose. Er hatte die Ärmel bis zu den Ellbogen hochgerollt und gab damit den Blick auf seine gebräunten, muskulösen Unterarme frei.

Er kam lässig auf sie zu, doch als er nicht mehr weit weg war, brach Haileys Hund in wütendes Gekläffe aus und steckte den Kopf aus der Tragetasche.

Lexi nutzte die Gelegenheit, sich ein wenig an Hailey zu rächen. „Lass mich mit Rose Gassi gehen. Ich brauche ein bisschen frische Luft." So konnte Josh Hailey nahekommen. Sonst hätte Rose es verhindert. Der Hund konnte Josh nicht leiden und bellte und knurrte, sobald er in ihre Nähe kam.

Hailey warf einen Blick zum Fenster und sah Lexi an. „Es ist kalt draußen. Bist du sicher?"

Lexi lächelte süß. „Natürlich. Gar kein Problem."

„Okay, danke." Hailey gab ihr die Tragetasche, und als Lexi sich mit Rose entfernte, verstummte ihr Bellen schnell.

Josh zerzauste Haileys Haare. „Hey, kleine Schwester."

Hailey verzog das Gesicht und strich sich die Haare glatt. „Nenn mich nicht so."

Alle drei starrten Joe und Brandy an. Das glückliche Paar schien in seiner eigenen Welt verloren zu sein.

„Mein Dad scheint wirklich verliebt zu sein", sagte Josh.

„Das ist schön", sagte Sabrina, bekam jedoch keine Antwort.

Hailey wandte sich Josh zu. „Wir müssen dem Einhalt gebieten. Auf meine Mom ist kein Verlass."

„Für mich sehen sie okay aus", sagte Josh und wandte sich wieder dem glücklichen Paar zu. „Und sie sieht immer noch richtig gut–"

„Halt. Die. Klappe. Das ist meine Mutter, von der du da redest!", zischte Hailey.

Josh lächelte Hailey an. „Du siehst aus wie sie."

Sabrina unterdrückte ein Lächeln. Josh flirtete. Ob Hailey es bemerkte? Sie war extrem schwer von Begriff, was Josh anging.

Hailey warf ihre langen, rotblonden Haare über die Schulter. „Wo ist Clarissa?"

Josh drehte sich wieder zur Tanzfläche um. „Wahrscheinlich Richtung Osten ausgerichtet."

Hailey starrte zu Boden, bevor sie beiläufig sagte: „Habe sie schon eine Weile nicht mehr gesehen."

Josh antwortete nicht.

„Seid ihr noch zusammen?", fragte Hailey, ohne Josh anzusehen.

„Nein", antwortete er, ebenfalls ohne Hailey anzusehen.

„Oh." Hailey wippte auf ihren roten Ballerinas vor und zurück. „Was ist passiert?"

Josh blickte weiter geradeaus. „Das Übliche."

Hailey sah ihn an. „Hat es nicht gepasst?"

Er warf ihr einen kurzen Blick zu, bevor er sich wieder der Tanzfläche zuwandte. „Ja, so könnte man es ausdrücken."

Sie starrten Brandy und Joe an. Sabrina musste zugeben, dass es seltsam sein musste, seine Eltern so verliebt zu sehen. In diesem Alter rechnete man einfach nicht damit.

Schließlich kam Logan zurück und legte einen Arm um sie, bevor er einen Schluck Bier trank. „Wer ist das bei Dad?", fragte er.

„Brandy", antwortete Josh.

„Haileys Mom", ergänzte Sabrina flüsternd.

Logan sah Hailey an und dann Brandy. „Hm."

Josh wandte sich Hailey zu. „Du weißt schon, dass wir Bruder und Schwester werden, wenn sie heiraten. Darum habe ich dich vorhin kleine Schwester genannt."

Hailey schnaubte. „O mein Gott, sag das nicht!"

„Hey", protestierte Josh. „Ich bin ein guter großer Bruder. Da kannst du meine Geschwister fragen."

Hailey starrte ihn entsetzt an.

„Er ist okay", meldete sich Logan zu Wort.

Josh warf Logan einen *Halt-die-Klappe*-Blick zu und fuhr fort. „Schau dir Alex an. Ich habe ihm die Nanny besorgt, als er eine gebraucht hat, und jetzt sind sie eine glückliche kleine Familie."

Hailey streckte die Zunge heraus und tat, als müsste sie sich übergeben.

Josh zog eine Augenbraue hoch. „Bist du okay?"

Hailey richtete sich auf, als erinnerte sie sich plötzlich an etwas. „Du hast deinen Traum, deine eigene Bar zu haben, aufgeschoben, um Mad die Uni zu finanzieren. Warum hast du Jake nicht dafür bezahlen lassen? Er hat mehr als genug Geld."

Als Logan hörbar ausatmete, glaubte Sabrina, den Grund zu kennen.

Josh warf Hailey einen finsteren Blick zu, machte auf dem Absatz kehrt und ging.

Hailey blickte ihm mit offenem Mund nach. Sie wandte sich mit großen Augen Sabrina zu. „Was hab ich gesagt?"

Sabrina antwortete in sanftem Ton. „Ich habe das Gefühl, dass er Komplexe hat, weil Jake erfolgreicher ist als er. Sie sind eineiige Zwillinge, da ist eine gewisse Rivalität selbstverständlich."

Logan schüttelte den Kopf. „Rivalen sind sie nicht. Sie stehen sich sehr nahe, aber du hast recht, was die Komplexe wegen des Geldes angeht."

In diesem Moment stieß Logans jüngere Schwester Mad zu ihnen. „Hailey, ich glaube, wir werden wirklich bald Schwestern. Ist das zu fassen? Unsere Eltern? Ich sag dir, es ist hundertmal besser als damals, als mein Dad meine Mom gedatet hat." Das war eine seltsame Zeit. Vor etwa einem Jahr war die Mutter der Campbells nach so vielen Jahren wieder aufgetaucht und hatte für kurze Zeit die Beziehung zu ihrem Exmann wieder aufleben lassen.

„Das stimmt", nickte Logan.

Hailey runzelte die Stirn. „Ich liebe meine Mom, doch ich glaube, euer Dad wäre mit einer anderen weitaus besser dran."

„Warum?", fragte Mad.

„Darum", knurrte Hailey. Sie griff nach Rose und bemerkte, dass ihre Tragetasche nicht da war. Sie sah sich nach Lexi um, doch sie war noch nicht wieder zurück. Dann erstarrte sie, als sie Josh bemerkte, der sie von der anderen Seite des Raumes aus finster anstarrte. Schnell drehte Hailey sich zu Mad um. „Warum hast du Josh deine Studiengebühren zahlen lassen, wo Jake sie aus der Portokasse hätte bezahlen können?"

Mad zuckte mit den Schultern. „Er hat darauf bestanden, und wenn er einmal auf stur schaltet, dann kannst du dich auf den Kopf stellen und mit den Füßen wackeln, und es nutzt nichts. Es hätte ihn beleidigt, es abzulehnen, besonders wenn ich stattdessen Geld von Jake genommen hätte. Josh hätte in Jakes Firma bleiben können, doch er hat sich für einen anderen Weg entschieden. Jetzt ist Jake Milliardär und Josh nicht. Das ist blöd für ihn, doch es geht ihm ganz gut. Josh ist vorsichtig mit seinem Geld."

Hailey sah sie nachdenklich an. „Hm. Warte. Wenn er sich leisten konnte, deine Studiengebühren zu zahlen, warum hat er mir dann nie die Fünfhundert zurückgezahlt, die er mir schuldet?"

„Ich glaube, es ist Prinzipsache, dass er darauf besteht, dass du sie dir abholst", schmunzelte Mad. „Vielleicht will er dich damit nur in seine Wohnung locken."

Sabrina und Logan tauschten amüsierte Blicke aus. Sie hatten über Hailey und Josh gesprochen und stimmten darin überein, dass ihre Lieblingsfeinde-Beziehung nur damit enden konnte, dass sie einander umbrachten oder im Bett landeten. Wie es auch ausgehen würde, es konnte nur unterhaltsam sein.

Hailey blickte finster drein. „Um mich in seine Wohnung zu locken oder einen Grund zu haben, mit mir zu streiten. Was für ein Schuft!"

Mad lachte.

„Das stimmt doch!" Hailey gestikulierte in Joshs Richtung und verkniff es sich gerade noch, mit dem Finger auf ihn zu zeigen. „Schau ihn dir doch an, wie er mich böse anglotzt! Alles, was er will, ist streiten! Er macht mich wahnsinnig!"

„Tief durchatmen, Hailey", sagte Sabrina.

Hailey holte ein paarmal tief Luft und beruhigte sich. „Danke, Sabrina. Bist du soweit?"

Sabrina lächelte, griff in ihre kleine Abendtasche und holte hervor, was sie brauchte. „Jupp."

„Was ist los?", fragte Logan.

Hailey verschwand mit einem mysteriösen Lächeln.

Logan ergriff Sabrinas Kinn und sah sie eindringlich an. „Du siehst verdammt selbstzufrieden aus."

„Oh, das bin ich auch."

Er küsste sie. „Ich liebe dich."

Sie strahlte. „Ich dich auch."

Haileys Stimme hallte über die Gespräche hinweg. „Alles Liebe zum Valentinstag, meine Lieben! Auf besonderen Wunsch spielen wir jetzt einen Song für Sabrina und Logan." Die ersten Takte von Etta James' *At Last* plätscherten aus den Lautsprechern, denn *endlich* war Sabrina mit der Liebe ihres Lebens in der festen Beziehung, nach der sie sich so gesehnt hatte.

Logan lächelte. „Nur du und ich auf der Tanzfläche? Dabei dachte ich, du wolltest das Rampenlicht vermeiden."

„Ich hab mich irgendwie daran gewöhnt." Sie nahm seine Hand und führte ihn auf die Tanzfläche. „Ich mag es, wenn ich anderen helfen kann. Und in diesem Fall dir."

Er zog sie an sich, ein Arm um ihre Taille, den anderen in Tanzposition erhoben. „Und wie hilfst du mir?"

Sie hielt die Hand mit der Überraschung hinter ihrem Rücken. „Ich bin bereit, mich öffentlich zu dir zu bekennen."

„Ja?"

„Ja." Sie lehnte sich ein Stück zurück und hielt die Hand mit ihrem Geschenk hoch. Es war ein polierter schwarzer Kobaltring. Sie blickte ihm in die warmen braunen Augen. „Ich will dich heiraten."

Sein Lächeln brachte sein schönes Gesicht zum Strahlen. „Sabrina, machst du mir etwa gerade einen Antrag?"

Sie lachte. „Ja. Willst du mich heiraten?"

„Oh, absolut."

Sie lachte erneut und steckte ihm den Ring an den Finger.

Schmunzelnd zog er einen Diamantring aus seiner Hosentasche und hielt ihn hoch. „Und willst du mich heiraten?"

Sie lachte. „Du auch?"

Er steckte ihr den Ring an den Finger. „Überlass es einer Beziehungstherapeutin, das mit der Bindung doppelt ernst zu nehmen."

Das Herz pochte ihr bis zum Hals. „Mir ist es ja auch ernst mit dir."

Er nahm ihr Gesicht in seine Hände und küsste sie leidenschaftlich. Sie warf die Arme um seinen Nacken und erwiderte den Kuss mit all der Liebe in ihrem Herzen. Alle anderen pfiffen und johlten. Logan unterbrach den Kuss und deutete in Haileys Richtung, die auf sein Signal hin an einem Seil zog und rote, weiße und rosa Ballons aus einem Netz an der Decke fallen ließ.

Sabrina blickte überrascht auf. „Die hatte ich gar nicht da oben bemerkt!"

„Ich musste es ja mit einer romantischen Geste versuchen", sagte Logan und schlug einen Ballon weg. „Ich schätze, das heißt, dass du wieder bei mir einziehst?"

„Absolut. Und ich schätze, das heißt, dass du diesmal wirklich mein Ehemann wirst."

Er zog sie an sich. „Du hast ja keine Ahnung, wie gut sich das anhört."

„Ehemann."

„Ehefrau." Er küsste sie lange und zärtlich. Unter dröhnendem Applaus lösten sie sich voneinander und strahlten.

Hailey eilte zu ihnen, um ihnen zu gratulieren. „Also ihr müsst unbedingt nächstes Jahr am Valentinstag heiraten. Das ist ein Samstag *und* der Jahrestag eurer Doppelverlobung – wäre das nicht toll?"

Sabrina und Logan tauschten Blicke aus.

„Das würden wir gerne tun", sagte Sabrina.

Hailey quietschte vor Freude – was ihre Freunde als Signal auffassten, die Tanzfläche zu stürmen und ihnen zu gratulieren.

Bald feierten, tanzten und sangen alle. Die Liebe der Paare im Raum war spürbar und sogar Hailey tanzte mit Rose in ihren Armen. Sabrina sah Logan liebevoll an. Sie hatte die romantische Chance ergriffen, war das Risiko eingegangen und mit der Liebe belohnt worden, nach der sie sich immer gesehnt hatte.

Die Singles im Raum waren anderweitig beschäftigt. Josh arbeitete hinter der Bar, und Lexi und Marcus unterhielten sich in verschwörerischem Ton in einer Ecke.

Kurz darauf zog Logan sie von der Tanzfläche. „Komm, meine Valentina, Zeit für den unbekleideten Teil. Ich habe Pläne für dich. Stell dir ein rotes Samtseil vor … Handgelenke und Knöchel", flüsterte er.

Sie grinste und flüsterte zurück. „Stell dir multiple Orgasmen vor. Meine."

Seine Hand wanderte an ihren Hals und streichelte daran entlang. „Du bist mein."

Sie legte die Hand an seine Wange und spürte seinen weichen Bart an ihrer Haut. „Und du bist mein, für immer."

Mit glänzenden Augen knurrte er. „Ich liebe dich. So sehr."

„Ich dich auch." Sie blinzelte eine Träne weg. „Ich kann nicht fassen, dass wir beide einander einen Antrag gemacht haben."

Er streichelte ihr über die Schulter. „Das liegt daran, weil du eine romantische Rebellin bist." Er zwinkerte ihr zu.

Sie lachte bei seinem Verweis auf ihr Buch. „Und was ist deine Ausrede?"

Er hob sie hoch und hielt sie in seinen Armen. „Ich kann es nicht erwarten, unser gemeinsames Leben anzufangen."

„O mein Gott, wenn du mich jetzt nicht schon tragen würdest, würde ich weiche Knie bekommen."

„Ich weiß."

Sie strahlten einander an und gingen nach Hause für ihre private Valentinstagsfeier. Ihre erste von vielen wunderbar romantischen, unglaublich sexy Feiern in einer *festen* Beziehung.

Liebe LeserInnen,

Josh und Hailey als Bruder und Schwester? Der blanke Horror! Wird die neue Liebe ihrer Eltern die beiden zusammenbringen oder bringt sie den ultimativen Showdown? Wir dürfen gespannt sein. Was glauben Sie, was Marcus und Lexi während des Valentinstagstanzes so verschwörerisch besprochen haben? Vielleicht einen finsteren Plan? *Stichwort teuflisches Lachen Muha-ha-ha.* Als nächstes folgt die Geschichte von Marcus und Lexi, *Ein sündhafter Flirt*, Buch 9 aus der Happy End Buchclub Serie. Schließen Sie sich dem Club an und finden Sie ihr Happy End!

Ein sündhafter Flirt (Happy End Buchclub #9)

Als die Eventplanerin Lexi Judson arbeitslos wird und dringend einen Job braucht, wendet sie sich an den so ziemlich letzten Mann, von dem sie geglaubt hätte, dass sie je Geschäfte mit ihm machen würde: den heißen Marcus Shepard, seines Zeichens Barbesitzer und legendärer Frauenheld. Doch die verzweifelte Situation erfordert es nun einmal, mit dem gutaussehenden Charmeur zu netzwerken.

Die gute Nachricht? Er stimmt zu, sie für ein fantastisches Event zu buchen.

Die schlechte Nachricht? Der Job geht mit überaus unangenehmen Verpflichtungen einher.

Lexi glaubt, dass sie damit umgehen kann, bis Marcus die Regeln ändert und viel mehr verlangt, als sie erwartet hat. Der Mann ist die pure Sünde, gefährlich, unerbittlich. Schlimmer geht's gar nicht.

Er will sie umwerben.

Abonniere meinen Newsletter & verpasse keine meiner Neuerscheinungen: *Kyliegilmore.com/DEnewsletter*

BÜCHER VON KYLIE GILMORE

Die Clover Park Reihe

The Opposite of Wild (Buch 1)

Daisy Does It All (Buch 2)

Bad Taste in Men (Buch 3)

Kissing Santa (Buch 4)

Restless Harmony (Buch 5)

Not My Romeo (Buch 6)

Rev Me Up (Buch 7)

An Ambitious Engagement (Buch 8)

Clutch Player (Buch 9)

A Tempting Friendship (Buch 10)

Clover Park Bride (A Clover Park Short)

Die Clover Park STUDS Reihe

Almost Over It (Buch 1)

Almost Married (Buch 2)

Almost Fate (Buch 3)

Almost in Love (Buch 4)

Almost Romance (Buch 5)

Almost Hitched (Buch 6)

Happy End Buchclub Reihe

Hollywood Inkognito (Buch 1)

Gefahr im Anzug (Buch 2)

Gefährliches Spiel (Buch 3)

ÜBER DEN AUTOR

Kylie Gilmore ist die *USA Today* Bestsellerautorin der Happy End Buchclub Reihe, der Clover Park Reihe und der Clover Park STUDS Reihe. Sie schreibt unterhaltsame zärtliche Romanzen mit einer gesunden Prise Humor.

Kylie lebt mit ihrer Familie, zwei Katzen und einem verrückten Hund in New York. Wenn sie nicht gerade schreibt, Kinder bändigt oder bei Autorenkonferenzen pflichtbewusst Notizen macht, findet man sie beim Stretching – bis ganz nach oben ins oberste Regal, um dort ihren geheimen Schokoladenvorrat zu erreichen.